情暖巴塘
QING NUAN BATANG

中共成都市双流区委史志办公室 编

四川民族出版社

图书在版编目（CIP）数据

情暖巴塘／中共成都市双流区委史志办公室编．--成都：四川民族出版社，2023.3
ISBN 978-7-5733-1176-4

Ⅰ．①情… Ⅱ．①中… Ⅲ．①纪实文学－中国－当代 Ⅳ．①I25

中国国家版本馆CIP数据核字（2023）第048840号

情暖巴塘
QINGNUAN BATANG

中共成都市双流区委史志办公室　编

责任编辑	王　矾
责任印制	谢孟豪
出　　版	四川民族出版社（四川省成都市青羊区敬业路108号）
邮政编码	610091
印　　刷	成都市兴雅致印务有限责任公司
成品尺寸	185mm×260mm
印　　张	19.5
字　　数	325千字
版　　次	2023年3月第1版
印　　次	2023年3月第1次印刷
书　　号	ISBN 978-7-5733-1176-4
定　　价	98.00元

著作权所有·侵权必究

《情暖巴塘》编委会

主　编	骆　程
副主编	汪敦武　康纪虎　邹德强
执笔作者	曾　鸣　李文旭
成　员	李思健　葛丽平　方　菁　霍陈鑫
特别鸣谢	中共成都市双流区委统战部

我们搞社会主义，就是要让各族人民都过上幸福美好的生活。全面建成小康社会最艰巨最繁重的任务在贫困地区，特别是在深度贫困地区，无论这块硬骨头有多硬都必须啃下，无论这场攻坚战有多难打都必须打赢，全面小康路上不能忘记每一个民族、每一个家庭。

（习近平2018年2月11日在四川省凉山彝族自治州考察脱贫攻坚时的讲话）

序

2012年4月11日—2020年2月14日,在双流区和巴塘县两地的发展历程中,是一条难以磨灭的时间轴。前者,是双流与巴塘结缘日;后者,是巴塘脱贫摘帽日。

两个日子中间,是八年光辉岁月。

八年间,在《成都市双流县对口支援巴塘县五年实施规划(2012-2016年)》《成都市双流区对口帮扶甘孜州巴塘县规划(2017—2021年)》两份纲领性文件指导下,"双巴一家人","共干一家事",突出巴塘县资源比较优势,紧扣规划、项目、人才、产业、金融、教育、卫生七个支援重点,以住房保障暖民、产业发展富民、教育帮扶惠民、医疗卫生爱民、基础配套助民"五大行动计划"为实现路径,切实实现巴塘群众"两不愁""三保障""四个好"。

由双流区委史志办组织编撰的《情暖巴塘》,正是一部全面反映成都市双流区对口支援甘孜州巴塘县历时八年攻坚脱贫、乡村振兴的报告文学作品。

2018年夏天,该书作者把目光投向发生在巴塘大地的沧桑巨变。他们到双流区援建办查找资料,通过各种渠道采访援建者,甚至远赴千里,见证双流援建项目,感受雪域高原的可喜变迁。全书以事为序,聚焦不同时段参与巴塘建设、来自双流各条战线的普通干部。作为援建者,他们肩负使命,作为普通人,他们也有喜怒哀乐。通过援建,他们也得到了人生中极为难得的锻炼,身心都得到了洗礼和充实,收获了情感和灵魂的富足。作品人物形象鲜明,个性突出,事件选取典型生动,"纪实"与"文学"浑然一体,同时,以点带面,塑造了一组既有责任担当,又有自我情感的奉献者群像。

2022年是双流区开展对口支援巴塘工作十周年。谨以此书向双巴两地建设者致敬。

是为序。

目录

巴塘水暖

巴塘，我们来了 　　　　　　　　003
高原的泉水清又甜 　　　　　　　009
从欧帕西森林取出致富水 　　　　016

格桑梅朵绽放

开学第一课 　　　　　　　　　　027
格桑梅朵绽放 　　　　　　　　　032
老支教的故事 　　　　　　　　　041
阳光下的示范课 　　　　　　　　047
月登老师 　　　　　　　　　　　051
格木小学的第一次升旗仪式 　　　060
办一所有温度的学校 　　　　　　066
漂亮的教育园区 　　　　　　　　073

双流门巴雅古都

新开的科室打拥堂	082
王医生的医者仁心	085
妇产科的男医生	098
疾控在急行	104

云端上的五彩藏乡

雪菊盛开在高原	112
山东大棚蔬菜安家巴塘	120
苦尽甘来的"杨农业"	128
云端上的五彩藏乡	145

小村要远行

遥远的小山村	154
王大龙村旧貌换新颜	169
桃源地坞是个好名字	174
广场上的爱心亭	184
格桑花飞向蓝天	186
争创星级文明户	192
桃蹊甲英新村搬迁庆典	197

巴塘文旅踏着弦子起舞

高原江南文旅富矿	210
把巴塘推向更大舞台	216
游乐园的笑声	223
川藏线上最美驿站	228

抢险救灾三十天

险情就是命令	239
全员投入抗洪	242
清淤是重头戏	250

再出发

守望梦想	254

附录

双流援建巴塘脱贫攻坚大事记（2012—2021）	262
援建队员名单	267
部分援建队员合影	294
援建之歌	298

后　记	299

巴塘水暖

来自山顶的清泉,
长在山脚的青稞。
酿上醇香的美酒,
哪有不喝的念头。

——巴塘弦子《司朗钦博》

情暖巴塘

"滴水见太阳",从雪山引流而至的山泉中,能看见巴塘孩子天真的笑脸和美好的未来。

水是生命之源,水利是农业的命脉,对"水"文章的书写不能一蹴而就,需要有"水滴石穿"的韧性和"似水柔情"的细腻。

2013年在巴塘县德达乡、波戈溪乡、莫多乡三所中心校实施的格桑梅朵校园饮水安全工程,是双流对口支援巴塘县建设的重点民生工程破题之作。3月动工,5月竣工通过验收并投入使用,有效解决了三所学校800余名师生及乡政府、乡卫生院的用水难题。

巴塘麻顶村海拔3300多米,干旱少雨,200余村民常年居住在高山之上,人畜饮水十分不便。2015年,双流对口支援工作队出资为该村修建饮水及灌溉渠道,从根本上解决了人畜饮水和灌溉用水的问题。

2018年,在双流对口支援工作队的支持下,巴塘县北部原始森林里的一条清清山泉,以"3180山泉水"的名义,走上市场经济的舞台。更难能可贵的是,这款融汇双巴情谊的"爱心水",为当地村民带来了厂房租金、参股分红、务工工资、扶贫基金4笔收入,变成了助农增收的"致富水"。

2012年以来,双流县紧紧围绕省委"7+20"对口支援援建区的重大决策和成都市委工作部署,把巴塘县人民安全饮水、农田灌溉渠道建设作为援建工作的重点,把巴塘县人民安全饮水、农田灌溉渠道建设项目做成惠及当地群众的民心工程。截至2019年,双流共投入资金2.67亿元,加大水利枢纽建设力度。全力推进巴楚河引水等水利工程;新建、维修整治全县农牧区水渠67公里,新增灌面2300亩,改善灌面7500亩;建成供水工程303处。

巴塘，我们来了

2012年6月27日下午4点，首批抵达巴塘的23名双流对口支援工作队队员站在竹巴龙大桥上。脚下，奔腾的金沙江在轰鸣，两岸是陡峭的山崖。天空深邃，几朵白云飘呀飘，像大海中的白帆，驶向远方。一切让人心旷神怡。

太阳照彻大地。

桥头，一场简单而热烈的欢迎仪式正在进行。"扎西德勒——"的歌声在高原上响起。

抚摸着胸前的哈达，看着眼前的江水、青山和蓝天，看着眼前一双双热切的目光，工作队队员们心潮澎湃。他们知道，自己未来两年的生活，将和这一湾江水，这一片高原，这一块天空融为一体。他们将为这一片土地的脱贫攻坚奔小康，做出自己的努力。工作队人数虽然不多，却云集了各部门的行家里手。从接到援建任务开始，双流县委县政府就迅速牵头各部门，着手展开调研，制订规划。干什么确定了，怎么干就不是一头雾水。

巴塘县位于四川省西部，青藏高原东南缘，金沙江中游东岸的川、滇、藏三地接合部。西隔金沙江与西藏的芒康县相邻，南边与云南的德钦县相接，北边与四川的白玉县相接，东边与四川的理塘县相连。面积8186平方公里，平均海拔3600多米。

全县有藏族、汉族、纳西族、回族、彝族、满族、苗族、东乡族等民族，共五万余人。历来属于农牧结合的半自给的自然经济。

横断山脉纵贯全境，金沙江由北向南奔涌而下，川藏公路从东而来，弯弯曲曲，

情暖巴塘

▶ 美丽巴塘

| 巴塘水暖 |

情暖巴塘

横跨金沙江后，一路向西。

双流地处成都平原中心，与四川最西边巴塘相距八百公里，如果从川藏路走，其间要翻越号称天险的二郎山、折多山等山，穿越海拔4000多米的天空之城理塘。山高路陡弯急，不仅费时，而且危险。因此，上高原的路，工作队选择了从成都双流国际机场乘飞机到云南迪庆机场，再坐汽车沿滇藏路顺着金沙江河谷上行到巴塘。这条路相对来说，要好走得多。

即便这样，路上的困难还是超出了久居平原的双流人的想象。

刚出飞机舷梯，海拔3280米的迪庆机场就给常年居住在不足海拔500米的双流人来了一个下马威。许多人出现了高原反应，头痛，胸闷，晚上长时间无法入睡。

折腾一夜后，第二天一早，一行人坐上了去巴塘的大巴车。汽车沿着金沙江一路往北，上山，下山，转弯，再转弯。

被高原反应折磨了一夜的队员们，开始被路途的颠簸折腾。有人开始头晕，有人开始呕吐。车外的悬崖峭壁，更让人感到是在凌空飞翔。

三百多公里路，足足走了八个多小时。

晚上，工作队员入住巴塘县夏邛镇金弦子大道304号4栋，这是一栋五层的浅黄色楼房，双流对口支援指挥部就设在这里。

巴塘县城所在地夏邛镇，又叫鹏城，海拔2500米，位于县域中部，在离金沙江9公里的巴曲（巴楚河）与巴久曲会流处。整个城市坐落在形如大鹏的大坝子中。四周群山环绕，城东有喇嘛山，城西有象鼻山，东北有红军山。

鹏城名字的来历，可在一支巴塘弦子里觅到踪迹：

拉萨无城已建城，拉萨城建在海面上；
昌都无城已建城，昌都城建在两河间；
察雅无城已建城，察雅城建在崖盘上；
巴塘无城已建城，巴塘城建在大鹏上。

巴塘县城小而美。南北纵向是金弦子大道和安康大道，两条路首尾交汇，其实就是新老两条川藏路。横向有几条街，从北向南分别是措普路、央柯路、民兴路，和巴安路，加一个古桑抱石街和茶马古道街。其中，央柯路是步行街。再加上北头的金弦子广场，以及中心的中山广场，半个多小时就可走完。

▲ 美丽巴塘

1951年，巴安县改名巴塘县。它是康南地区的中心，也是康南最美丽的小城，素有"高原江南"之美誉。

巴塘地处高原，属亚热带气候，年均气温12.6℃，年均降水量478毫米。降水主要集中在夏季，加上山高坡陡，雨水很难留存下来供人使用。境内河流均属于金沙江水系，主要有巴曲、莫曲和定曲。在高山峡谷中还有长期流水的溪沟58条，其中积水面积在100平方公里以上的有19条。境内还有大大小小的湖泊107个，总面积19306亩。最大亚莫措根湖，面积3142亩。但这些水要么在深深的峡谷下，要么在高高的冰川地带，根本就不能直接利用。

巴塘不缺水，只缺可用的水，干净的水，健康的水。

专业人干专业事，解决饮用水这个任务，交给了来自双流水务局的杨川良（挂职巴塘县水务局副局长）。

杨川良第一次下乡，就遭遇了下马威。面包车在上山的时候，由于道路狭窄湿滑，爬不动了，他和司机只好下车，一起吃力地推着车上山。下山更险，悬崖峭壁在面前晃来晃去，再加上车轮打滑发出的尖利叫声，他身上的冷汗是干了又出，出了又干，鸡皮疙瘩起了一串又一串。

▲ 巴塘夜景

踏勘中,高原凛冽的寒风扑面而来。到了中午饭点,大山深处没有人家户,只能吃干粮,喝山泉水。

由于调研的村庄距离县城较远,杨川良经常天一见亮就出发,到天黑才能回到住处。

杨川良的任务很明确:找到可供饮用的水源。

(曾 鸣 李文旭/文)

高原的泉水清又甜

脸膛黑亮、身材魁梧的康巴汉子格桑朗吉是波戈溪乡中心小学校长,他每天的第一件事不是教学,而是找水。全校近200名师生的生活用水,都靠他一个人张罗。

学校就在巴楚河边,也备有抽水机,看起来用水不是问题。其实不然,春秋季还好,河里有水哗哗流过,水也清亮,抽起来就可以用。但到了夏天雨季,河水裹挟裹着泥沙和枯枝乱草,浑浊不堪,根本不能饮用。到了冬天和初春,河里干脆就没水了。

在缺水的日子,找水就是朗吉校长的重要任务。他最常用的办法,就是找乡政府或者派出所借来车辆,到3公里以外的德帕村山沟里拉水,勉强解决师生一天的日常所需。有雪的日子,是他最开心的,他可以收集积雪,使雪融化作饮用水。

同样饮水困难的还有莫多乡中心小学、德达乡中心小学……不只学校师生,学校所在的乡镇百姓也面临吃水困难。

杨川良把调研结果向对口支援指挥部做了汇报。

2012年11月7日,巴塘县水务局、教育局等有关部门人员会同罗勇(双流县九江街道干部,双流第一批工作队队长,挂职巴塘县委常委、县政府常务副县长)、徐尚成(双流县农发局干部,双流第一批工作队副队长,挂职巴塘县委常委、县政府副县长)和杨川良,深入德达乡、波戈溪乡、莫多乡中心小学,就学校饮水安全进行现场办公,决定将校园饮水安全问题作为2013年双流对口支援巴塘的重要工作之一。

▲ 措普沟

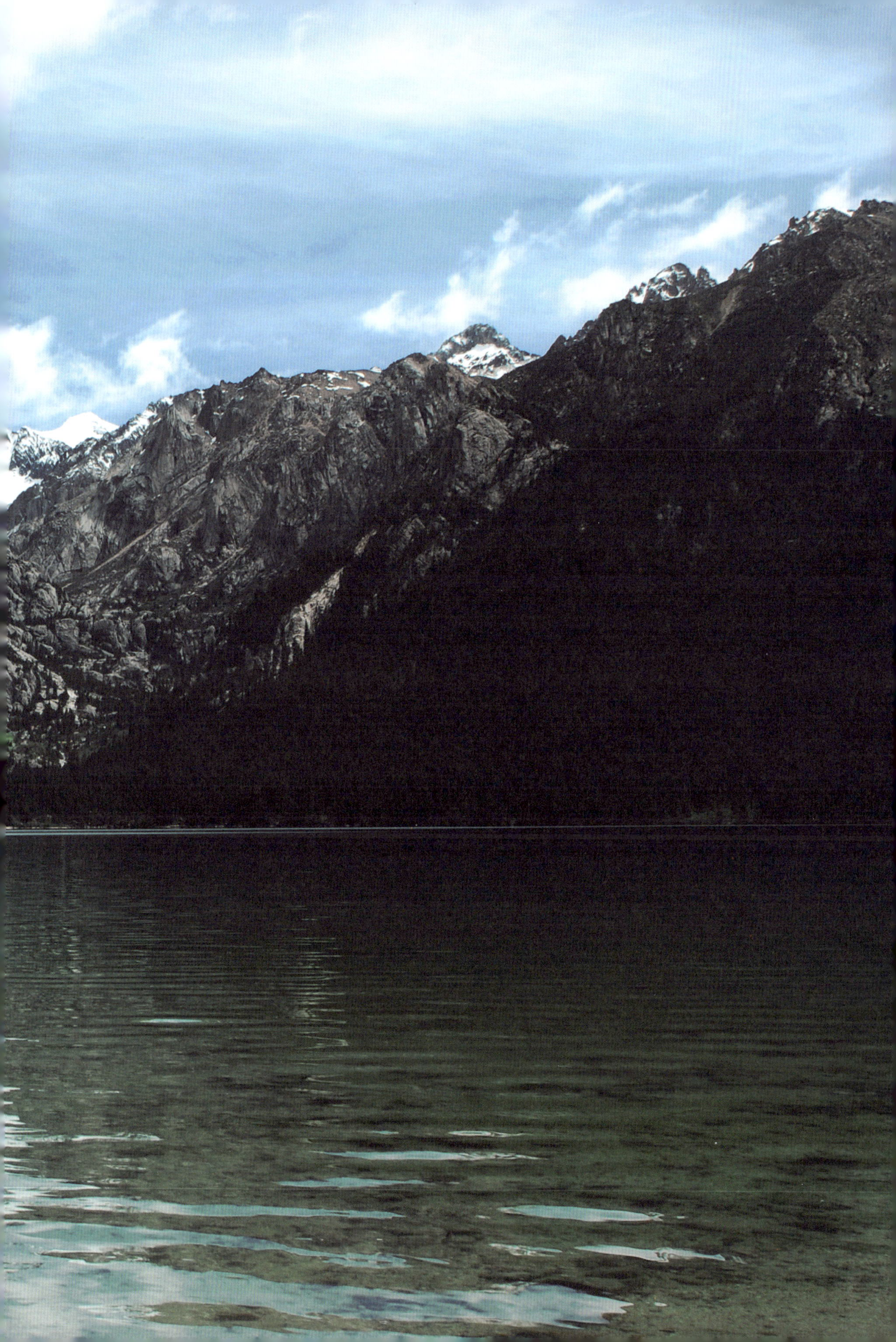

情暖巴塘

实施方案交到巴塘县委和双流县委。批复不仅快,还给方案冠了一个名称:格桑梅朵校园饮水安全工程。

接下来就是更艰苦的水源查找和工程实施。

波戈溪乡地处巴塘北部318国道旁,距离县城40公里,平均海拔3150米。乡内的山几乎都在海拔4000米以上,最高超过5000米,根本没有现成的路可走。可是,水源都在山上,怎么办?

面对山腰茂密的松林,不熟悉的人很容易迷失方向,即使当地熟悉地形的老乡,通常上山下山,也要一整天。更别说从平原来到高原的双流人,不只要面对陡峭的山崖,还要克服高海拔的缺氧和高原反应等问题。

杨川良和巴塘县水务局的同志们没有被吓退。

在藏族老乡的带领下,他们在陡峭的松林连走带爬,费了四五个小时才找到取水口。山高水高,这话一点不假,但高山上流水的地方多了,要找到一年中多数时间都有水流的地方,就要比较、分析。

有时,已经找到了可用水源,当地群众也觉得可以了,杨川良还要再三考虑是否能长期满足学校及周边群众的需要,是否有污染,是否安全可靠……直到将附近

▲ 中咱乡波浪村饮用水灌溉用蓄水池

的山都爬遍，把可用的水源对比后才定下。

为了给莫多乡中心小学找到最有保障的水源，杨川良一行爬遍了学校周围的几座大山，最高的一座达到了海拔5000多米。

找水、取样、化验，经过比较确定水源，形成引水方案上报指挥部。这一通下来，才算迈开了第一步，更艰难的施工还等着他们。

没到过现场的人，根本无法了解当时的困难有多大。巴塘县水务局工程师高志云说："山上完全没有路，施工材料只能依靠骡子驮、人工背，难度太大，成本太高。建这些蓄水池，是我在巴塘县水务局工作20多年以来，施工条件最恶劣、难度最大的工程。"

双流一家爱心企业知道情况后，愿意资助120万元，解决波戈溪乡、莫多乡、德达乡三个乡镇学校饮水难的问题。

施工开始后，杨川良上山更勤。大到管线的走向、水池的位置，小到开关木盒子的缝隙、水池底部的排水管的长短，都要层层把关。

杨川良带着3个技术人员天天上山，对工人施工程序严格把关，盯着每一个细节，确保施工质量和进度。

2013年4月29日，波戈溪乡中心小学的水通了。杨川良郑重地拧开水龙头，汩汩的清泉喷了出来。

"再也不用去山沟沟拉水了！"朗吉校长兴奋地掬一捧山泉淋到头上，清亮的泉水顺着他棱角分明的脸庞，流进他开怀大笑的嘴里。他是当天最激动的一个人。他手舞足蹈，撮拢双手将一捧捧山泉洒向空中，望着阳光中闪耀的水花，他发出一声声长长的欢叫，像一头雄狮，吼出胸中憋闷了多年的浊气。他是校长，他的任务应该是教孩子们读好书，多少年了，他却被一口水牵着在山峦间奔走，成天忙得晕头转向。

朗吉的热泪随着泉水在流。

孩子们是最高兴的。映着朗朗阳光，他们把水洒到天上，洒到地上，洒到同学的脸上，洒到自己的头上。他们还从来没有这么奢侈过，这么多的水啊！这么多清亮的水啊！这么多干净的水啊！那天，是波戈溪乡中心小学难忘的一个节日。

六年级学生络绒志玛，在学校自来水龙头前洗手后兴奋地说道："太高兴了，做梦都没想到在离开学校前能够用上自来水，我们六年来的梦想终于实现了，以前我们得端盆盆、提桶桶到学校外面河里打水，现在拧开水龙头就有水，好安逸。谢

情暖巴塘

谢叔叔们！"

平素不大爱笑的杨川良终于松开了紧锁的眉头。他笑起来才让人记起，这个脸上堆着高原风霜的汉子，其实才三十出头。

不久，莫多乡中心校和德达乡中心校也相继通水。

援建工作也由初期的激越进入平稳，每个队员都找到了自己的轨道和节奏。

学校的饮水解决了，但庄稼地里还没水。

在调研中，杨川良了解到，昌波乡鱼底村、得木村两个相邻村子由于水源不足，完全靠天吃饭。为改变这一现状，他带领技术人员会同农牧民，背着干粮，头顶烈日，骑着骡子翻山越岭寻找水源、规划管线与蓄水池。

相同的艰辛，不一样的方法。

鱼底村、得木村的水源在对面山上。中间隔着一个山沟，怎样把水安全有效地引过来？杨川良和巴塘县水务局的干部开动脑筋，用倒虹的方法：修建进水池、减压池、蓄水池各一座，架设10200米直径125毫米的PE管道线，把对面海拔3250米的山溪水，引流到海拔2980米的村庄里。

昌波乡鱼底村、得木村农田灌溉及人口安全饮水项目，被列为2014年双流援建巴塘民生重点工程。

2014年4月完成了财审、招投标工作。项目从2014年5月下旬动工，当年11月完成，投资196万元。该工程彻底改变了两村105户863人靠天吃饭的局面，使两个村的有效灌溉面积达到了650亩，提高粮食产量以及核桃等经济作物产量20万斤，实现产值160多万元，经济效益非常显著。

2014年8月11日，杨金富（黄甲街道干部，双流第二批工作队队长，挂职巴塘县委常委、常务副县长）带领双流第二批工作队来到巴塘。除了继续完成灌溉用水工程外，老百姓的饮水问题也提到了议事日程。

党巴乡地处巴塘县城以北20公里的川藏路上，在巴塘算是一个交通便利的乡。乡内大多是高山峡谷，平均海拔2690米，有3个行政村，人口2300多人。

党巴乡麻顶村，有村民200多人，居住在海拔3300多米的山上，主要靠种植荞麦和养牦牛为生。该村干旱少雨，加上山高水远，人畜饮水十分不便。

杨金富了解了当地用水困难的情况后，坐不住了。他带领援建干部赖琳琳（双流县互联网信息办公室干部，挂职巴塘县委宣传部副部长）、付家毅（双流县安监局干部，挂职巴塘县安监局副局长）、李修忠（双流县农发局干部，挂职巴塘县农

▲ 学校通了自来水

牧科技局干部）、王文武（双流县交通运输局干部，挂职巴塘县交通局副局长）及巴塘县水务局、党巴乡干部来到麻顶村，在向导的带领下找到合适的水源。随后，又开始调研勘查引水线路。

上报方案通过后，双流工作队出资130万元为该村修建了约9000米的饮水及灌溉渠道，帮助解决该村村民安全饮水及其他用水问题。

随后，杨金富又马不停蹄带着援建干部和巴塘县水务局的同志转战夏邛镇……

2015年11月5日，巴塘县夏邛镇东风渠水利工程顺利通过巴塘县纪委、财政、发改和水利等部门组成的联合工作组的验收。

党巴乡麻顶村和夏邛镇实施村民安全饮水和农田灌溉工程，共修建水渠20000余米，从根本上解决了当地2000多名群众的饮水困难和1000余亩农田的灌溉问题，为当地农牧民增收致富奠定坚实基础。

（曾　鸣　李文旭／文）

▲ 纯净的海子　刘仕渝/摄

从欧帕西森林取出致富水

　　第一批工作队离开了，第二批接着干。第二批回去了，第三批工作队伍在谭永生（双流区委办干部，第三批工作队队长，挂职巴塘县委常委、副县长）的带领下又顶了上来。

　　高志云在巴塘县水务局干了几十年，他的体会最深：如果巴塘人都能喝上清洁安全的水，疾病就会大大减少。

　　按理说，学校用水解决了，村民生活生产用水解决了，这事也该按下不表了，但有人还在下一盘大棋。

2017年3月的一天，骆程（双流区司法局干部，第三批工作队副队长，挂职巴塘县副县长）叫住赵浦（双流区委统筹委干部，挂职巴塘县扶贫和移民局副局长兼扶贫攻坚办副主任）："赵浦，县上的同志说松多乡有一处山泉，开发成矿泉水很好，县上早就有想法，也有计划，但一直没有完成实施。我是这么想的，如果确实好，我们牵个线，引进资金和技术，办个山泉水厂多好。"

赵浦刚说好，就被抓住。"那我们明天去侦察一下。"骆程说得像打仗似的。

第二天一早，他们直奔松多乡。

一大早就等候在办公室的松多乡扎西乡长见到他们后，忙说："走，泉水在莫西村。"扎西告诉他们，这水，县里先后来人考察过多次，因为距离太远，加上开发成本大，没有人愿意搞。技术、物流、投资主体都是问题。这事一搁就是多年，只能眼看着白花花的银子白流。

"如果你们能帮助我们办好这个厂，那就是我们松多乡的福了。"扎西快把他们当救星了。"骆县长，我们乡都在大山上，穷啊，穷怕了。"

"这事，八字还没有一撇。先看看再说。"这种情况下，骆程只能这样说。

车顺着巴（塘）白（玉）路向北行驶，一路山清水秀。走了60公里，来到欧帕西原始森林中的八龙须沟。

78岁的老乡贡布，指着眼前一株株千年的柏树告诉他们，这片原始森林面积很大，走几天也走不到头。这股水从森林里流出，源头在海拔5000多米的雪山脚下，小时候他们上山捡菌子，山泉水就在，流了多少年，谁也不清楚。

骆程指着远处一叠一叠的松涛，问扎西："到底有多大？"

"20万亩。"扎西回道。

一溪山泉，从森林深处蜿蜒而来。泉水清澈见底，阳光将柏树枝丫的影子投到水里，像一群美丽的鱼儿，很是可爱。而那几尾真鱼，早被挤到了水底，藏到了一块块嶙峋怪石的缝隙中去了。

水底的石头将它们千年的纹理展现在他们面前，白的、青的、赭色的，横的、竖的、直的、圆的，如小鸟，如玉兔，如奔犬。上苍挥舞他手中的画笔，在一块块石头上，随心涂抹出任性的画面。泉水又将阳光分解成一缕缕金色的线，缠绕在石头上……

望着眼前汩汩的山泉，赵浦有了俯下身子喝一口的冲动。想到刚到巴塘不久，与水务局的高志云工程师的谈话，想到了那些喝不上干净水的孩子。造化真是捉弄人，高原是贫困的，也是富足的。

情暖巴塘

俯身溪流，望着水中自己摇曳的倒影，赵浦真舍不得打碎水底的宁静。但他还是忍不住弯下腰，伸出双手，掬了一捧到嘴里。"好甜啊，好清凉啊。"漏下的水滴溅落在水面，点点水花，随流而下。

随行的人都忍不住弯下腰，喝了一口。"巴适！""安逸！""沁人心脾！"

赵浦取了几瓶样水。

回松多乡的路上，骆程对心急的扎西说："我们要把水送到权威机构做矿物质检测，等检测报告出来了，再说下一步。"

后来骆程告诉赵浦，他心里自有打算：不光要让巴塘人喝上这甜美的水，还要把水卖出去。卖到双流，卖到成都，卖到全国。

半个月过去，日日盼望的山泉水检测报告出来了。

周末例会上，骆程举着四川省地矿局出具的检测报告，对大家说："这水是好水，优质的山泉水，有极大的开发价值。"

大家把报告传来传去，就一组一组数字。

"看不懂。"有人故意问，"到底好在哪里？"装木头脑袋。

▲ 3180 矿泉水厂

骆程一把抓过报告，指着上面的数字："你们看，锶，锶，你们看微量元素锶的含量，这才是关键。卖点就在这儿——锶，锶。我今天专门打电话问了双流食药监局的朋友，他们告诉我，这水锶含量是平常矿泉水的五倍。锶，锶，光这点，就够了。"

见他着急的样子，大家都哈哈大笑起来。原来，都是明白人啊！

"我明天就回双流，找企业来投资。这么好的水，肯定没问题。"骆程说。

一个星期后，骆程回来了。情况好像不大乐观。

再三追问下，骆程告诉了赵浦这几天的情况。

原来，骆程一回到双流，第一时间就到了市场监督局，查了双流境内矿泉水和纯净水生产企业的情况。

资料打出来一看，好家伙，有七八家。他心里那个高兴劲，心想，这么多家企业，捏着这么好一个水资源，拉一家进来还不是手到擒来？

第二天，骆程登门拜访了第一家水厂。

厂长倒是很重视，热情接待了他。又是递烟，又是泡茶。

他把检测报告递过去。"你看这水怎么样？"

厂长看了报告上的微量元素含量表，高兴地说："这水好啊，做矿泉水是优中之优。"

"有兴趣投资不？"他说。

"肯定有。水源在哪儿？"

"巴塘。"

"哪里？"

"巴塘，甘孜州的巴塘县。"

当骆程说出"巴塘"两个字的时候，他清楚地看到厂长脸上的热情，像是被冰水浇灭了。

"这个，这个……"厂长给骆程递来一支烟，点燃，又慢吞吞退回座位上。

骆程把双流这几年援建巴塘的情况给厂长讲了一遍。"以前主要是输血，现在想帮他们自己造血。"

厂长听了，为难地表示，援助贫困地区，帮助他们脱贫，这当然好，厂里也积极支持。但是，这企业要考虑市场。"来，骆县，我们来算个账。"

"说吧，没关系。"

"骆县，我们先说成本，相同的投资，设备运进，成品水运出，光一千多里的运输成本，就没有竞争力了。"厂长把烟屁股掐在烟灰缸里，又挑出了一支，朝骆程扬了扬，骆程摆摆手。他又点燃一支，抽了一口，搁在烟缸上，任烟头上的白灰慢慢变长。

"其次，运营管理也是个大问题，必须派管理人员和技术人员进去。吃、住怎么解决？"

"第三，我们说销售，首先，巴塘太小，人少，消费能力不够，如果运出来，成本高了，竞争力就下降了。市场在哪儿？怎么定位？"

"最后，生意都有不可预知性，如果出现，比如说，厂子垮了，那些固定资产怎么办？能拉回来吗？"

一席话说得骆程不住点头，也说得他云里雾里。

也许是不想让骆程太难堪，厂长最后说："这样吧，骆县，我们几个股东再商量商量，你看怎么样？"

话说到这份上，骆程只好告辞，抱着一线希望抛下一句话："我留个电话，你们想好了，有意向，就和我联系。"

下午，他到了另一家水厂。情况大同小异，是兴冲冲去，灰溜溜地回。

有两次，他都差一点放弃了。

花了三天，骆程把双流的几家水厂跑了个遍。

除了给每家留下一份复印件，抛下一句话："你们想好了，给我电话。"其余，就没有其余了。

骆程讲完这些，两支烟也抽完了。

看骆程愁眉苦脸的样子，赵浦安慰他："说不定就有企业会来，毕竟，这水的优势就摆在那儿。内地有营销的优势，但水质是劣势。这里营销有缺陷，但水质却是优势的。放心吧，会有人识货的。再说，有情怀的人还是有的。"

"但愿吧。"骆程把烟头准确地弹进了烟灰缸——一只装了半杯水的纸杯。

回巴塘后，骆程一直都在焦急等待双流几个水厂的回信。一天午餐时，他把餐盘端过来，和赵浦坐到一桌。

"唉，有消息了。"骆程笑着说。

"啥消息？"

"水的事。"骆程说，"双流牧山泉水业有限公司董事长马国亮，马厂长，今天打电话来,说他想来看看。我说,对嚎,欢迎他来考察。"他把筷子一放,双手一摊,"这不,就有戏了!"

"好久来?"

"明天到!"

骆程说,马厂长的车在理塘爆胎了,修理厂师傅说没有现成的宝马车胎,还得从成都调运过来,最快也得两三天。马国亮也算一个汉子,听了这话,立马决定把司机留在理塘修车,自己一个人打车从理塘赶过来。

第二天,两人陪着马厂长,去松多乡莫西村看水。

马国亮是水专家,读书期间学的是水,毕业后工作一直和水打交道。从一个小水厂的技术员做起,到管理员,一步一步走过来,成为一个做水的企业家。对饮用水可说是经验丰富。他当场就用自己带来的便携设备,检测了小溪中的泉水。

"喔,锶含量达到了五点几,我还从来没有看到含量这么高的水。好水。锌含量也比较好。有这么两项指标,这山泉水就成了。"马厂长高兴地说,"我投。"

余下的事,就是具体怎么投了。

马厂长一开始的想法很简单,投个一两百万,生产桶装水,供应巴塘市场。

但这不是骆程的想法。因为巴塘已经有了一家小型的桶装水厂,巴塘市场本来就小,这样竞争太激烈,没啥意思。

骆程鼓励他做瓶装水。瓶装水,不受销售半径影响,可以进入内地市场,进超市,渠道宽得多。

马厂长思考了一个晚上,同意做瓶装水。

"骆县,你知道,瓶装水投资至少大几百万。"看得出,他的压力也很大,还有些犹豫。"你们要理解,投,我肯定要投,但是,我不可能去投固定资产。生意这东西,谁也说不准,如果有个什么经营问题,退一万步说,机器设备我还可以拉走,厂房就死了。"

马厂长的意思很明白。

骆程找到巴塘县有关领导,松多乡的领导,把马厂长的想法给大家说了,请大家一起研究怎么办。研究来研究去,最后,大家决定采用合资的办法:

1. 松多乡利用扶贫资金,投资150万建一个1000平方米的厂房。厂房建在下莫西村。松多乡把厂房租给水厂。租金一年8万。

2. 松多乡再用另一笔扶贫资金150万入股,占水厂股份的三分之一。

▲ 3180 山泉水生产厂区

3. 马国亮投 300 万，占三分之二的股份。

4. 公司成立董事会，马国亮任董事长，总经理由马国亮派专家担任，负责日常的生产经营。

5. 松多乡不参与生产经营管理。另成立一个监事会，代表松多乡的利益，由松多乡乡长扎西任监事长，相关的几个村村主任为监事会成员。水厂的财务人员由松多乡派遣。

有了这样一个协议，马厂长放心了。"前期工作准备好后，给我电话，我带技术人员来督促建厂。"他留下一句话，高高兴兴回双流去了。

山泉水厂的事有了着落，骆程高兴，整个对口支援指挥部的人都高兴。

10月16日，松多乡山泉水厂厂房修建的招标完成了。赵浦打电话给躺在双流医院病床上的骆程，告诉他这个好消息时，他在电话里乐了："好好好，我终于可以放心了。有啥事，还要多和马厂长沟通，他是专家。赵哥，拜托你了！"

2018年3月，双流牧山泉水业有限公司的马国亮来了，山泉水厂动工了。计划3月开建，6月底全部建成，9月初正式进入市场销售。山泉水的制水车间建在离水源地下游10公里的松多乡下莫西村。

经过一年的努力，山泉水厂终于有了雏形。乐得骆程一到周末，就开车跑到工地上看一看，像是探望自己的孩子。

他说，等山泉水生产出来，他还得回双流。干吗？去跑销路。还得一家一家企

情暖巴塘

业跑,一家一家机关事业单位跑。他说他要逢人就说:"喝一瓶水,就是扶贫。"

"我一定要把水卖出去。"骆程像是在跟自己较劲。

应该给山泉水取个好名字。水源地欧帕西原始森林海拔3180米,而水厂刚好在318国道旁不远。马厂长拍板,就叫"3180山泉水"。

"3180山泉水"在2018年秋天投产后,通过一段时间的试销,市场逐渐打开,受到了消费者的欢迎。

两年后,3180山泉水的销售网点,除巴塘本县外,已辐射到了附近的康定、理塘、得荣、白玉和西藏芒康等县,在成都的双流、龙泉、新都、温江、武侯、新津、简阳等地建有13个销售网点。

销售路径的打通,终端网点的不断增加,让小小的厂子欢快地运转起来。厂里11个巴塘员工每天生产桶装水1000多桶、瓶装水500至600箱(每箱24瓶),创造产值一万多元。

一辆辆运货车从厂里满载而出,再回头看看空荡荡的库房,马厂长和松多乡的干部群众又发愁了——水不够卖!而现有生产线已是满负荷运转。

如今,一个新的计划开始实施:扩大厂房,增加一条生产线……

(曾 鸣 李文旭/文)

格桑梅朵绽放

在那草原中央,
金色花儿绽放。
情真雨露甘霖,
请在草原普降。

——巴塘弦子《金色花儿绽放》

情暖巴塘

"十年树木，百年树人。"教育是为经济社会全面发展提供人才、提供持续动力的保障。格桑梅朵在藏语中叫幸福花，象征爱与吉祥、幸福未来。孩子是祖国的未来，更是巴塘群众眼中的格桑梅朵。援建中，双流和巴塘两地将解决巴塘孩子上学难、上学苦的工程命名了一个充满诗意的名字——"格桑梅朵绽放工程"，共同助推巴塘教育事业发展。

双流援建以来，双巴两地通过"引智、借脑、育人才"三大举措，全面实施设施援建、校校结对、帮困助学、名师蹲点、送教引领、定岗支教、跟岗培训、教育科研、格桑梅朵"九大工程"，助力巴塘打造"川滇藏教育高地"。推行"1名援建专技人才+3名徒弟+1个特色科室（学科）"的传帮带模式，为巴塘培养了一支带不走的人才队伍。新建的巴塘县教育园区、同心幼儿园成为川滇藏接合部的标杆性教育机构。

8年间，双流支持巴塘完成教室危房改造16300平方米，新增教学用房10万平方米；提升教育信息化水平，完成17个区乡学校城域网、"一校一品"文化建设。初步构建了集学前教育、义务教育、中等教育、职业教育为一体的教育体系。

双流先后组织10批490名巴塘中小学生赴双流参加"三进"体验活动（进成都感受祖国繁荣、进学校体验现代教育、进家庭结对认亲）；选送100名巴塘籍中学生在双流中学、棠湖中学、华阳中学就读；两地互派学科带头人、教学骨干等，换岗交流，共同提升教学水平；实施教育精准扶贫工程，向100名巴塘籍贫困大学生每人每年发放4000元生活补助，助其顺利完成学业；广泛发动社会力量，设立多种爱心助学基金，切实解决贫困家庭学生上学难问题；每年接纳巴塘县20名优秀初中毕业生免费到国家重点中学双流中学和棠湖中学就读，拓宽巴塘学生发展渠道，提供优秀学子上升平台，为巴塘县社会经济发展培养未来栋梁。

巴塘中考升学率从2012年的86%增长到2018年的96.59%，教师中高级职称人数从2012年的211人增长到2018年的315人，增长率49.3%。

开学第一课

对初上高原的周云峰（双流金桥中学教师，挂职巴塘中学政教处副主任）来说，一切那么美丽，那么新鲜。

站在竹巴龙金沙江桥头，脚下是轰隆的江水，头顶是永恒的太阳，背后是苍茫的雪山。一种神圣的东西从周云峰心底悄然升起。

他申请上高原，是认定了人生应该有起伏。还有一点，他的血脉里，早就流动着一个雪域高原梦。那个梦，来自于他的父亲和他的祖奶奶。

▲ 同学们进入教育园区　乌江/摄

情暖巴塘

　　当年父亲以优异成绩，考入双流中学，后来又考入四川省林业学校。1956年毕业后，曾在康定和巴塘县农林部门工作。直到1964年才调回双流。

　　父亲的高原生活往事，在周云峰心里种下了对雪域向往的种子。

　　上巴塘前两个月，当父亲知道他参加了工作队时，高兴地说："好哇！好哇！去体验一下总归是好的。"

　　周云峰后来得知，他身上还流有八分之一的藏族血统。他的祖奶奶，是康定藏族人。

　　新建的学校还未落成。巴塘中学的教师宿舍是用教室隔出来的，一个教室隔成四间，住了帅进（黄水中学教师）、刘祥林（煎茶中学教师）、王兴平（西航港二中教师）、吴松（黄甲中学教师）四个第一批支教老师。

　　按照课表，开学第一天上午有两节七年级语文连堂课。这也是周云峰到巴塘后给同学们上的第一堂课。

▲ 巴塘中学

到巴塘后,他一直在想,这第一堂课该怎么上?按部就班,还是来一点新鲜的?晚上看电视,央视一套正好在放《开学第一课》,他灵机一动,干吗不在高原来一堂"开学第一课"呢?

好在这几年,巴塘学校在上级的支援下,电教设备已经完善。他下载了视频,做了适当剪辑,对教案进行了修改。

还没进教室,里面的闹嚷声突然安静了下来。对学生们来说,新学校,新学期,新班级,当然还有新老师,都是他们好奇的理由。周云峰感到教室里有一种强行被按捺下去的浮躁。那是一种老教师才能感觉到的气场。

"今天我们不讲课,我们看视频。"他看了看同学们课桌上摆好的课本。"你们可以准备好笔记本和笔,看到有趣的地方,可以记下来。但不强求。"

也许是从来没有过这样的情况,同学们都露出了惊讶的神情。

"还有一个要求,就是不准讲话。否则,立刻终止。能做到吗?"

"能。"声音整齐而有力。

周云峰开始放视频:

主持人走上舞台中央。同时,屏幕上推出了"开学第一课"的字幕。然后又推出了今天的主题——"乘着梦想的翅膀"。

激光模拟的航天飞船,停到了舞台中央,舱门打开,一位英姿飒爽的女航天员走了出来。她向台下挥手,"同学们,你们好,我是王亚平。"屏幕里的同学,教室里的同学,都发出了"哇"的惊呼。周云峰把食指竖立在嘴前,教室里又安静下来。

"我是一位山东女孩,我从小有一个梦想,就是做一个飞行员。高考那年,空军到我们学校来招生,我报了名,结果成为空军第七批女飞行员中的一员。"

同学们都瞪大了眼睛。

有几个同学开始记笔记。

周云峰提醒了一句:"有同学开始笔记了,这很好。"更多的同学抓起了笔。

"今年6月11日17时38分。当火箭点火,伴随着巨大的推力,我感受到了梦想实现的力量,也感受到了自己的梦想和祖国的梦想融合到一起的骄傲和自豪。"

第二个出现在荧屏上的是八一跳伞队队员付丽娟。

七彩的降落伞在蓝天打开,像一朵朵美丽的蘑菇。主持人深情的旁白响起:"这是飞的感觉,这是自由的感觉。"接着是女跳伞队员艰苦训练的镜头。"任何一个梦想,在实现它之前,都要付出刻骨铭心的代价!"

情暖巴塘

▲ 参观美术工作室

  然后是折纸飞机的刘冬。他的纸飞机"想怎么飞，就怎么飞，叫它向左飞就向左飞，叫它飞一圈回来，它就回来"。刘冬双手捧着一张纸板，把一架纸飞机隔空推着在舞台上转圈，而不坠落。他说，"这是冲浪纸飞机。推动它的，是我的梦想。"

  讲台下，不少同学惊讶得张大了嘴。

  接着，一袭白色长裙的谭维维上场了，"生命就像一条大河……我要飞得更高，飞得更高……"高亢明亮的声音穿透了教室的每一个角落。

  汶川地震中失去双脚的女孩廖智，坐在轮椅上，和舞伴跳起了优雅的双人舞。美丽的舞姿让人觉得她就是一个"轮椅上的小天鹅"。

  "我想要怒放的生命，就像矗立在彩虹之巅。"感人的歌声在教室里久久回荡。

  视频结束，离下课还剩15分钟。

  "下面是自由讨论时间，发言的同学举手。"周云峰说，"想说什么，就说什么。"

  讲台下面"哗"地举起了一片手臂的森林。周云峰明白，课堂情绪调动起来了，这是一个好开端。

巴塘孩子非常可爱。内地学生随着年龄的增加，表现欲望越来越小，进入初中后，课堂上几乎都不喜欢发言，常常要老师点名，才回答问题，更不用说积极举手了。巴塘的学生却非常积极，特别是男同学，总是拼命把手举得高高的，拼命想表达自己的意见。甚至有的同学干脆站起来，争着把手举得更高，或者用胳膊肘把桌子撞得咚咚响，以引起老师的注意。

讨论非常激烈，有几次都快吵了起来。最有趣的是，讨论急了，他们不时会蹦出几句藏语，弄得周云峰莫名其妙。

离下课还有最后两分钟时，周云峰向大家摆摆手，讨论停了下来。

"下一节，也是语文课。要求每个人写一篇作文，题目就是《开学第一课》，想怎么写，就怎么写。字数不限，文体不限，啥都可以。"他停了三秒，"并且，老师也要写一篇。到时和同学们分享。"

有个女生举手问："写诗可以吗？"

"可以。"周云峰说，"写得和仓央嘉措一样美，更好。"

"小说可以吗？"一位男生问。

"可以。最好写得比莫言更好。"

同学们都开心地笑了。

下课铃响了。周云峰信心百倍地走出教室。背后的教室里，争论又开始了。

（曾　鸣　李文旭 / 文）

格桑梅朵绽放

"格桑梅朵绽放工程"是2012年双流援建巴塘时启动的，里面有两个重要内容：

其一，从巴塘选送中小学生到双流参观学习。进成都，进家庭，进学校，结对认亲，开阔眼界。

其二，每年从巴塘初中毕业生中选送20名左右的优秀学生，到双流中学、棠湖中学这两所国家级重点中学接受整个高中三年的学习。由双流提供所有费用。

当年5月29日至6月2日，第一批65位巴塘中小学生到双流黄龙溪参加"双流巴塘文化交流活动周"表演。高原的孩子们第一次来到平原，对外面的世界有了新的认识。6月3日至4日，学生们先后来到双流5701厂、川航基地、双流机场2航站楼、棠外学校、川大图书馆、钟顺集团、地平新家园和极地海洋世界参观学习。讲解员向师生们详细讲解了机场历史、企业概况、发展蓝图，新家园建设经验；学生们亲身感受了内地经济社会发展突飞猛进和日新月异，以及先进的办学理念和深厚的校园文化；零距离与海洋动物亲密接触、嬉戏。

9月20日，第二批56名藏族孩子来到双流，入住炬星宾馆。此次行程更充实，活动更丰富。首先，孩子们前往武侯祠、锦里、四川科技馆、成都极地海洋世界、都江堰青城山、宽窄巷子参观，走进四川大学、棠湖外国语学校、东升一中等，参观学校教学楼、实验室运动场和科教楼；其次，与第一批不同的是，在双流的7天里，这些孩子们有3天的时间在双流迎春小学、棠湖小学和棠湖中学实验学校，跟班学习，同时住进双流结对学生的家。

▲ 巴塘美景

直到 27 日早晨 6 点，56 位孩子才依依惜别双流，返回巴塘。
10 月 22 日，第三批巴塘孩子又来到了双流。
从此，每年秋天，格桑梅朵都会在双流绽放。
一些同学参加"格桑梅朵绽放"活动后，把所见所闻写成了日记。
拉珠日记三则：

〈一〉

这天早晨 5：30 就起床。我赶快穿上藏装，急切地在房间里等待着老师的集合令。心里想着自己就要走出大山，去见外面的繁华世界，住进汉族阿妈的家，还要在双流的学校读书，结交汉族同学，心里无比激动。当带队老师敲打着房门，催促大家起床时，我早已经在房间里等得不耐烦了。

一听到老师的喊声，我立刻拖上行李，来到大厅和同学们集合。坐在大巴

情暖巴塘

上兴奋地看着车窗外熟悉的高原美景，今天起来这么早，我却特别有精神，好像自己就是世界的主角，仿佛有许多人在注视着我。远处用石头砌成的每一座藏式房屋都特别亲切、温馨，每一座山都是那么的美丽、雄伟。那远处戴着雪帽的双子湖山，在朝阳的光辉斜射下显得格外洁白，海子山上无数的山峰早已经穿上绿色的藏袍，乳白的云雾呈带状悬浮在兔儿山的半山腰，多么像洁白的哈达。微风一吹，仿佛一位阿姐拉姆在翩翩起舞，那纯洁的哈达舞向云端，连整座山都显得楚楚动人。

  不知不觉，我们就到了稻城·亚丁机场。我激动的心立刻飞到了停在机场中央的飞机上。我终于亲眼见到了梦寐以求的真飞机了！我不顾老师出发时讲过的纪律，不由自主地掏出手机连续拍了好几张照片做纪念。老师急切地跑过来拽着我进候机室，匆忙地过了安检。我对候机室的一切都感到新奇，几乎所有的设施都想仔细看看，亲手摸一摸，感到一切都不可思议。

  当我们兴奋地排着队检票时，我突然感到特别紧张，心跳得特别厉害，但我望着老师的身影又立刻平静了许多，我调整了一下呼吸，稳步地紧跟在队伍的后面。走进飞机舱内，我更是既紧张，又新奇。整齐而现代的座位密密地排列着，圆圆的窗口，能够移动的座椅，头顶上的行李箱，能够自动关闭的小电视——一切都让我感到神奇而美妙。过了一会儿，飞机开始缓慢地滑行，刚掉过头突然加速，窗外的景物快速后退，突然飞机离开了地面，直冲向云霄。我感觉自己马上就会掉下去，会掉在山沟里，非常紧张，心中默默叨念着："佛祖保佑！"又过了一会儿，我的心终于平静了许多，开始有心情欣赏窗外的美景了。洁白的云朵下是一望无垠的绿色草原和群山，云朵上面的蓝天看不出任何污染过的痕迹，像翡翠一般的镜子。实在太美了，仿佛到了仙境一般。

  大约过了40分钟，我们就到了双流国际机场，我们坐上崭新的大巴车，很快就到了棠湖宾馆，双流的汉族阿爸、阿妈早就等待在那里了。不知怎的，见到这些素不相识的阿爸、阿妈我的眼泪就自然地滚落了下来，就像是见到自己的亲人一般。在老师的安排下我们跟着汉族阿爸、阿妈到了临时的新家。

〈二〉

新家的第一天。

  还在梦乡里的我，突然有一个陌生的声音在叫我："拉珠！快起床了——，要不然上学会迟到的。"对于我这个藏族孩子来说,这是我第一次在早晨听到汉语的起床呼喊声。听到这陌生而又熟悉的声音,我不好意思赖床,只好快快翻身起来。

也许是昨天过于兴奋,今天起床感到有一些疲惫,但又有一点像老师说的醉氧。我懒懒地从被窝里爬出来,洗脸、刷牙,我也不清楚自己用了多长时间。走到客厅时,我的汉族哥哥应佳宇和爸爸、妈妈都在等着我一起吃早饭,当我吃上第一口圆圆的白白的食物时,感觉太甜了,我不知道早餐的叫法或名称,我根本吃不下去。我本来想坚持吃下去,可是怎么也没有藏族糌粑和酥油茶的味道,当我吃到第四个时差一点吐了出来。汉族阿妈看到这种情况赶忙说:"不要紧,不要紧!应佳宇带拉珠弟弟去街上吃。"应佳宇于是就和我背着书包到街上去。他问我想吃什么。我想了想说:"就吃馒头吧。"他给我买了五个馒头,我吃了四个。他只吃一个。我问他:"今天你家里那个很甜的,圆圆的叫啥名字?"他对我说:"那叫汤圆,在我们这里表示团团圆圆的意思。因为你千里之外到我们家里,组成了一个新家,妈妈说希望我们这个新家团结、和睦、甜蜜,所以专门准备了汤圆。早餐安排汤圆,寓意为从一天的开始就甜蜜。"

当我们来到棠湖中学初中部时,应佳宇他们班上的一大群同学都围了过来,问我"叫啥名字?来自哪里?你的家乡是什么样?"——我无法一一回答。但他们都非常热情、好奇,对我也特别关心。上课时,他们老师讲得特别快,我跟不上。即使这样,我也是尽力地听。

这一天,除了上课我不是听得很懂,课余却是异常开心。汉族同学总是有问不完的问题,我也结识了许多汉族新朋友。

〈三〉

今天是我到双流新家的第三天,经过两天的相处适应,我不再紧张、害羞,慢慢地与家人一起聊天。给他们讲述巴塘的自然环境,美丽的自然风光,尤其是雪景。给他们讲巴塘的特产——核桃、无花果、苹果,当他们听说我们那里的蔬菜、水果都不用化肥,不打农药时,他们都不敢相信。听说牦牛从不喂饲料,他们瞠目结舌,更不相信我们的牦牛放到山上去会自己回家,有时几家人几十头牦牛一起放牧,一年后或几年后谁家的牦牛依然能分得清清楚楚,不会混淆。还给他们讲巴塘的历史,藏文化,他们都感到不可思议,不断点头或摇头。我

情暖巴塘

还给他们讲巴塘的藏戏、藏舞，尤其是巴塘的弦子舞已经申遗，我一边讲，一边给阿爸、阿妈、阿哥跳起了弦子舞。还教他们说藏语，他们称赞我的藏文写得好看、美丽。当我讲巴塘红军山和团结包子的故事时，他们流露出崇敬的表情。总之，这一家人都喜欢我的故事，我觉得他们对巴塘有着极大的兴趣，我也有摆不完的故事。

晚饭后，汉族阿妈说带我去海滨城看鲸鱼，我一下兴奋起来，连饭都没有吃完就催促他们出门。

去海滨城的人很多，大门外的汽车数也数不清。大厅内人挨着人，脚尖贴着脚跟。因为天气闷热，我的汗水直流。我这个从高原上第一次走出来的藏族孩子这时感到有一点不适应，阿妈安慰我说："拉珠，忍一忍，一会儿进去有空调就好了。"排队等候时，阿妈不停地用纸巾给我擦汗。我的心跳得太厉害，我平生从未见过这么多人聚在一起，想到汉族阿妈把我当作亲儿子一样看待，我忍不住掉下了几滴眼泪。阿妈发现我流泪了，关心地问我："孩子，怎么了？不高兴？"我赶忙擦干眼泪对她说："不是，是阿妈您对我太好了——"

进了展览馆，我立刻感到凉快了许多，阿哥牵着我的手，边走边看，他们怕我走丢了。我们非常兴奋，不停地用手机拍照，这里面的鱼有好几百种，我从未见过，外面的世界真是闻所未闻，想也想不到，世界真神奇！

逛完海滨城阿妈又拉着我去买衣服，我说不去，她硬是要我去。后来她亲自给我挑选了一条裤子，我觉得心里暖洋洋的，总有一种说不出的感激之情，他们对我就像亲人一般。

回到双流后，又带我去吃烧烤。他们说藏族人喜欢吃牦牛肉，居然全都点的是牛肉，我感到既亲切又温暖。我兴奋地给他们跳起了藏族舞蹈，还唱了一首藏歌《吉祥的日子》，他们开始给我鼓掌，后来也一起跟我学唱。我越来越起劲了，越来越自信了，越来越快乐了。这一天，我过得真开心。

我感谢双流区的"格桑梅朵绽放"活动，更感谢我的汉族阿爸、阿妈、阿哥。这是我从未经历过的崭新生活。这与我在巴塘的牧区生活完全不同。我对世界产生了无穷无尽的好奇。

格桑梅朵工程不仅提高了学生的写作水平，还连接起了巴塘和双流两地学生的友谊桥梁。

活动结束不久，双流实验小学四年级4班的黄书瀚便收到了巴塘格木小学学生奔月的来信。2012年是巴塘第二批学生到双流，和双流的孩子结对认亲，走进双流家庭生活，奔月是其中的一员。在双流期间，奔月和其他参加活动的同学一样，到班里上了课，也去了武侯祠、海滨城。

奔月在信中写道：

> 书瀚哥哥，你好。我已经回到格木小学了。我们都是住校，阿爹阿妈开学的时候把我们送到学校，就回牧场了，一直要到期末才来接我回家。我真羡慕你，每天都可以回家，和爸爸妈妈一起，快快乐乐，热热闹闹。还有，我们学校好小啊，就四栋房子围着一个坝子。四周除了山，还是山。
>
> 当然，双流令我向往的还有很多。
>
> 几天前老师布置作文，要我们给自己的亲人写一封信。
>
> 我想了好久，好久。开始我想写给阿妈，可是她又不识字，连普通话都听不懂，阿爸也是。
>
> 后来，我想到了你，书瀚哥哥。虽然我在你家只住了四天，但爸爸妈妈却把我当成了亲儿子。一开始拿不定主意，我去问老师。老师说："你觉得他们是你亲人就是亲人。"我当然把你们当成了亲人，是吧，书瀚哥哥，你也把我当成了弟弟的，是吧？
>
> 上次，是我第一次走出大山，来到美丽富饶的双流。在双流期间，非常感谢你和爸爸妈妈对我的照顾和帮助。我永远记在心里……

黄书瀚收到这封信后，非常高兴。他把信交给了班上的老师，老师让他在班上念。班上的同学都鼓励黄书瀚给奔月同学回信，他当然不负众望。

奔月弟弟：

> 来信收到。
>
> 很高兴你给我写信，更高兴你把我当作你的亲人。当然，我也永远把你当作我的亲人。
>
> 四天快乐时光，让我又交了一个新朋友，有了一位藏族弟弟。我和我的家人都很喜欢你，我们班上的同学们也喜欢你……

▲ "进学校"之共写海棠格桑同芬芳

截至2021年，先后有680名巴塘中小学生从"格桑梅朵绽放"活动中收获了欢乐、友谊和理想。相比之下，那些从巴塘来到双流，进入双流中学、棠湖中学、华阳中学学习的高中生们，对格桑梅朵绽放工程的感受更加深刻。

2012年秋，作为格桑梅朵绽放工程的一部分，双流决定从巴塘籍初中毕业生中选送30名优秀学生到双流的三所重点中学完成高中阶段的学习。三年学习期间的所用费用由双流方面资助。

巴塘相关部门和双流援建队协商后，本着公平、公正、透明的原则，决定以当年甘孜州中考成绩为唯一依据，筛选出巴塘籍前30名学生，1—10名进双流中学，11—20名进棠湖中学，21—30名进华阳中学。

次仁拥措和次仁拥喜是一对双胞胎姐妹，打小生活在巴塘县夏邛镇。2012年初中毕业后，幸运地遇上了双流和巴塘共同推出的"格桑梅朵绽放工程"，能到双流接受高中教育，两姊妹心里乐开了花。

公示很快张贴了出来。两姊妹以优异的成绩名列前茅，妹妹次仁拥喜以全县第一名成绩、姐姐次仁拥措以第三名的成绩如愿入读双流中学。

当年8月底，次仁拥措和次仁拥喜到双流中学报到注册，住进了学校的学生宿舍。由于两姐妹成绩优秀，她们被分到了2015级一班，是年级的重点班。班上同学个个都是"高手"，目标瞄准的都是"清北华五"。良好的学习氛围和激烈的竞争，让初到双流的两姊妹感到了压力和不适，毕竟与班上的学霸们相比，差距还是有的。在这关键时刻，班主任杨辉温暖的目光落到了她们身上。杨辉老师找两姊妹谈心，了解她们生活和学习上的困难和担忧，帮助她们尽快融入班级中去，从而适应新的环境，适应快节奏的学习。在杨辉和其他老师的关心和照顾下，两姊妹的学习和生活逐渐步入了正轨。

其间，双流援建队一直关注着在双流学习的巴塘孩子，在幕后默默地为他们分忧解愁。

转眼到了高三，班上迎战高考的气氛日益浓厚。一些同学为了拥有更安静舒适的学习环境，纷纷搬出集体宿舍。这给次仁拥措和次仁拥喜带来了新的压力和困惑。杨辉老师再次伸出温暖的大手，把两姊妹和其他班的同学进行了组合，让喜爱学习的人住到一起，以便营造宿舍良好的学习和生活氛围。

不久，学校对高三学生的宿舍进行了一次统一调整和合并。次仁拥措和次仁拥喜与其他班的同学住到了一块。由于与同寝室的同学不熟悉，性格也有些合不来，学习习惯也差异较大，两姊妹的情绪再次波动起来。她们把困惑告诉了杨辉老师。杨辉老师把情况向学校做了反映。学校领导经过研究，考虑到具体情况，决定让两姊妹和班上另一位女生单独住一间寝室，用最好的状态，迎接高考前的冲刺。

高考结束，次仁拥措和次仁拥喜没有辜负双流援建队的关心，也没有辜负老师的培养。次仁拥喜以甘孜州第一名的成绩入读华中科技大学，次仁拥措也以优异成绩被南京理工大学录取。收到通知书的那天，她们第一时间把这一喜讯告诉了杨辉老师，告诉了这位三年来像父亲一样关怀着自己的长辈。那一刻，杨辉老师在电话里笑了，次仁拥措和次仁拥喜笑了，双流援建队的队员们也笑了。当然，笑得最开心的还是她们的父母，他们一道来到金弦子大道304号，向双流援建队员伸出大拇指，深情地说了一声："扎西德勒！"

大学毕业后，次仁拥措和次仁拥喜两姊妹又双双考上了研究生。如今，每当有人问起她们在双流学习的时光，她们总会这样说："古时有孟母三迁，在双流，杨老师像父亲一样，也给我们搬了三次'家'。"

榜样的力量是无穷的。此后，一批批从巴塘到双流学习的学生从两位学姐身上汲取了精神力量，努力奋斗，考上了不同的学校，完成了人生的跨越。

据统计，截至2021年，一共有205名巴塘学生来到双流入读高中。毕业学生中，本科上线率近40%。

（曾　鸣　李文旭/文）

老支教的故事

中秋节晚上的月亮格外大,格外亮,格外近。

该睡觉了,周云峰睡不着,抬了把椅子,坐到宿舍前的空地里看月亮。月亮里,老吴刚似乎还在砍那株永远也砍不倒的桂花树。从远古砍到今天,从平原砍到高原。

他想到了西西弗斯神话中那永远也推不到山顶的石头。

东西方文化中,居然有如此相似的神话内核。也许,不论是黄皮肤,还是蓝眼睛,人的情感都是相通的。

当年李白写"床前明月光"时,也许就在中秋?也睡不着?

帅老师打电话的声音从房间里传出。隐隐听到有"请家长""班主任"等词语。显然又是孩子的事情。

打着打着,帅老师走了出来。"咦,周老师,你在这儿!"他有些吃惊。

"睡不着。"周云峰指了指天上,"看月亮。"

帅老师回屋抬了把椅子,和周云峰并排坐下,闷着头看月亮。

"咋啦?"周云峰问。

"还不是娃儿的事。"帅老师没好气地说,"你知道我在外面支教七八年,管孩子的时间少,他妈又管不好他。哎……"

"喔。"周云峰知道帅老师的孩子今年刚初中毕业,学习习惯不怎么好。

"这不,才去双流艺体校几天嘛,老师就打电话,请家长了。这娃儿真是愁人。"他仰望着星空,背靠在椅子上,伸长了双腿,一副无奈的样子,"你知道,我在艺体校待过,现在孩子的学习这样,我都没有脸回去了。"他停了几秒钟,"懒得跟

▶ 格木风光　刘仕渝 摄

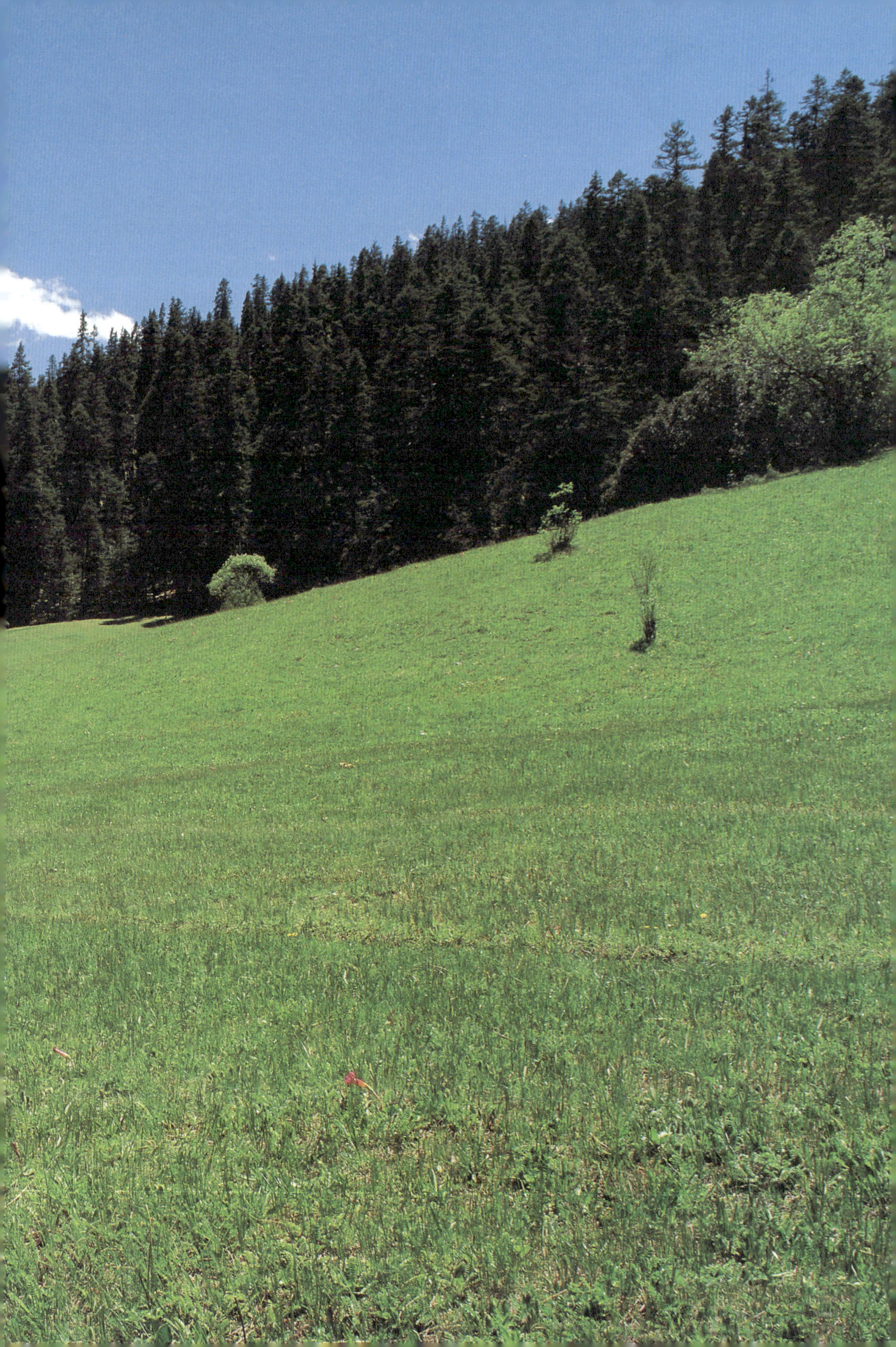

情暖巴塘

她说,我把电话关了。"

说什么好呢?周云峰觉得还是不说为好。他当年就在艺体中学读完高中,那时,帅进在那儿当老师。

他们这么一嚷嚷,其他几个老师也走出了房间。"我以为只有我睡不着,原来你们俩也是。"

大家一起坐在夜色里看月亮。谁都知道,巴塘的月亮这时也照着双流。

帅进最先打破沉闷,作为一个老支教,思乡的愁绪他体会得太多。他给大家讲起了自己的支教经历。

帅进2001年就到了高原。那年夏天,共青团成都市委在成都各区县组织一批老师来甘孜州支教,帅进报了名,他是英语老师。同批的双流教师还有籍田镇中的张胜利和胜利中学的邓东。

经过两天培训,支教队在教师节一早从成都乘坐五辆大巴出发,教师们每个人胸前都带上了大红花,光荣得很。当天晚上到达康定,等在康定宾馆的迎接的人们,给成都来的老师献上洁白的哈达。

"那场面真是热烈啊,载歌载舞。"

第二天,甘孜州各县教育局到康定接人。双流的三位教师分到九龙县中学。

帅进初上高原也失眠,他记得那天晚上看电视到深夜,懵懵懂懂地看到飞机把大楼撞了,以为是电影,后来才发现是真的,是美国的"9·11"事件。

九龙中学的刘校长,家在仁寿县。大学毕业后,响应国家号召,分配到九龙,那时还不通路,他从康定骑了一个星期的马才到。一干,就是几十年。

帅进到九龙那年,全国都在抓"普九"工作。他被安排协助刘校长抓"普九"。抓"普九",免不了下乡。

有一次下乡返回,大概下午六点钟左右,要走过一个叫"湾子"的垭口。那里山高风急,山上容易坠石,是当地出了名的危险地带。那天刚下过雨,老乡见他们要过那个湾子,对他们说,"一定要把细,上面要垮石头下来……"

依着老乡教的方法,他们过垭口时,两个人看着山,一个人先过。山上树木不动,说明安全无风,就喊:"走,走,走……"见树木一动,就喊:"停,停,停!"即使停也要紧靠着岩壁。这样走走停停,一弯一拐,几十米路,至少走了30分钟。

顺利走过去的人,站到对面安全的地方又回头看着山,让第二个人过来。

最后过来的一个老师,在"走走走"的喊叫声中,提心吊胆走到半途,刚想跑快点,

▲ 巴塘格聂神山

上面的石头就开始滚下来,急得对面的人大声喊:"石头下来了。注意!注意!"听到慌张的喊叫,他抬头一看,吓得到处躲闪,躲一阵后,坠石停了,他又开始拼命跑。两边是山壁,下面是泥泞山路。他拼命跑,拼命跑,拼命跑,终于跑了过来。

"明明听到钥匙啪的一声掉到地上,都不敢捡,因为没有机会,也没有勇气。"那个老师说,"回去只有撬门了,有命撬门,总比没命进门好。"

山高路险。在大自然面前,人的力量真的是太渺小了。

帅进第二年就回了双流,当时不知道可以连续支教。

2007年,学校又有援建指标,他报了名,再次去了九龙。那年到九龙的人有11个。黄水中学除了帅进,还有游建。

帅进这年和另外四人分到了沙坪中学——一个片区中学。学校在九龙县东南部的乌拉溪乡,距离县城六十来公里。

第一年学校安排帅进教地理。只有一个比较年轻的谭老师教英语,其他人则教地理、历史或生物等学科。

第一学年下来,五位支教老师的科目,在全县统考中个个名列前茅。第二年他们工作量一下子上来了,帅进教三个班的英语,正课和自习加起来一周24节课。

"那几年常年在外,对儿子的照顾少了,对儿子的学习辅导也少,现在孩子学习不好,我有不可推卸的责任。但也没办法,你想,这世界上的事,又有多少能两全?"

帅进在沙坪中学,一待就是五年。

情暖巴塘

2012年夏天，帅进和几位双流老师奉令调到巴塘支教。

帅进的故事让气氛活跃起来，大家你一言我一语地闲聊，最后不约而同地谈到了期中考试的成绩。

帅老师毕竟支教多年，他安慰大家，慢慢来，有进步就好。不能急，急也没用。

周云峰说："不急不行，看着他们的卷子难受啊！"

帅老师起身续水后，又回到凳子上。"他们在学习上，肯定有一些问题。但藏族学生重感情，这是优点。"

周云峰说："这倒是。"

帅老师又讲了一件事。

去年六月，他离开沙坪中学的前一天，同学们知道他要走了，下学期不会来了，也许永远都不会来了。讲台下，一下子变得寂静无声，包括平时最爱说话的那两个男生也安静下来。毕竟和他们已经有了感情，一下子要离开，他们一时接受不了。

"教室里安静了三十秒，有一位女生开始抽泣，然后又有人开始抽泣。我不忍心看下去，默默离开了教室。那一刻，教室里竟然没有一个人站起来，都呆呆地望着我，没有声响，说实话，当时我也有些心酸。

"我以为事情就这样过去了。不料下午，一位学生来到办公室，是一位平时成绩不怎么样的学生。他走到我跟前说：'帅老师，您要走了，我有一样东西送你留作纪念。'这位学生从英语课本里拿出一张干净平整的一元纸币，递到我面前说，帅老师，我们会想你的，我们都很爱您。

"说完，他就转身走了。弄得我莫名其妙，送一元钱给我，是啥意思？当然，既然是学生送的，就不能把它只当作一元看待，而是学生的一份情谊。我把钱收好，当时没有在意。回到双流很久，这事一直挂在我心上，这学生为啥会送我这么一个奇怪的纪念品呢？

"过了很久，我才发现这张纸币的秘密在编号：A56Z520520。"

周云峰问："怎么讲？"

帅进说，按同学们喜欢的网络语来说，这串编号含义就是：我爱你，我爱你。多么心细的孩子，多么有情谊的学生。这张钱，一定是他收藏了很久的东西。把自己最珍贵的东西送给自己的老师，这就是藏族学生的可爱之处。

（曾　鸣　李文旭/文）

阳光下的示范课

2012年8月14日,双流县教育局干部、讲师团团长钟鑑率双流讲师团成员和支教教师一行20人踏上前往巴塘的征途。16日上午,在短暂的开班仪式后,培训拉开序幕。大家不顾旅途劳顿和一些高原不适应症,立即投入到讲座的各项活动中去。

讲座受到了巴塘老师的热烈欢迎。

泽仁邓珠,一位典型的康巴汉子。他是南戈小学的一名教师,骑了73公里的

▲ 双流区教育局2021年赴巴塘县开展"名师蹲点"送教活动

情暖巴塘

▲ 同心幼儿园的孩子们　乌江/摄

自行车来听讲座。培训中他特别认真，密密麻麻的笔记写了半本。他感动地说："双流老师太好了，讲的很实用。这次培训送教到家门口，真是太方便了！"

竹巴龙乡水磨沟村小教师格绒志玛激动地对讲师团的老师说："她从教已有24年，只到过康定参加过一次教师基本功培训。这次双流讲师团专家的精彩讲座让我再次开了眼界，以后，我将在我的教学中多运用这些新的技艺，还要学习运用科研来提升自己的教学水平，教好家乡的孩子们。我也希望以后多举办提高我们教师基本功和教学技巧的讲座。"

在巴塘，乡下的小学以藏族学生为主，刚入学时，很多学生不会说汉语，也听不懂汉语，与双流老师之间存在语言隔阂。起初大家还没在意，直到一次示范课才发现了问题。

随双流讲师团上高原的一位女教师到一个乡中心小学校上示范课，学生坐得端端正正。教室后排，坐了一排本校的老师，都来观摩名师讲堂。

她给一年级的学生上识字课。年轻的女教师说得一口漂亮的普通话。

那天，她教"日"字，从音形义三方面给学生讲解。

课上了一会儿。凭着职业敏感，她觉察到讲台下面的学生根本就没有跟上自己的节奏,有的虽然看着黑板,但表情木然。怎么回事?

这时,一个小女孩犹豫地举起小手。"老师,"小女孩说,"他们好多人听不懂普通话。"

女老师的脑袋一下子就懵了,原来自己在台上是讲了半天天书。示范课出现这种尴尬是最大的忌讳,但这课还得讲下去啊,怎么化解?

这位女教师讲过多次示范课,还算有经验。一看教室外阳光明媚,立刻有了主意。"这位同学,"她指着发言的女生说,"你来翻译。我们现在到教室外面去。"她带头走到了教室外面,一群孩子跟在她后面。

站在阳光下,女教师指着天空的太阳,说:"日,就是太阳。"乖巧的小女生用藏语做翻译。孩子们的神情一下子释然了。听课老师们露出了会心的笑容。

示范课获得了意想不到的成功。

之后在办公室评课时,老师们都说这课上得生动,师生的互动也恰到好处。特别是老师的随机应变,太漂亮了!

只有这位女老师后来哭丧着脸对双流支教的老师们说:"上了多年的公开课,这堂课差点要了我的命!"女教师抹了抹额头上并不存在的汗水,"还好,老天有眼,

▲ 双流援建老师在上课

情暖巴塘

如果今天是阴天，没有太阳，我这课就不知道怎么收场了。"女老师呼了一口长气，"你们在这儿支教，要多努力啊！"

其后每年秋天，双流都会组织优秀教师到巴塘讲授公开课和各种讲座。

2018年国庆后，双流送教讲师团再次来到巴塘。

讲师团里的杨柳是双流胜利小学老师，教数学的杨伟来自棠湖外国语学校，还有双流迎春幼儿园的廖萍、实验小学的老师胡伟等。

杨柳给巴塘县金弦子小学带去的是《小学课程建设工作的实践与思考》专题讲座。

课程为谁服务？课程来自哪里？……杨柳的提问，吸引了老师们的目光。杨柳结合胜利小学课程建设的经验，分析了如何因地制宜，将地方特色与学校课程有机结合。

杨柳讲座结束后，金弦子小学的付永玉老师立即找到杨柳讨论。她说十分同意杨柳的观点，比如课程体系要站在以人为本的立场来设计与构建，尊重师生基础，关注师生兴趣，着眼师生成长的需要。她说今后要将这些观点融入教学之中。

杨伟为巴塘中学七年级学生呈现了一堂数学示范课《有理数的乘方》。

廖萍在巴塘县幼儿园上了一堂体育游戏示范课《鳄鱼吃食》。

胡伟为金弦子小学上了一节小学数学示范课《数学魔术课》。

……

精彩的示范课陆续在巴塘基层学校进行。

（曾　鸣　李文旭／文）

月登老师

"我要去巴塘支教!"

当王家全(双流公兴初中教师,挂职巴塘中学副校长)向亲友们宣布自己的决定后,马上引来了一串连珠炮:

"父亲今年90岁了,儿子马上就要高考!"妻子吼他。

"你都50多岁的人了,颈椎又有病,真是在拿身体开玩笑!"儿子关心他。

"那里好艰苦啊!高寒缺氧、对心脏有影响。"朋友担心他。

第一年(2014年),他的高原梦,就被这如潮水一般的口水浇灭了。

他不甘心。

他暗暗地为上高原做着准备。为了打消家人的顾虑,他学会了"八段锦""24式太极拳"和"五禽戏",一年坚持不断的锻炼,让他的身体越来越好。

2015年,王家全果断向上级递交了去巴塘支教的申请。亲友们不再多言,他们知道他的性格。"人生能有几回搏?"这话他说过多次,每一次都是对疑问的回答。

8月28日,王家全踏上了去高原的路。年迈的岳父拄着拐棍对他说:"你去巴塘支教,我感到光荣。"

王家全是一个有教育理想的人。他是中学语文高级教师,成都市双流区优秀科研员,四川省教育学会心理专委会理事。先后担任过语文教研组长,学校科研员。参加过省、市、县级科研课题三个,均担任主研教师。发表、获奖专业论文20余篇,并多次辅导学生作文在各级获奖或发表。2009年,被双流县教育局评为优秀班主任;2010年,被双流县政府评为县优秀教师。

▲ 巴塘县城鸟瞰

在巴塘中学,王家全除挂职副校长外,还担任了两个班的语文教学。所有课加起来,足足有 28 节。这对一个年过五十的人是多大的压力?但对一个硬汉子来说,这又算得了什么!

他要把多年积累的教育理念带到巴塘,把"快乐学习"理念播种到巴塘孩子的心里。

家住金沙江边的次仁拉姆,一天中午来到王家全的办公室:"王老师,我学习很刻苦,每天早上 5 点钟就起床背书,晚上 11 点过才睡觉。"

"确实辛苦,好样的!精神可嘉,但是如果达到快乐学习的境界,那就更好了。"王家全笑着说。

次仁拉姆疑惑了,迫切地问:"为啥子?"

王家全耐心地开导她:"读书刻苦可以取得成绩,这只能算勤奋、刻苦的人。是为功名、为工作而读书,有一点被动去读书的意思,想到别人在玩耍,自己起早贪黑,夜以继日,困难重重,苦苦摸索,所以,感到苦、累。而一个人只有发自内心地喜欢读书,一天不读书就会感到缺一点什么,就会不自在。一旦翻开书本就会全身心地投入,陶醉在书本之中,就会感到自己与众不同,就会感到无穷乐趣,欣然忘食,忘记玩耍,忘记一切。只有对书本有浓厚的兴趣,才会有无穷无尽的动力。不断进步,不断攻克难题,才会找到自信,才会在学习中找到无穷无尽的快乐。快乐的事我们才会产生强大的内在动力,才会孜孜不倦,才会创造性地学习。俗话说兴趣是最好的老师就是这个道理,这也是学习和做任何一件事都必须具备的基本素质。"

次仁拉姆仿佛听懂了,流露出对老师的敬意。还热情邀请他到她们家里去做客。她说:"我爸爸妈妈非常欢迎老师去家访,保证会热情招待您。"

次仁拉姆在王家全的本子上端端正正地写下一行字:"次仁拉姆,家住竹巴龙乡竹巴龙村,金沙江大桥旁边,家里有五头牦牛,一头奶羊。"

王家全当然要去,但不是现在,因为他已有安排。

王家全关注学生学习成绩的起落,更关心学生的心理变化。前段时间他发现次邓珠同学情绪波动大,考试时而好,时而下滑很厉害,让人担忧。王家全觉得必须尽快去她家一趟。

一个周末的下午,王家全决定和次邓珠一起回家,不能给孩子留下老师不守信用的印象。他更要利用同行的时间,给次邓珠上一次课外课。

赶公交车出巴塘县城,经过黄草坪、拉纳山等六个隧道,就到德达乡了。沿途崇山峻岭之间已经是白雪覆盖,悬崖峭壁上的冰挂、冰瀑等让人惊叹不已。一路上有数不清的警示牌。坡陡弯急,小心飞石,路面结冰……

山的那边还有更险的山。

一路上王家全为孩子讲了许多作文的知识,怎样确立主题,如何收集作文素材,材料怎么取舍等等。

经过三个半小时,终于到达了"上德达村"次邓珠家。他三岁多的弟弟早已从窗口探出头来,流露出欣喜而陌生的表情。淳朴的母亲,走到屋外来,迎接王家全。进到温暖的木屋,她不时请王家全喝酥油茶和吃早已蒸好的牦牛肉包子,歉意地表示丈夫有事出门了。

木屋里温暖而欢乐。

次邓珠邀请老师去山上观赏雪景。读小学六年级的妹妹一道同行。一边气喘吁吁攀爬,两兄妹轮流给王家全讲这大山里神奇的故事,滔滔不绝。

其间，还遇到一条野藏狗。

次邓珠的妹妹天真地说："到挖虫草的季节，全村的人都搬到对面山顶的草原上去了，连牦牛也全都带去了，这些野狗就会帮我们看屋。如果野猪来偷食青稞和土豆，这些野狗就会团结起来把野猪赶走。还有棕熊、狼、梅花鹿、藏马鸡。"她兴奋而热情地邀请王家全明年再来这里，说春天好美丽，夏天可以到山上捡许多蘑菇，有松茸、木耳、牛肝菌，好多好多。

王家全鼓励兄妹俩把刚才说的这些写成作文，比一比，看谁写得好。

在陡峭的雪坡上，在密密的树林里，兄妹俩一前一后搀扶着王家全，唯恐他滑下雪坡。一会儿是给他拍打身上的雪，一会儿是给他拉开树枝，一会儿是先站在危险处接应他。并不停地提醒："老师，小心！"

天空昏黄阴暗，雪花越飘越大，牦牛们也好像知道今天有贵客来了，排着队从山上下来，王家全用手机拍下这仙境般的镜头。

晚上，一家人聚齐了，王家全对他们讲了如何确立奋斗目标，孩子在家里如何养成学习的好习惯，大家要怎样互相鼓励、督促。这样，孩子们慢慢就会养成好习惯，将来一定有希望！一家人高兴地接受了，并以浓重的藏家礼节招待了王家全。

这一晚，王家全没有睡好觉。一是零下十几摄氏度，只要皮肤接触空气就像刀割一般生疼，二是这一家人让他牵挂。

早上，兄妹俩六点过就起来大声背书了。

这一刻，王家全放心了，一觉睡到了八点钟。

注重学生感受，在教书和育人上，把育人放在首位。而育人，需要春风化雨的细致入微，更需要师生之间自然而然产生的亲和力。王家全深谙此道。

前不久，新华社记者许茹到巴塘中学采访王家全和他的学生，班上的藏族学生兴奋不已。一天时间里，孩子们已经对许茹有了崇拜之情。许茹也非常喜欢孩子们，还与孩子们合影留念。许茹走时说，回成都把照片冲洗出来后，就邮寄过来。从那天起，孩子们就开始眼巴巴地等待了。

5月17日，许茹发来短信："照片已通过快递寄出。"里面有一张合影，每个孩子都有一张，请王家全分发给他们。另外，许茹还给同学们写了一封短信，也请王家全代为转达。许茹还寄了几件文具作为礼物，专门送给期末考试成绩优秀的同学。

王家全将许茹的来信在班上隆重宣读后，孩子们沸腾了……

那几天，全班围绕如何给许茹姐姐回信，展开了激烈的讨论。后来形成了这样一段话："祝许茹姐姐永远美丽、崇高。我们一定会以您为榜样，长大后成为像您一样优秀的人！"

王家全想，许茹寄来的照片一定会激励藏族孩子一生。孩子们一生都会有一个为之奋斗的榜样。每当情绪低落时，这张照片会给他们带来无穷的力量，让他们振作起来。他为巴塘中学八年级6班的孩子们遇到这样一位好姐姐感到高兴！

在王家全的引导下，"许茹来访"变成了孩子们心里刻骨铭心的励志故事。尽管这件事情刚开始具有"追星"的苗头。

孩子们喜欢王家全，还在于他善于把自己放在与他们平视的角度，甚至将孩子们当成"小老师"，让孩子们教他藏语，学会了很多日常语。在此过程中，孩子们还拥有了一种从未有过的成就感。

益西曲珍同学就非常享受当小老师的过程，她经常考王家全。

"老师，尼玛、达娃是什么意思？"

王家全认真回答说："太阳和月亮。"同学们都开心地笑起来。

平时很少与老师交流的扎西邓珠也被这种情绪感染了，他涨红着脸走到王家全面前，"老师，我给您取一个藏族名字好吗？"

"行啊，什么名字？"

"就叫月登！"

"月登是什么意思？"王家全高兴地问。

"月登是知识渊博的意思，我们崇拜您，认为您就是知识渊博的人。"扎西邓珠解释说。

王家全立刻让扎西邓珠用藏文写在黑板上，又让他在语文教材上用藏文和汉语同时写出来。看着扎西邓珠工工整整地用双语写下的"月登"。王家全觉得这孩子今天写字的动作和神情都特别认真，他过去的作业从来没有如今天工整。

这下，同学们可热闹了，纷纷发表自己对为老师取藏名的意见。"尼玛！尼玛！""达娃，达娃！""次仁！""扎西！"一阵激烈地嚷嚷后，一个叫阿三的同学，直接跑到讲台上，在黑板上用藏文写下"次仁月登"，并用汉字写道："次仁"是健康长寿，寿比南山；"月登"是知识渊博，让我们崇拜！

台下立刻响起了热烈的掌声。全班一致通过。

几十个藏族孩子给他们的喜爱的汉族老师取名字，是多么珍贵的一幕。这是孩

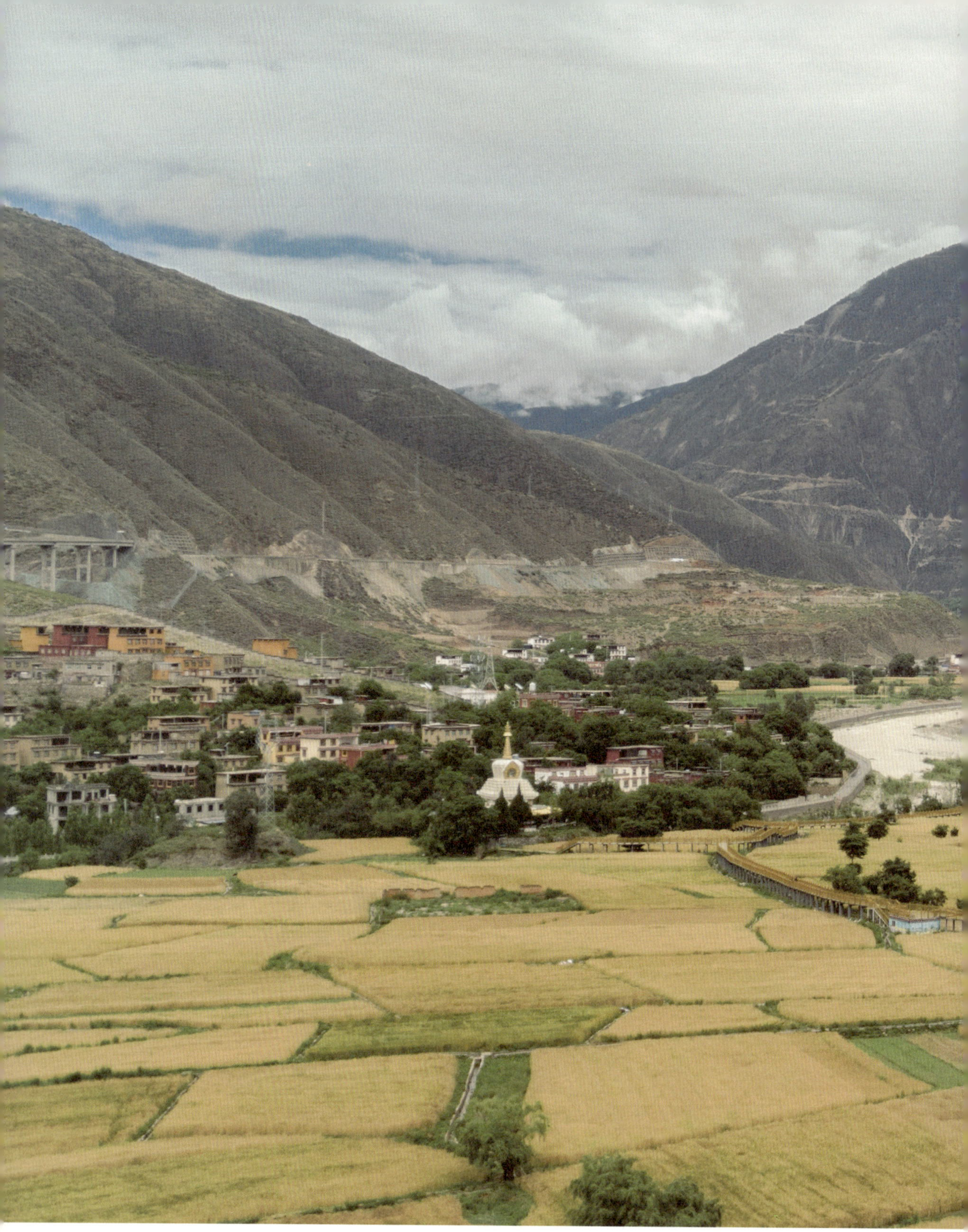

▲ 金色麦田

子们对支教老师的认同和敬重。在汉族，取名字可是由父母或者德高望重的长辈取名，是非常慎重的大事。

眼前的孩子令王家全万分感动。等掌声停下来后，他开心地宣布："好！从今天起，我的藏族名字就叫次仁月登！大家可以叫我月登老师。"

王家全的爱，滋润了藏族孩子的心灵。王家全的一笑一颦也牵动着孩子们的神经。班上一个叫呷绒曲珍的学生，在一篇《我给汉族老师挖贝母》的日记里，写下了对老师的满腔深情：

> 我们的汉族支教教师王家全，工作非常认真，鼓励我们努力学习，用知识改变命运，教我们许多学习方法。为了培养我们良好的学习习惯，不厌其烦地做了大量工作，让我们班学习成绩次次年级第一。他从不打我们，我们都非常敬爱他，都亲切地叫他"王帅哥"。同学们还共同为他取了个藏族名字——次仁月登（长寿、知识渊博）。
>
> 从开学到现在，他因为感冒一直在咳嗽，吃了许多药都不见好，我们很揪心。我家周围的大山里就有一种我们当地人常用的止咳好药材——贝母。但它在距离巴塘中学一百多公里的地方，开学三个月来我一直没有机会回家挖。6月6日开始，因为高考、中考，我们放了十天假。我终于有时间回家给我们的王老师挖贝母了。
>
> 往年的这种假期，我都随阿爸、阿妈去挖虫草，今年我决定先去给老师挖贝母，因为野生贝母稀少很难找。尤其是这个季节雨水太多，整天山中都是云雾密布，有时连找路都困难。山风大下雨时雨伞根本撑不开，穿上雨衣又闷热。高山气候说变就变，刚刚还是大雨滂沱，一会儿又是烈日当空，所以还是要带上雨伞。
>
> 生长在高原上的贝母，杏黄色的花儿好美丽，它花口向下，像一口艳丽的吊钟。由于植株低矮，天性坚强，茎秆能抵挡强劲的山风。但要找到它实在是不容易，它常生长在人迹罕至的地方，只有我们这些从小生活在大山里的人才会有本事找到它。为了保险，我带上读小学四年级的妹妹。妹妹开始不愿意去，我只好把我一学期积攒的零花钱全部给她，她这才勉强答应跟我去。我们带上干粮和雨衣就出发了。
>
> 我们走了半天终于看到了一株贝母草，但是，挖出来一看，果子不知跑到

哪里去了，好不容易找到一株却是白费劲。聪明的妹妹提醒我，那个开花的应该不会有果子，要找那个花谢了的。我恍然大悟，刚开始由于心切，见到贝母草就挖，结果是瞎子点灯——白费蜡。我们又到另一座山上去找。就在这时，天空黑云压顶，狂风大作，雷鸣电闪，大雨倾盆，我和妹妹吓得赶紧躲到山洞里。因为雨老是下个不停，妹妹开始有一点害怕起来，她哭着问我："姐姐，如果到天黑雨都不停，那咋办？万一遇到野兽我们咋办？阿爸、阿妈到晚上找不到我们咋办？"我的脑子一下也懵了。后来，我想了一个办法安慰妹妹，我问妹妹："珍珍，为什么先看见闪电，后听见雷声？"妹妹想了想调皮地说："因为人的眼睛在前面，耳朵在后面。"我笑了起来，接着妹妹也跟着笑起来，我们两姐妹笑得前仰后翻，内心的恐惧一下消失了。过了一会儿，我才给妹妹讲科学道理："妹妹，不是你说的那样，因为光在空气中的传播速度快，声音在空气中的传播速度慢，所以我们先看见闪电，后听到雷声。"又过了一会儿，天渐渐地暗下来，洞外传来了熟悉的声音："珍珍——，呷呷——"我们赶紧跑出山洞大声喊："阿爸——我们在这儿——"我们流着泪跑了过去。阿爸说："你们还小，上山危险，我和你阿妈在挖虫草时心里头都不踏实。你们为了给老师治病，冒着危险挖贝母，是好样的！乖孩子，我们回家吧，明天我和你妈妈都不去挖虫草了，专门去给王老师挖贝母好吗？"

精心备课，认真上好每一堂课，王家全所任教的两个班，短短的时间里成绩得到了明显的提高。凡是有一点进步，他都自掏腰包进行奖励。他也曾自己花3000多元买了《中国成语故事》等书来奖励进步的孩子。授人以鱼，不如授之以渔。把过去简单的赠送变为靠努力获得，有效地培养了藏族学生的自尊、自信。王家全用孩子们的不断进步，证明了自己的援建选择是正确的。

在巴塘中学"鹏城讲堂"，王家全以《爱心是可以得到回馈的》为题，结合自己在巴塘工作的实例，做了一次实实在在的、生动的经验交流。

呼吸着高原清新的空气，王家全用笔把自己在巴塘两年生活的一点一滴记了下来。10多万字的《援建日记》中，充满了他的欢笑、痛苦、迷茫和思考。

日记中的点滴事迹，不但激励着更多的志愿者献身高原的教育事业，也给当初支持自己走上高原的亲人做出了完美的交代。

（曾　鸣　李文旭／文）

格木小学的第一次升旗仪式

校门缓缓推开,一根闪闪发亮的旗杆出现在眼前。一群孩子迎面而来。

在一阵"叔叔好""叔叔好"的甜美叫声中,双流援建干部赵浦、韩国梁(双流区委宣传部干部,挂职巴塘宣传部副部长)、李智(双流区永安镇干部,挂职巴塘县政法委副书记)三人微笑着向新修的旗台走去。活泼的藏族孩子簇拥着他们。

2017年9月22日,平原才入仲秋,格木村已有了冬天的感觉,中午的气温只有5℃。孩子们大都穿上了厚外套,戴上了帽子。

"和孩子们一起完成他们人生中的第一次升旗仪式。"赵浦、韩国梁和李智来到格木小学,践行去年许下的诺言。

▲ 格木小学

　　事情还得从5年前说起。2012年夏天，双流第一批工作队来到巴塘县，帮助这个金沙江畔、四川最偏远的藏族县脱贫奔小康。格木村是巴塘最大的行政村，自然成为第一批调研对象。

　　到格木村的路不好走，越野车顺着古老的茶马古道向东南出发，沿着巴久曲上行，经过红军山，从海拔2500米，最高上升到5050米。路在山腰缠绕，车在山壁缝隙里爬行。一路颠簸，70来公里，足足用了3个小时，翻过两座5000米的山垭后，工作队员来到了海拔4000米的格木草原。

　　一只土拨鼠站在土丘上，向着远方拱手致敬。牧民们的白色帐篷，炊烟袅袅，散发出淡淡的奶香和茶香。牛羊散布在草坡上，如一枚枚黑白的棋子。

　　溪水在草海中静静流淌，金雕在天空展翅盘旋，划出美丽的圆圈。

　　格木草原是美丽的，但格木小学却简陋得几近寒酸。

　　几间老旧的藏式木屋，几根大木棒支撑着屋顶，夏天漏雨，冬天飘雪。100多名孩子，就在那几间四处通风的房子里学习生活。

情暖巴塘

眼前所见，对工作队员们震动很大。巴塘毕竟太大。这些年，巴塘县委县政府是高度重视教育事业的，教育投入不断加大，学校面貌也不断改善，但在偏远的乡村，简陋的校舍依然存在。

很快，对格木小学重建列入了双流的援建计划。2013年4月，巴塘县政府对重建格木小学完成招标，修建三座教学楼，工程在2014年完成。双流投资150万元，新建550平方米学生宿舍，赞助了学生的生活用品，解决了孩子们的住校问题。又投资5万元，完善学校饮水工程，让老师和孩子们喝上了干净水、卫生水。

2016年深秋，双流第三批工作队来到格木小学。打量着崭新的教室，崭新的宿舍，教师出身的谭永生敏锐地察觉到学校还少了一样什么东西。到底少了什么呢？他放慢了脚步。仔细扫视整个学校，他发现少了一抹校园熟悉的红。"对了，格木小学没有旗台！"

"同学，你们参加过升旗仪式吗？"谭永生拉着一个同学的手问。

▲ 格木小学

"什么升旗仪式？"孩子的笑容凝固了。

"孩子的成长，怎么能没有红旗相伴呢？"谭永生的心一震，歉疚笼罩了他。思想的脱贫，有时比物质的脱贫更为重要。

向格木小学捐建旗台的工作随即展开。2017年暑假结束后，格木小学的旗台修好了。

老谭一再念叨：一定要在国庆前和孩子们一起举行第一次升旗仪式。但繁忙的他没能抽出时间。

任务落到了赵浦和另两位援建干部身上。

升旗仪式定在第二天早上。

格木小学共192个孩子。13名老师都是90后，年龄最小的才18岁。老师和孩子吃住都在学校，只有放寒暑假的时候才会回家。每个星期有一位老师进城，帮着老师们买点儿生活用品。没课的时候老师就和学生一起打篮球，搞活动。这里没有更多的娱乐设施，没有网络，经常停电，手机常常处于无信号状态。

下午空场。韩国梁建议教师出身的赵浦给孩子们上一堂课。同时也算给年轻的老师们上一堂示范课。

讲什么好呢？赵浦还在疑虑。

"随便你啊，你当了那么多年双流优秀老师，站到讲台上，随便一张口，就是一堂好课。"经老韩这么一说，倒是勾起了赵浦的豪气，他十年前可是双流的优秀教师，漂亮的"三笔字"在全县比赛中可是得了奖的。

"那就上呗！"他心里灵机一闪，那就讲讲课本以外，跟红旗有关的东西吧。

上了讲台，赵浦很快进入角色。

"同学们，你们喝过酥油茶吗？"赵浦从孩子们身边的日常生活讲起，这样容易引起他们的兴趣。

"喝过。"学生一起回答，声音整齐洪亮，吓了赵浦一跳。离开讲台多年，一下子还真不习惯。

"好喝吗？"

"好喝。"

接着，赵浦从酥油茶讲起，讲到牛奶，讲到茶。讲到穿过格木草原的古老的茶马古道，讲到了茶叶的产地成都平原，讲到了960万平方公里的美丽祖国。讲到了汉族人民和藏族人民的友好交往，讲到了千年前文成公主的进藏，也讲到了几十年

情暖巴塘

前子弟兵扛着红旗冒着生命危险修建盘绕在云端的川藏公路。再讲到今天一批又一批的叔叔阿姨,来到格木,来到巴塘,为巴塘人民的美好明天而努力。从孩子们胸前的红领巾,讲到了飘扬在祖国大江南北的五星红旗。

孩子们听得津津有味。

晚上,赵浦躺在床上老是睡不着,想起自己好久不见的孩子和家人,他眼睛湿润了,索性起床穿上衣服走出房门。海拔太高,昼夜温差太大,他把羽绒服帽子又拉紧了一些。

高原的天真低啊,他从来没有见过这么清澈的银河,从西北升起,淌过天际。一团团星云像浪花一样,或明,或暗,纠结着,缠绕着,打着旋涡,向东南方流去。他仿佛听到了水流的声音,闻到了水的气味。

漫天星辰就在眼前,离得这么近,让他与那些星星有了从来没有过的亲密感,似乎就在呼吸的末端,仿佛只要他愿意,伸手就可以摘下几颗。有一刻,他甚至觉得自己已经变成了一颗星,变成了高原的一分子。

这是一种他从来没有过的感觉,那么纯,那么空灵。他轻轻张开双臂,像是张

▲ 双流援藏干部在双流援建的格木小学和孩子们一起举行升旗仪式

开了一对翅膀……

  第二天一早,赵浦在一阵啁啾中醒来。高原上的鸟太少,上高原后,他和许多队员一样,干脆把手机闹铃设成了鸟鸣声。

  窗外传来一阵整齐的脚步声。晨曦中,几个孩子正在老师的带领下认真彩排升旗仪式。他想起多吉校长昨天说过的话:"我们一直等待和双流的叔叔们举行第一次升旗仪式。"

  四名女同学穿着整齐的校服,牵着展开的红旗四角,一遍一遍从台下走到台上,调整步伐,调整线路;两名男同学反复练习,摸索手中绳子上升的速度,以便和音乐合拍……他们认真、专注地准备迎接人生最重要的一课。

  九点,升旗仪式正式开始。

  孩子们的小手举过头顶,红领巾在晨风中飘动。音乐声中,五星红旗冉冉升起。蓝天下,一轮红日从山后喷薄而出,将金色的阳光洒在山腰上、草地上,洒在孩子们红彤彤的脸上。

  孩子们高唱国歌,目光随红旗缓缓抬升……

  赵浦感觉自己似乎又回到了人生中第一次参加升旗仪式的那一刻,身躯随着音乐挺拔,望着那一抹红,一种神圣的信念笼罩了自己。

  韩国梁代表工作队走上旗台送上祝福:珍惜当下,感恩奋进,立志成才;不忘初心,继续前进,甘于奉献;承载希望,放飞梦想,创造辉煌。

(曾 鸣 李文旭/文)

办一所有温度的学校

2017年6月,王宏(双流棠湖实验学校副校长)被巴塘县委任命为金弦子小学校长。他黝黑的皮肤,响亮的嗓门,走起路来脚下生风。这,就是王宏给人的第一印象。在援建队伍中,王宏还有一个亲切的名字——黑妹。

早在2012年8月,王宏就曾随第一批援建队到巴塘中学支教,并担任援建教育组长。

在上高原前,她交给组织的申请书中是这样写的:"通过艰苦生活的磨砺,相信能丰富自己的阅历,提高自己的能力,增强热爱党、热爱祖国、热爱人民的感情,坚定自己为人民服务的信念;也将让我完善正确的人生观和世界观,为今后的人生选择指明正确方向。"

根据巴塘中学的工作安排,王宏挂职巴塘中学副校长,分管学校德育工作和校园文化建设工作,还担任7年级8班体育教学工作。

初到高原,她每天睡眠不足四个小时,头发大把大把地掉,但她很快就克服高原反应带来的种种不适,迅速投入工作。通过参加学校的班子会议、教职工会议及与学校领导、同事的交谈,她迅速熟悉了学校的各项常规工作。

事很多,也很累。但"这是一个难得的自我学习、提高和发展的机会。一定要好好珍惜,认真学习,不辜负组织的期望"。

在巴塘中学德育组,年轻女教师泽仁拉错与王宏非常投缘,她们既是同事,更是朋友。

王宏和拉错一起对巴塘中学的师生状况、办学思路、发展计划及困扰学校发展

▲ 巴塘县金弦子小学

的主要因素进行了深入的调查研究。王宏凭着多年的工作经验，真诚地与巴塘中学的领导们共同商讨学校发展规划。与分管德育、安全的领导共同制订德育工作计划。根据高原办学特色，她提出要把"巴塘中学办成让家长放心地把孩子和孩子的未来托付给我们的学校"。这一全新办学理念，得到了学校领导和师生的一致认可。她充分发挥了在棠湖中学实验学校担任多年德育主任的工作优势，结合巴塘中学的情况，完善了《班级日常管理考核细则》《优秀班主任评比方案》等规章制度，进一步规范了学校管理。

为了加强巴塘中学教师队伍的建设，王宏又发挥特长，为全校老师做了《关爱学生需要教育智慧》《我为谁而工作》《做一名学生喜欢自己幸福的老师》的校本培训活动。通过培训提高了全校教师的教育工作能力，进一步加强和改进了对班主任队伍的培养和管理，使青年教师快速成长。

其中成长最快的就是泽仁拉错。其实从一开始，泽仁拉错就喜欢上了这个双流来的大姐，喜欢她朴实的工作风格，喜欢她温暖的心。她每天跟着王宏，跑上跑下，一起讨论，一起制订并完善学校的各项规章制度。在王宏的影响下，泽仁拉错在飞快地成长。

2013年1月，因工作原因，王宏结束援建工作回了双流。用她的话说，就是"梦想才刚刚张开翅膀"。王宏的离开，让泽仁拉错失去了一个学习的榜样，一个人生的带路人。她感到失落。

同样失落的是王宏，她人虽然在双流，心却依然系着巴塘，牵挂着巴塘中学的孩子和同事们。

其后的几年里，泽仁拉错经常和王宏通过电话交流工作，交流生活。

让泽仁拉错高兴的是，2016年8月，王宏随第三批工作队再次回到巴塘。重上高原的王宏挂任巴塘县教育局副局长，在双流对口支援指挥部任教育惠民组组长，负责教育援建项目的实施。

与此同时，巴塘金弦子小学于2016年9月建成并投入使用，但一直没找到合适的首任校长。巴塘县委与双流援建队研究后，有了一个大胆的决定。2017年6月，王宏被巴塘县委任命为巴塘金弦子小学校长。

接到任命的时候，王宏哭了。问她为什么哭，她说："要做校长，在双流就是棠湖中学实验学校副校长，也做得好好的，何必来藏区。"她怕自己当不好这个校长。她只想凭自己的努力为孩子们做点实实在在的事情。

但组织相信她。在援藏工作队同事们的安慰和巴塘县领导的鼓励下,王宏走上了新的岗位。她暗暗下定决心,要"把金弦子小学办成一所有温度的学校"。

为了这个目标,王宏成了神龙见首不见尾的"大忙人"。

一天下午,韩国梁突然接到王宏的电话,她在电话里泣不成声,哽咽着说自己不行了,在床上动不了。挂掉电话,韩国梁马上联系医生和王宏同寝室的同事。打开宿舍门,王宏正躺在床上痛哭,只有一只手勉强可以活动。医生检查后,给出了答案:劳累过度,压迫神经,导致身体短暂性无法活动。

本以为黑妹要"停摆"一阵,不料,第三天,大家又看见了她"没心没肺"的笑脸。

为了减轻王宏的压力,全面推进学校工作,2017年9月,巴塘县委把泽仁拉错(时任巴塘中学团委书记)调到金弦子小学担任副校长,作为王宏的助手,充实金弦子小学的领导班子。

王宏和泽仁拉错,这对当年在巴塘中学的黄金搭档,时隔五年后在金弦子小学完美复活。

▲ 巴塘教育园区

情暖巴塘

很短的时间里，金弦子小学的领导班子完成了重组。年轻的金弦子小学，开始阔步前进。

在王宏的带领下，学校确定了办学理念和目标，建立健全了各种教学管理规章制度。打造花香校园的同时，也着力打造一个过硬的教师团队。

两年支教期间，在巴塘相关领导部门的协助下，王宏把成都发达的教育理念留在巴塘并落地生根。金弦子小学不光教学成绩节节提升，校园活动安排也充实而有序：每年的9、10、11月是体育节，每年的11、12月是读书活动月，每年的3、4月是习惯养成活动月，每年的5、6月是艺术科技节。

金弦子小学成了巴塘孩子们争相入读的"名校"。这让在高原励志前行的王宏感到了欣慰。让王宏更为欣慰的是，包括泽仁拉错在内的学校一众干部和老师，也在此期间大踏步成长起来，担当起了学校的教学和管理的重任。

2018年夏天，王宏离开巴塘后，泽仁拉错接过了金弦子小学校长的重担，继续着力把金弦子小学办成"一所有温度的学校"。

现在的金弦子小学，已经是拥有1100多名学生，105名教职工，87位教师的"明星"学校。

从2016年开始，到2021年，一共有8位双流老师来到这儿支教。他们和巴塘的老师一道，为年轻的学校争得了一个又一个荣誉。

除了搞好教学和学校管理以外，在巴塘的两个时间段里，作为一位内心细腻的女性，王宏在工作之余，发现了许多"工作之外"的"漏洞"，并适时"补漏"。

课外读物——她牵线搭桥，联系双流九江初中和棠湖中学实验学校，为巴塘中学捐图书2000余册，为每个班建起了图书角。

体育用品——她联系爱心企业为巴塘中学捐助了价值1万余元的各类体育用品。

作为援建教育组长，在巴塘过第一个教师节时，她组织全体援建干部为支教教师过教师节，开展了趣味文体联欢活动。

到了周末，她积极协同指挥部组织大家开展爬山、过生日、篮球比赛等各项集体活动。只要是过节、周末，在指挥部的大家庭里总是可以听到欢歌笑语。

因为分管德育，王宏很快在工作中发现了一个大问题：巴塘一些适龄孩子失学。这让她揪心。她想为这些孩子做点什么。

她把自己的想法向工作队和原单位双流棠湖中学实验学校做了汇报，获得了组织和校领导的肯定和支持。很快，棠湖中学实验学校"蒙泉爱心基金"就在王宏的

▲ 巴塘县城一隅

牵头下成立了。来自北京、上海、广州、成都的社会好心人有了"一对一"资助贫困学生的意愿。

2012年9月，在王宏等人的积极推动下，"蒙泉爱心基金"和爱心人士完成了第一批资助：对20名巴塘贫困学生，每年每人资助1600元。

2013年因工作原因回到双流后，王宏的心仍牵挂着巴塘的孩子。所不同的是，她的动作更大了。王宏在学校的领导和老师们的协助下，着手发起了更大范围的募捐活动：向巴塘教师捐赠了价值5万元的笔记本电脑，用以改善巴塘教育的硬件设施。

王宏的爱心不仅感染了自己身边的朋友和同学，还一传十，十传百地获得了社会的广泛赞同。就连在上海培训期间，她也念念不忘对巴塘的教育援助计划，和自己的高中同窗们谈起支教期间的辛酸、欢乐和感动。善良的同窗们备受感动鼓舞，纷纷慷慨解囊。一笔笔滚烫的捐款，源源不断地汇入了基金账户。

2013年7月中旬，王宏再次来到巴塘。这次，她带来了卓育文化传播有限公司为巴塘教育局捐赠的价值近20万元的图书。4000多元的物流费用由王宏自掏腰包。

在朋友们的帮助下，2013年，蒙泉爱心基金成功资助了30名巴塘初中生，30名巴塘小学生，资助金达72000元。短短一年时间，资助人数从20人飞跃到了60人。

蒙泉爱心基金逐年壮大，资助的学生逐年增多。但总有一份情愫在黑妹的心中萦绕，让她不时梦见那片蓝天白云、雪域神山。

情暖巴塘

王宏终究放不下那些高原的孩子。2016年8月,王宏随第三批工作队再次回到巴塘。

她建了个"爱心无敌"微信群,群名片上的说明颇见初心:"或许我们没有力量强大到足以改变世界,但在社会的小角落,却能因为你我的善良,而变得更加美好……"

爱的传递在朋友圈沸腾,更多的援建队员们拾起了爱的火焰。一时间,王宏的"爱心无敌"微信群,韩国梁的"爱洒高原"微信群,都被人们津津乐道。

王宏常说,"蒙泉爱心基金"的诞生和成长,既要感谢双流的朋友和爱心人士,也要感谢所有双流对口支援指挥部的战友们,从第一批的罗勇、徐尚成,第二批的杨金富,到第三批的谭永生、骆程等。感谢他们的帮助和热心的传播,没有他们,她一个小女子,又能做成什么呢?

为了不让社会爱心人士的爱心蒙尘,王宏与巴塘中学、金弦子小学、巴塘人民小学的老师利用周末、假日走访每一个贫困学生的家庭,了解学生的情况,让150余名贫困学生的名单顺利出炉。

在对口支援指挥部的誓言墙上,有黑妹的一句狠话:"我愿意把自己比作团队中的一匹狼,有狼的奋进精神,狼的团队协作、开拓进取的精神。"

2018年11月30日,巴塘金弦子小学隆重举行了"蒙泉爱心"助学金发放仪式。本次发放爱心款20400元,惠及该校贫困学子51名。而这只是爱心基金资助的贫困学生中的一部分。

"赠人玫瑰,手有余香,奉献爱心,收获希望。"泽仁拉错校长在致辞中说。

爱的火焰在燃烧,在传递着温暖。远在千里之外的黑妹,一定感受到了51颗幼小心灵的颤动;远在千里之外的每一个献出过爱心的人,也同样感受到了51颗幼小心灵的颤动。

(曾 鸣 李文旭/文)

漂亮的教育园区

巴塘教育园区坐落在安康大道巴楚河边,占地近200亩,从2012年开始设计规划,2016年9月完成,是一个从小学到初中,计划容量7500人的大校区。现在园区内有巴塘中学、巴塘人民小学和巴塘金弦子小学。三个校区相对独立,又彼此相通。学校的教育教学设施设备,由双流区政府按照成都市标准化中小学设备配置标准,投入了2700多万元。巴塘县委县政府在教育上的持续发力,使巴塘一跃成为康巴地区的教育强县。双流到巴塘支教的老师大多在教育园区工作。

袁野是双流区东升小学教师。她还有一个身份——国家级足球女裁判。曾经在"2016年全国大学生女子室内五人制足球锦标赛"上任主裁判,曾获教育部颁发的"年度优秀足球裁判员"称号。

2015年8月,年仅26岁的袁野怀揣着推进校园足球普及的愿望,踏上巴塘的土地,挂职人民小学副校长。一开始巴塘的孩子们对足球还比较陌生。一切从零开始,从培养孩子兴趣开始。课堂上,她把人民小学的孩子带进草地;放学后,她又来到巴塘中学训练足球队。通过一年的努力,2016年7月,她带领巴塘中学足球队参加甘孜州中小学足球比赛,在8支中学组参赛队伍中,获得第二名。

胜利总是鼓舞人心。2016年10月19日,巴塘县人民小学历史上第一支男子足球队正式成立。

从此,每天球场上奔跑的身影和高亢的呐喊,就成了教育园区一道美丽的风景。

"双流棠湖中学的女子足球队是很厉害的。差不多就是省队的班底。假如这些

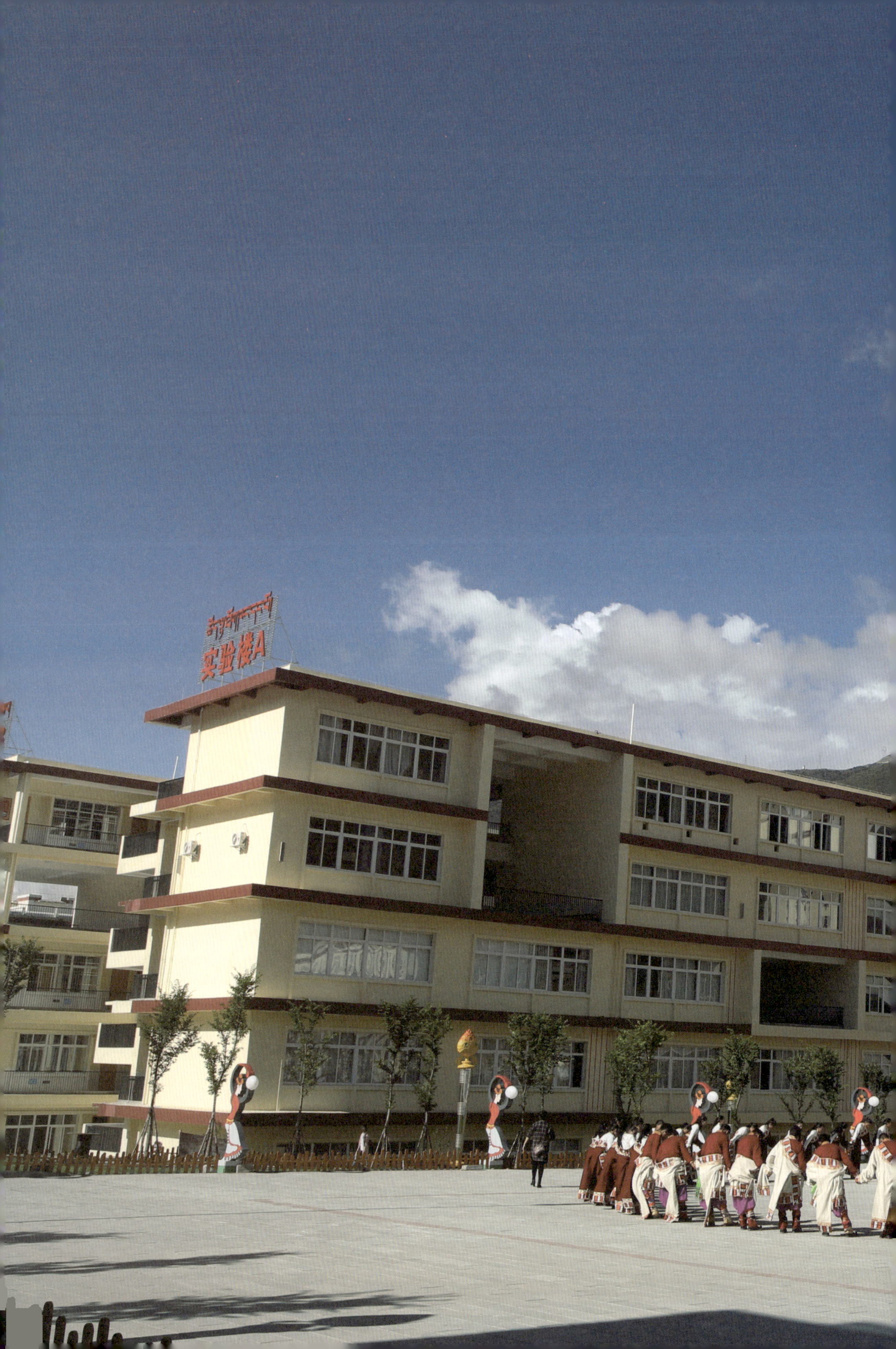
实验楼A

▲ 巴塘教育园区

情暖巴塘

孩子里有苗子，可以推荐给棠中。"袁野认为，高原是培养足球人才最好的地方。将来，如果这些孩子中有一个能进入省队、国家队，也算为国家做了贡献，即使没有，足球能给他们带来快乐，能让他们爱上学校也好。

2018年11月30日，袁野一手策划的人民小学冬季运动会开幕了。这是人民小学建校以来的第一届冬季运动会。

运动会现场气氛热烈。主席台上方一条巨大的红色横幅会标格外醒目，上面用汉藏两种文字写着"巴塘县人民小学2018年冬季运动会"。

9时整。在庄严的国歌声中，运动会开幕。

伴着铿锵的运动员进行曲，运动员以班为单位排着整齐的方阵入场了。

主持人在解说：

第一个方队，是国旗方队。两位身着鲜艳藏族服装的女同学，两位头戴大红藏式绒帽的男同学。四人手牵着五星红旗的四角，走了过来。

第二个方队，是校徽方队。四位身穿校服的男同学，肩上扛着一面印着校徽图案的方形牌子走了过来。学校的校徽呈黄色，设计成一只红色大鹏鸟的头，仿佛正在展翅高飞，图案下方，写着"1904，巴塘县人民小学"两排黑色楷体汉字。

第三个方队，是会徽方队。会徽用红蓝两色，设计出一个奔跑的人的卡通图案，图案下方，是藏汉两种文字的"2018"字样。

然后，是彩旗方队。

接着是啦啦队方队。

接着，居然是足球方队。这纯粹就是袁校长风格了！队员们穿着喜气的红色足球服，每人手捧一个黑白的足球。那仗势，那视觉效果，杠杠的！

然后是裁判方队、一年级1班方队、一年级2班方队……

校长致辞后，裁判员代表宣誓，运动员代表宣誓。

然后是开幕式啦啦操表演、足球操。那些孩子，把一个个足球，颠得滴溜溜转。足颠、肩颠、背溜、头颠，足见平时训练有素，引来全场掌声不断。

一天的运动会，给人展现了袁野的"原野"是多么开阔！

在教育园区，不只袁野一个人在行动。

蒋鸿林是双流区东升小学的音乐老师，2016年8月到巴塘人民小学支教，挂职副校长。为了开拓孩子们的音乐视野，感受乐器和声营造的美感，提升孩子们音乐基础素养，培养团结协作意识。短短的两个月，蒋老师就在人民小学建起了第一支竖笛小乐队。

乐队按照标准进行人员配备：低音12位，次中音10位，中音8位，高音4位。器材由双流区教育局捐赠（同时，除开高音笛外，每个声部都配备高音笛一只。双流区音乐教研员谭国庆老师捐赠高音笛40只）。乐队初始，有成员38位，到最后仍有成员30位（其他人升学离开）。乐队利用每周二、三、四晚上19：30—20：30进行学习排练，演奏有《茉莉花》《巴塞舞曲》等合奏曲目。高音笛曲目大约有14首基础性曲目，难度曲目中有一首《天空之城》。参加乐队的孩子们由开始的新奇变为喜欢，最后变成热爱，在这一过程中得到了音乐素养的提升，感受到了美育的熏陶。竖笛小乐队的出现，直接拉高了人民小学音乐学习和教学的水平。

体育在行动，音乐在行动，美术也不甘落后，大踏步追了上来。

2017年，为庆祝"六一"儿童节，展现巴塘金弦子小学师生积极乐观的精神风貌和丰富多彩的校园文化生活，陈相宏（双流棠湖中学实验学校教师，挂职巴塘金弦子小学教师）成功举办了第一期"画出心中的梦想"美术画室学生作业展。该展吸引了巴塘县委政府领导、教育园区广大师生、学生家长等各界人士前来观看，受到了社会好评。

活动现场，同学们创作并展出100多幅童趣盎然、充满想象力的画作。随着一块块精美的展板、一幅幅美丽的图画、一张张情趣盎然的作业映入眼帘，越来越多

▲ 巴塘县第二人民幼儿园操场

情暖巴塘

的人驻足欣赏。其中规模宏大的"百米长卷水彩画",让现场所有的人大开眼界,同学们在百米长的画布上即兴发挥,各显神通,将自己的奇思妙想用艺术手法一步一步呈现在人们眼前,引起了群众由衷的感叹:原来我们藏区的孩子们也能画出如此美妙的画卷。在展出中,五年级卓玛拥宗的作品"祖国在心中"受到群众的一致赞赏,这幅作品曾在甘孜州教育局举行的"爱祖国、维团结"绘画比赛中荣获巴塘县唯一的一等奖。还有一些作品展现了"五改三化"后的藏区新居庭院风貌,图画中农牧民洋溢的笑容表达出了脱贫奔康后的幸福和乐观。

这次绘画展,为金弦子小学的同学们提供了一个展示自己才艺的舞台,让金弦子小学的师生在一片欢乐祥和的氛围中,共同度过了一个愉快的节日。

活动的开展,让陈相宏美术工作室在巴塘教育园区打响了知名度。工作室的成立,丰富了同学们的艺术生活,激发了他们对美的鉴赏和发现的能力;也引领了学校美术教学的方向,促进了藏汉文化的交流和沟通。

更多的校园活动接踵而来。2019年11月6日,金弦子小学少年军校徐徐打开了大门。

为了深入贯彻落实习主席和中央军委决策部署,进一步加强少年儿童的素质教育,依据《国防法》《国防教育法》和国防动员部《关于国防动员系统参与打赢脱贫攻坚战的实施意见》的有关精神,当天,巴塘县金弦子小学举行了少年军校成立揭牌仪式。相关领导和全校师生共1200余人参加活动。

少年军校的成立,是普及全民国防教育的一件大好事,对于帮助学生确立规范意识,增强纪律观念,磨炼坚韧意志,培养吃苦耐劳精神,激发学生从小立志报效祖国的雄心壮志,进一步培育师生社会主义核心价值观,具有重要的意义。少年军校的成立,是金弦子小学一个新的起点。展厅里一艘艘军舰模型,成了孩子们梦想的灯塔。

巴塘教育园区是美丽的,孩子们的校园生活也是丰富多彩的。

如今的巴塘教育园区,金弦子小学有1100多名学生,人民小学有1200多名,巴塘中学有2400多名学生。比起双流的学校,虽然不算大,但在高原已经很了不起了。

阳光下,那座高耸的钟楼,让人仿佛听到了时间在天空走过的脚步声,滴滴,嗒嗒,沉稳而欢快。

(曾　鸣　李文旭/文)

双流门巴雅古都

来自故乡的朋友,
一路风尘辛苦。
我那思念的双亲,
身体是否安康。

——巴塘弦子《格桑曲珍》

情暖巴塘

在巴塘广袤的大地上，一群秉持医者仁心的"双流门巴"，默默地为城乡群众奉献着无私的爱。

发展和改善民生是一个地区繁荣稳定的基础，双流把改善民生作为支援巴塘建设的出发点，把解决农牧民看病难问题作为对口帮扶的重要任务。以提高巴塘县人民医院的诊疗水平为重点，推进医疗卫生、医疗保险、疾病控制公共服务资源向巴塘边远山区覆盖，完善乡镇中心卫生院、村卫生室等基层医疗服务体系，加快完成乡镇卫生院标准化建设，提高疾病预防控制和医疗救治能力。

援建工作开展以来，双巴两地为补齐医疗短板，先后打出了一系列"组合拳"：实施医疗卫生爱民行动，努力改善人民群众看病难、看病贵的现实困难，最大程度减少因病致贫、因病返贫的因素；实施主体医院工程建设，完成波戈溪乡、松多乡、昌波乡、苏哇龙乡、甲英乡五个新建标准化卫生院项目，有效解决了当地群众小病就医难、就医远的问题；实施医疗扶助工程，为巴塘县精准扶贫对象和建档立卡农牧民购买新型农村合作医疗保险，给予精准扶贫对象每人每年补贴200元，并提供基本医疗保障，减少因病致贫、因病返贫的发生；实施医疗帮带提升，每年选派20名医疗专家，为巴塘县广大患者提供就近的医疗专家服务，减轻患者的经济负担；培训当地专业技术人员，提升巴塘医疗技术水平；为巴塘县医院妇产科购置20万的医疗设备，会同专家对县医院妇产科医务人员进行指导和培训，打造妇产科特色专科，为巴塘县5万余人提供医疗生殖保障；开展"四送"下乡，解决偏远地区就医难题，改变当地群众不良卫生习惯，提高防病意识。实施巴塘县疾控中心提档升级。针对巴塘县现状，通过为巴塘县疾控中心提供人才培训、配置冷链设备等，提升疾控中心人员的技术水平，提高预防接种率，避免传染病的发生及流行。帮助规划除夏邛卫生院（已建）外四个中心卫生院——措拉、莫多、中咱、中心绒预防接种服务中心（标准化）建设，提高基层公共卫生服务能力。

| 双流门巴雅古都 |

　　双流向巴塘县医院捐赠的一台价值110万元的巡回医疗车，随车配备便携式彩超、生化仪、麻醉机、呼吸机、手术床等设施设备，常年在巴塘农村进行巡回医疗服务。车开到哪里送诊问医就延伸到哪里、党的政策和温暖就送到哪里。在巴塘群众眼里，巡回医疗车既是"医疗服务车"也是"政策宣传车"。

　　在双流的支持下，巴塘相继建成县医院、中藏医院医技大楼和5个乡镇标准化卫生院、64个村卫生室，2个孕妇待产点。巴塘县医院按二甲医院标准实施专业升级改造，开设中医骨科、肝胆外科、心血管专科特色科室3个。同时，推行"1名援建专技人才+3名徒弟+1个特色科室（学科）"的传帮带模式，为巴塘培养了一支带不走的人才队伍。巴塘县医院年门诊量从2012年的2万人次提升到2018年的8万人次，医生中高级职称人数从2012年的7人增长到2018年的24人，增长率242.9%。成为川滇藏结合部的标杆性医疗机构，医疗服务辐射芒康、理塘、白玉等地。

新开的科室打拥堂

在巴塘相关部门和双流对口支援工作队的努力下,巴塘县人民医院的中医骨伤科于 2012 年 7 月 16 日挂牌开诊。

早在当年 6 月,双流县人民医院晏院长率医院科教科、设备科、院感科等科室负责人到巴塘县人民医院,对医院发展现状及需求进行了考察调研,并对重点科室布局、流程进行指导。

中医骨伤科一直是巴塘县人民医院的空白,建立一个"简、便、廉、验"的中医骨伤科是一所综合型医院的必然选择,巴塘也不例外。6 月 27 日,双流第一批医务人员到达巴塘,双流县医院派来了骨伤科业务骨干李小波,随李小波一起来的 2 台中频治疗仪、1 台电针治疗仪等设备,基本上具备了骨伤科的全部所需。遗憾的是地方太小,有病人坐的地方,就没了医生站的地方,还远远达不到正常就诊的条件。只有先干起来再说。

中医骨伤科接诊的第一个病人,是 72 岁的巴塘居民李慧芳。李小波通过一系列检查,诊断其为颈椎病和腰椎间盘突出,在接受针灸、按摩等治疗后,李慧芳的疼痛明显有所缓解。她激动地说:"看来我多年的老毛病有指望了!"

高原上,大骨节病、骨关节病是高发病。再加上生活劳累,啥东西都要背,牧民出行喜欢骑马,也容易摔伤。中医骨伤科一开诊,患者就络绎不绝。

医疗支援,首先是补短板。这是双流对口支援工作队明确的方向。

2013 年 5 月 4 日,几位双流医生对巴塘县胆结石患者进行诊治和筛查,计划对一位有腹腔镜胆囊切除指征的病员进行手术,一来可以及时解决病员的痛苦,二来

▲ 2012年11月1日，双流县对口支援巴塘县人民医院配套工程奠基仪式

也是为医院肝胆科建设开路。

经过精心准备，5月7日15时30分，双流医生会同巴塘县人民医院外科刘主任，为34岁的藏族患者普布完成了胆囊切除手术。这次手术的成功，标志着巴塘县医院肝胆结石病特色专科建设正式启动。

第二天，一位名叫措姆的患者又被推进手术室，经过4小时的通力合作，手术成功告捷。因为腹腔镜手术康复快、痛苦小，措姆在几日后顺利出院。

随后的几天里，17名肝胆疾病患者相继被推进手术室，接受了免费的手术。

以前，巴塘的结石病人都只能到康定或成都做手术。

2013年9月，巴塘新医院的门诊大楼投入使用，医疗条件得到改善。中医骨伤科有了200平方米的专属病区。不久，肝胆结石外科、心血管专科也相继挂牌开诊。除骨伤科外，肝胆外科也非常受欢迎。这个科室的优势比较突出，集中了双流县中医医院外科刘主任、麻醉科袁主任和叶刚医生几位高手。

2014年3月，双流县中医医院派出第二批专业医疗小组奔赴巴塘，带教完成31台腹腔镜胆囊切除手术，病员无一例并发症，术后恢复良好。

情暖巴塘

2015年，双流县中医医院再次携医院普外科、麻醉科、手术室专家组抵达巴塘县人民医院，开展为巴塘县胆道疾病患者送健康活动。专家组经过连续5天的艰苦工作，集中开展腹腔镜胆囊切除手术10余例，手术效果良好，患者术后恢复正常，深受群众好评。

短短三年间，双流县中医医院援建医生共诊治病员8172人次，开展手术288台次，示教手术24台次，进行疑难病会诊72次，开展新技术、新项目8种，教学查房167次，学术讲座26余次。

双流中医医院带队的刘院长表示，力争通过传帮带，为巴塘县人民医院培养出一支能独立完成腹腔镜肝胆手术的医疗队伍，增强肝胆专科技术人员对肝胆外科疑难疾病、肝外伤等的识别、处理及手术操作能力。

▲ 巴塘县人民医院新大楼入住仪式

（曾　鸣　李文旭/文）

王医生的医者仁心

李小波（双流县一医院医生，挂职巴塘县医院医生）回双流后，双流县一医院的王良红于2013年夏天受派到巴塘人民医院中医骨伤科工作。长期做护士工作的王良红深知打铁还须自身硬，为弥补专业短板，她抽空自费到成都突击学习中医理疗，同时，在医务实践中多揣摩，多思考，克服不足，积累经验。经过一年多的努力，她终于成为巴塘远近闻名的中医理疗高手。

同宿舍的吴林（原双流妇幼保健院医生，2014年8月随第二批援建队到巴塘）每次路过中医骨伤科诊区，都能看见理疗床上躺着一个在烤灯。床上趴着一个，背上打着两排罐子。长凳上坐着两个，膝盖上扎着银针。候诊的长凳上，还有一排阿爸阿妈在等着。

尽管吴林很想和她聊几句，但王良红哪有时间。她对着吴林点点头，算是招呼。

一天下班回宿舍，王良红把一袋苹果干放到桌子上，算是安慰。"小吴，来，消化消化。"

吴林提着苹果干去县医院办事，看见她忙得团团转。

"你咋没进来坐一下呢？"

"你那儿还能坐得下我？"

"人是多。中医骨伤科从无到有，到现在小有名气，也不容易。就是病人太多，太累了。"

"李晓波回双流后，你一个人这样忙上忙下的，也不是个事儿。总得想个办法。"

情暖巴塘

吴林说。

王良红拿起一块苹果干。"我也想过,所以带了两个徒弟。等她们上手了,我也就轻松了。"

嚼完一块苹果干,吴林问:"这苹果干口感不错,谁送的吧?你哪有时间去买?"

"是一个病人送的。"王良红给她讲起了丹增的故事。

"那还是半个月前,快中午了。我正在病室里给病人刮痧。听到外面通道里有人在用藏语大着嗓门嚷嚷,只听懂了'王神医,王医生',其他就听不清了。随即进来一位六十来岁的老人,一进门,也许是看我穿着白大褂,年龄也比两个徒弟大些。老人也不管排着队的几个病人,径直走到我跟前,撩起裤管,露出变了形的膝盖,嘴里说着:'神医,看看,神医看看!'喊得我直想笑,又不敢笑。

"徒弟曲珍走过来,一边用藏语和他说话,一边指着凳子上等着的病人,大爷才尴尬地笑着挂号去了。

"挂了号,他就坐在凳子上等着,不说话,眼睛一眨不眨地盯着我给其他病人治疗:刮痧,扎银针,磁疗,打罐子……

"到了午饭时间也不走,曲珍看他挂的号,是下午的,两人用藏语说了半天,他才十二分不情愿地挪出病房门。

"中午吃饭的时候,曲珍告诉我,大爷叫丹增,是理塘人,腿痛多年了。一直都没有得到好的医治。前几天,有人告诉他,巴塘来了一位'女神医',一根银针扎进去,啥痛都好了。说到这儿,曲珍笑了,差点喷了一桌子的饭。反正把师父吹得神乎其神的。就这样,丹增心动了。今天天不亮,就出门,走了两个小时的山路,赶到川藏路上,坐了三个小时的车,跑了几百里才赶到我们医院。

"他赖在诊室里不动,就是怕你走了就不来了。我给他解释了半天,他才同意去吃饭。"曲珍说。

"经过检查,丹增患的是双膝关节退变性病变,需要住院治疗。入院后,我们为他量身定做了护理治疗方案,针灸、按摩、艾灸、中药泡脚。经过半个月的治疗,他的病情得到了明显的控制。临走的时候,他拉着我的手激动地说了一大通,我什么也听不懂,只听到了'双流''门巴'几个字。曲珍翻译给我,大爷说双流门巴太好了,待我们如同亲人。"

"苹果干也是他送的。我不收,他就着急。"

讲到这儿,吴林冲着王良红说:"神医,女神医!"

"咯咯咯……"两人笑翻在沙发上。

当天,吴林在援建群里,发了一条"王姐,荣获'女神医'称号。"引来鲜花、礼炮、掌声络绎不绝。

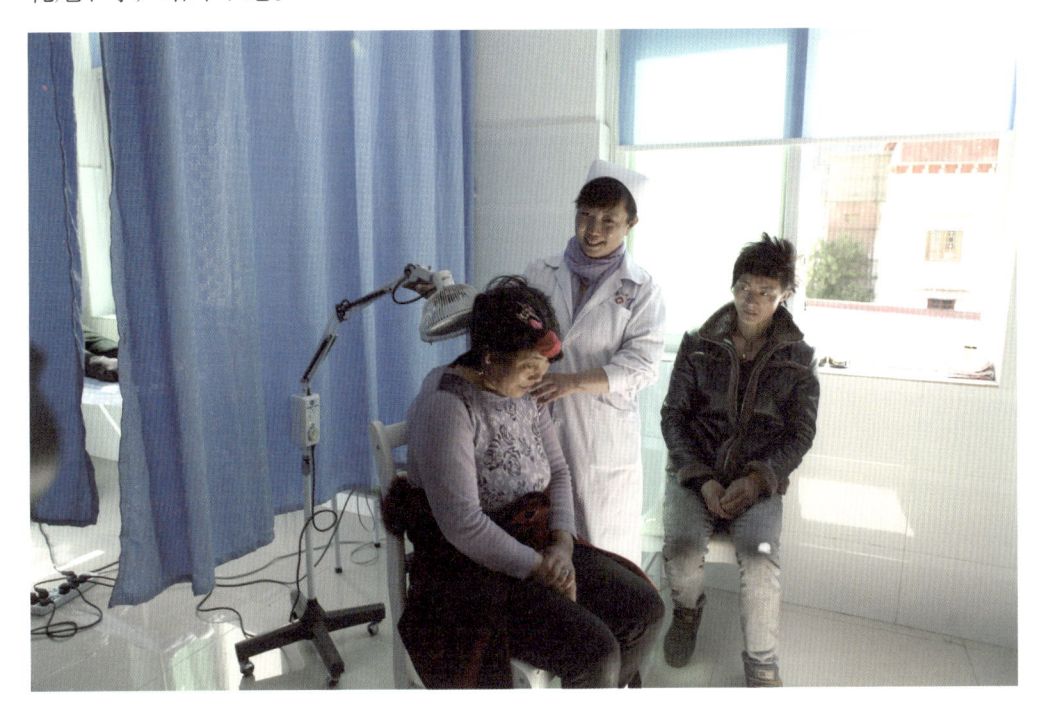

▲ 援建医生王良红为藏族同胞诊疗

强巴做虫草生意。王良红到巴塘后,常常帮成都的朋友买虫草,一来二去,就熟了。他知道王良红是巴塘医院的医生,就带了妻子央宗到医院找王良红看病。

央宗"腰椎间盘突出"。王良红建议她住院治疗,可以医保报账。他们两口子,一听说可以住院,还可以报账,还以为王良红给他们帮了多大忙,说她对他们太好了。王良红解释说,从2013年开始,双流援建队合力巴塘政府按每人40元的补贴标准,为巴塘全县4.5万农牧民购买了新农合医疗保险。两人又忙不迭地说,"感谢双流支持!感谢党和政府!"

央宗家离巴塘城有五六公里,不通车。她那么瘦小的个子,还要走那么远的路,第一次来居然给王良红背了一背篼梨。

王良红告诉她:"你腰痛,不能背东西。"

央宗说:"没事,王医生,我们家也没有什么好吃的东西,你不要嫌弃。这些都是我们自己种的。"然后,它把背篼放在病床旁边,死活都不肯拿走。没法,王

情暖巴塘

良红只好分给医生和病友。

骨伤科的名声一天比一天响，当地记者也闻声而来。那天，央宗又给王良红带来了自己种的核桃。

记者把镜头对准了央宗。由于经常跟着丈夫做虫草生意，央宗会一点汉语。

"大姐，你好，你背篼里是啥？"

"核桃嘛。"

"背核桃到这儿干什么呢？"

"送给王医生。王医生对我好。"

"她哪里好啊？"

"她每天给我治病，扎银针。我的背不痛了嘛，还不花钱。"

王良红开始给央宗烤灯。

第一次看着摄像机一闪一闪亮着红光，央宗显得有些不自在。"治病第一，上电视第二。是不？放松，放松。"王良红的话让央宗平息下来。

王良红常想，藏族同胞对自己这么好，其实，自己又做了什么呢？只是做了应该做的罢了。

巴塘太大了，许多群众到县城看病不方便，县卫生部门便经常组织医疗机构下乡义诊。每次义诊都让王良红记忆深刻。

一次，王良红与援建医疗组的翁贵武（双流疾控中心医生）、赵伟（双流一医院医生）、刘晓方（双流二医院医生）等人去昌波乡义诊。他们乘坐的"巡回医疗车"，配备有便携式彩超、生化仪、麻醉机、呼吸机、手术床等先进医疗设备，能够进行健康检查、疾病诊疗和手术抢救，简直就是一座小型流动医院。

义诊地点在乡小学操坝。当地群众身穿鲜艳的民族服装，手捧洁白的哈达，已早早等待在这里。场面让人十分感动。"好像是要进行表演。"

摆开小桌子，每人配一个乡上的干部做翻译，开工！顶着太阳，大家分成外科、妇科、中医和超声四个组。

王良红客串妇科。她旁边是检查 B 超的刘晓方医生。

从高处看，操场上五个组围了五堆人，最大的是巡回医疗车的那堆，不时有人探头往车里张望，用藏语叽叽喳喳地议论，车窗玻璃上映出一张张好奇的脸。

一位去年接受过义诊的藏族大姐，不停地对王良红说："哎呀，听说双流的医生要来，太高兴了。哎呀，去年你们就帮我检查过身体，没大问题，还送我药，我

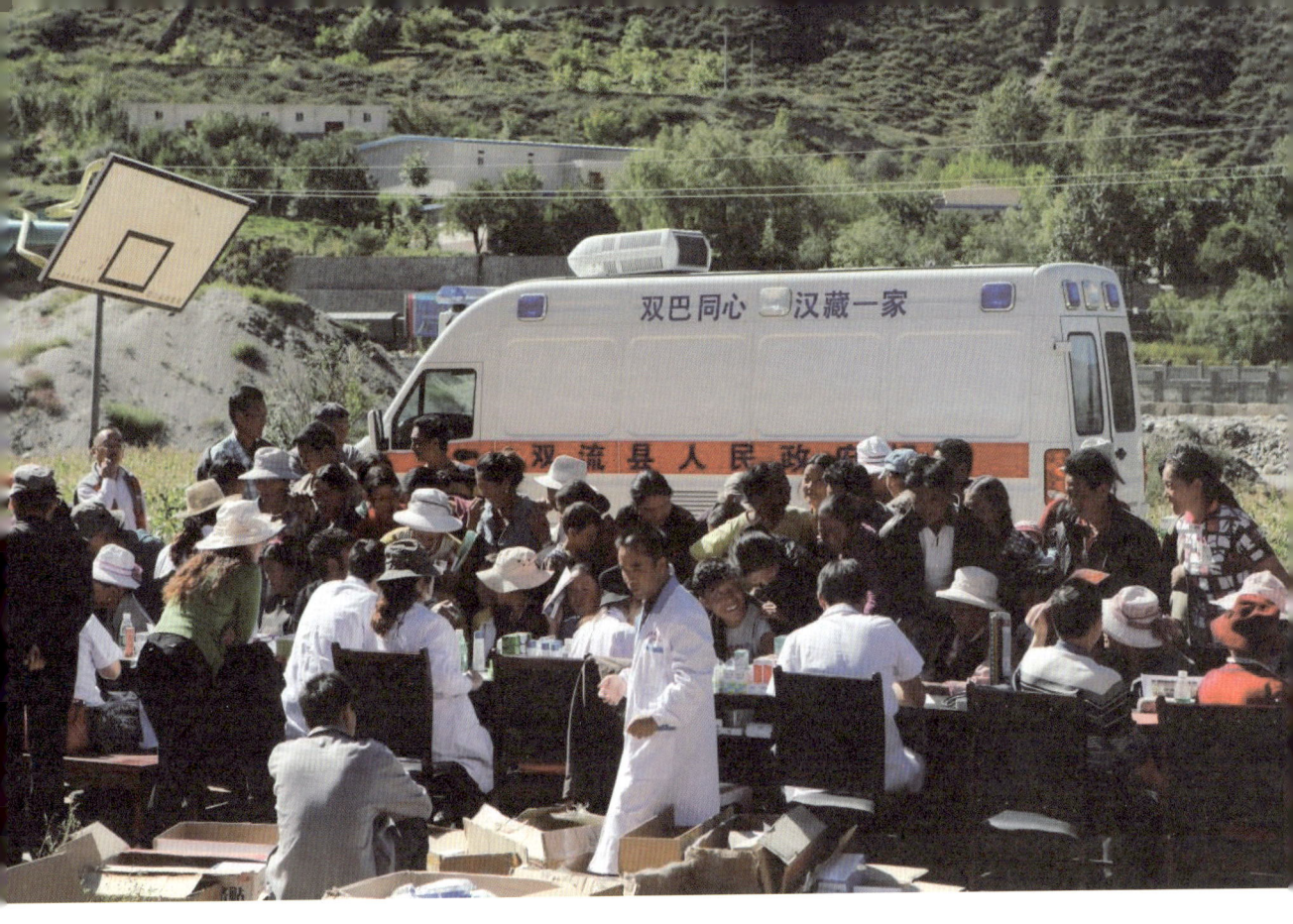

▲ 送医下乡活动现场

特别高兴。哎呀，我今天再来检查一下。送药不？"

相比这位的开朗耿直，许多藏族大姐就扭捏多了。问到妇科问题，吞吞吐吐，半天说不出个所以然来。

王良红只好一个一个地仔细检查，记录建卡，告知注意事项。

一位年轻大姐在王良红面前扭捏了半天才红着脸说："我那个好久没有来了。"

王良红懂了，大姐说的是月经，问："大概有多久了？"

她掰了掰手指头，说："差不多两个月了。"

王良红拿出一条孕纸，一只纸杯，给她讲了用法，叫她去小学厕所里自己先测一下。她很快就回来了，是阳性。王良红开了一个条子，让她到巡回医疗车去做进一步检测。王良红给她建了卡，告诉她："你怀上了。以后你拿着这张卡，每个月到县妇幼保健院检查。"王良红怕她担心什么，又补了一句："都是免费的。还有，一定要到医院来生，也是免费的。"

她点点头。王良红给了她一些安胎、补钙的药品。

她羞涩地对王良红说了一声"谢谢"，低着头走了。

王良红出发前，一位同事说过，下乡义诊有两个基本任务，一是"医身"，主

情暖巴塘

要是为藏族同胞做好体检、诊断、医疗；二是"医心"，就是要加大宣传力度，引导藏族同胞养成健康、积极的卫生习惯。

下午，医疗组又到亚日贡乡继续义诊。

满满一天的活动，四个组共接诊420余人次，B超检查70余人次，接受咨询190人次，发放宣传资料800多份，免费发放了价值近5万元的药品。

下乡义诊随大队伍还好，若是一两个女医生到乡下去，还是需要一定胆量的。吴林经历的一次迷路，至今和王良红说起，都还心有余悸。

九月的一天，吴林和保健院的一位女同事到波密乡督导孕龄妇女建卡工作。

早上出发，汽车沿着山路往东南方向行进，一路弯弯曲曲，颠颠簸簸。偶尔有石头从山上滚落砸在路上。

就在她们胆战心惊的时候，司机突然说："迷路了！"天啊，司机也会迷路？两个女人一下子懵了！怎么办？手机也没有了信号！吴林的心像被手术刀切去了一半。偏僻的大山里人迹罕至，要找一个人问路，根本不可能。

她们无助地望着头顶一溜无言的高山，眼巴巴希望看到一个人，可是，天上连鸟都没有一只。司机还算镇定，凭着经验，向前慢慢开。路越来越烂，他不断用手擦额头冒出的汗珠，嘴也不停地喃喃自语。

▲ 双流援建医生入户问诊

她们俩一句话也不敢说。

一个多小时过去了，简直就像过了一天。比一个难产手术还难。

终于，他们听到了摩托车的声音！越来越大，越来越近。一辆摩托车终于沿着山路过来了。

来人是个藏族同胞。当搞清楚他们是医生，要到波密乡去时，他连比带画，藏语夹杂着汉语说："错了，错了。前面几里，没路。掉头，掉头。"

司机叫她们等在车上，他一个人下去。他围着汽车转了两圈，看看前面的路，再看看后面的路。撇了撇嘴，把手对着摩托车一摊：根本就没法掉头，这路太窄了！

藏族同胞似乎也明白了司机的意思。骑上车，调转头，扬手示意司机跟上。

摩托车带着他们前行一公里左右后停下了。这里的路相对较宽，司机在藏族同胞连呼带喊的指挥下，打了好几盘子才调了头。

走这样的山路，摩托车比汽车快多了。他们几次掉队，摩托车几次折回来，在他们前面带路。一直把他们带到了一个岔路口，才用手指着北方说："一直走……没有路……就到了……"

三人这才长长地吐了一口大气。

吴林掏出100元，藏族同胞看了看，摆摆手。吴林以为他嫌少，又掏出一张。这时，他笑着摇着右手，左手竖起大拇指说："不能要门巴的钱……双流的门巴……好门巴……"然后，加一脚油，潇洒地冒烟离去。

一股温暖混着一丝内疚涌上吴林心头。

回到车上，吴林还在后怕。如果没有遇到这位老乡，当他们把车开到小路尽头的时候，在这逼仄的山路上，一边是陡坡，一边是悬崖，这车怎么能倒回来？

倒车几里？简直就是找死的节奏。吴林回来跟王良红讲起这事的时候，心还怦怦乱跳。

坐诊、下乡义诊，是援建队医生们的日常。途遇惊险毕竟偶然，顺利的时候还是居多。

肖洪见（双流县第一人民医院医生）一年的支医时间快要到了。他是和王良红同一批来的巴塘。前几天，肖医生家人从双流开车来接他回去，也顺便到巴塘旅游。

于是几个医生商量着出去玩一天，也算是给肖医生送行。

王良红没有想到，此行会让她和藏族孩子洛桑结下母子缘。

夏日的草原像一片葱茏的大海，缓慢起伏，涌向远方。几顶白色的帐篷稀稀疏

情暖巴塘

疏地散落在草原上，像大海中几片随波漂浮的白帆。远处神秘的格聂神山，横亘在蓝天下，冰峰闪耀着银光，云雾缭绕，确乎像大海中缥缈的神山。

车停在一处缓坡上，他们在草地上摆 Pose，照片发到朋友圈，溅起一片飞赞。回来时，发现一位穿绿色衣服的孩子，不知从哪里找来了两匹砖，塞在他们汽车的后轮下，防止后滑。一群小孩围在他周围，他像个娃娃头。

王良红一看，乐了。"咦，你好乖喔！好懂事。叫什么名字？"

"洛桑。"

"你是学生？"王良红到过附近的格木小学义诊。

孩子点头。

"是不是在格木小学读书？"

"是。"

"读几年级？"

"五年级。"

"几岁了？"

"16 岁。"

王良红有些吃惊。不是因为 16 岁才读五年级，高原的孩子读书迟也是常事。而是他长得太矮了，太矮了，就一米四左右吧！她心里忽然有些沉甸甸的。

洛桑问："阿姨，你们上哪儿去？"

王良红说："上格聂神山去看花。"

"阿姨，你们回来时到我们家喝酥油茶吧。"洛桑说。

"我们回来可能有些晚。"王良红担心时间不合适。

"阿姨，没事的，我们会在这儿一直等你们。"

他们返回的时候，早过了午饭时间。

洛桑没有食言，他和几个孩子一直在寒风中等着他们。洛桑家是一座二十来平方米的白色帐篷。帐篷里有火塘，很温暖。他们一边烤火，一边看洛桑阿妈忙着打酥油茶。其他几个孩子的父母也赶来帮忙，他们打来清水，把碗筷洗得干干净净。

牧民们都不会汉语，只能通过孩子翻译，他们话也就不多，只是默默地提水、洗碗、烧火、打酥油茶。

洛桑阿妈给每人倒上一碗酥油茶，再将熟牛肉切好，放到客人面前的桌子上。

回巴塘的路上，洛桑和孩子们单薄的身影一直在医生们眼前摇晃。大家商量，回去后要发动双流的老乡,给这里的孩子捐一些冬衣。

王良红想得更多一些,她发现自己对洛桑产生了一种母性的疼爱,她想为他做得更多一些。因为洛桑,这个地方她还会来。

几个月后,新的一批援建医生又来了。这次来的是双流中医院的罗敏、刘启江和成都市第六人民医院的几个医生。新来的人对高原都充满了新鲜和好奇。整天就缠住王良红周末带他们去玩。

想到募捐的冬衣也该带去了。王良红答应带他们上格聂神山。

买了一袋米,又买了些萝卜、莲花白和十来个锅盔,后备厢塞得满满的。新同事开玩笑说:"王姐,你这是搬家呢,还是要上山修炼?"

王良红笑了笑,没做回答,理由太多了,她不知从何说起。

临近洛桑家帐篷的时候,孩子们一下子就认出了王良红。"阿姨,你们来啦,太好了。"

"乖乖,快叫人把东西拿下来。"王良红指了指路边的面包车。

洛桑父母也从帐篷里出来，邀请几个医生到里面喝酥油茶。"不了，我们还要到神山去玩。"王良红请洛桑告诉父母。

"阿姨，你们回来的时候，来喝酥油茶吧！"洛桑一脸真切。想到上次弄得他们一家人手忙脚乱的样子，王良红说："不了。今天我们是租的车，不好耽搁时间太长。"

洛桑很失望。其他孩子都忙着去试衣服，他却默默把王良红一行送到路边，边走边用脚踢着地上的草茎。

王良红发现他右脚的鞋帮破了一个大洞。每踢一下，都会露出黑乎乎的大趾头——没有穿袜子。

突然，王良红想起了什么，就问他："乖乖，你在格木小学读几年级，班主任老师是谁？"

"五年级。卓玛老师。"

王良红脱口而出："洛桑，我想让你做我的干儿子，你愿意吗？愿意就就叫一声干妈。"说出这话，王良红自己也有点惊讶，是不是太冲动了？同事们也惊讶地望着她。

"我愿意，干妈！"想不到洛桑马上脆生生地叫了一声。

王良红就这么认下了一个儿子，没有和丈夫张可明老师商量，也没有和上大学的儿子商量，她心里有底，知道他们不会怪她。

晚上，王良红在微信里对张老师说："你到欧尚给我买一双运动鞋。男式，39码。普通品牌就可以了。"

"你穿？"

"孩子。"

"谁的孩子？"

"我的！"

"谁的？"

"我的，也是你的。"

张老师的电话瞬间打了过来。"王良红同志，你不是开玩笑吧？"

王良红激动地讲了半天，终于讲清楚了事情的来龙去脉。

张老师太清楚老婆是怎样的一个人，这些年来也一直尊重她的选择。要说冲动吧，这不是第一次，肯定也不是最后一次。张老师了解工作队鼓励队员在巴塘和当地群众结对子、认亲家，将其作为扶贫方式之一。几乎每个队员都认下了一个或几个干儿子、干女儿。

算上洛桑，王良红在高原已经有了4个干儿子。

王良红把洛桑和几个孩子一起的照片发给张老师。"就那个穿绿色衣服的。"

几分钟后儿子来微信了。"妈，爸说你又给我找了个弟弟？"

"对啊，儿子。"

"我看了照片，挺机灵的。"

过了一个月。格木小学的卓玛老师给王良红发来一段视频。卓玛在视频里念了一封短信。

"亲爱的干妈：谢谢你，谢谢你给我买来的旅游鞋和羽绒服。让我在这个冬天温暖了许多……"

怎么能叫孩子写这些呢？就买了这么一点点东西，犯得着这样吗？

王良红给卓玛打电话，"卓玛老师，别叫孩子做这些写信的事。"

"王姐，不是我叫他写的，是他自己写的。"卓玛说，"是洛桑写了，跑来找我，要我念给你听。还叫我一定要录了视频发给你。"

"这样还是不好，你叫他以后少写信，好好学习，干妈就高兴了。"

话虽这么说，王良红心里还是很高兴。洛桑真是个懂事的孩子。

她把视频转发给老公和儿子。

张老师说："可爱的孩子，我们就尽一份心吧。"

儿子看了视频在微信里说："弟弟好可爱。"

离两年支医结束时间还剩半年。王良红却笑不起来，甚至有些难受。眼看两年援建时间就要到了，再过一个月就可以回家和老公儿子团聚，在这节骨眼上，医院的领导却打来电话，要求她"再干一年"！

"为啥呢？"王良红有些诧异。

"知道你在高原两年了，也不容易。但组织上是这么考虑的，"院长说，"巴塘医院的中医骨伤科好不容易建了起来，现在越来越好，在巴塘群众中也有了一定的知名度，有了良好的社会效益。你也成巴塘的'女神医'了。我们就想，既然巴塘群众这么需要你，就研究决定让你留下再干一年，再带几个徒弟。省得你一走，这好不容易打响的中医骨伤科，又散了下来，前功尽弃。巴塘医院也有这个意思。当然，还是要征求你本人的意见。"

有意见还有用吗？你们都定了！王良红还是不甘心，问："听说院里已经有人申请下一批来巴塘吗？"

"医院考虑还是你最合适。只要你没问题，其他的都不是问题。"

"那……好吧。"王良红足足愣了3分钟才反应过来，这也太突然了吧，怎么就糊里糊涂答应了呢？不是已经说好回去给张老师扎银针，治膝关节吗？这事咋向他交代啊？

"那就这么定了！"院长第一时间挂了手机，生怕王良红反悔似的。

王良红赶紧给张老师打电话，说了院里要求她"再干一年"事。

听得出，张老师有些失望，但还是勉强说："那，好吧。我没事，你就再干一年吧。"

王良红心里很不是滋味，想来想去，还是不对。自己整天在这儿给人治病，而家人在千里之外，却受着病痛的折磨，这算怎么回事儿呀。

不行，得想个办法，把这个坎儿翻过去。想着，想着，还真想出了一个：既然自己不能出去，他可以进来啊！不是每年都有老师进来支教吗？

王良红又拨通了电话，问："你想不想进来支教？"

"可以吗？这，我还真没有想过。"

"你年轻时不是在巴塘工作过吗，现在来条件比过去好多了。"

张老师老家在重庆潼南。1987年考入了康定师专，1991年毕业后，分配到巴塘县教书。先是在巴塘小学干了一年，之后到了巴塘中学。直到1997年，为了离王良红近一点，他通过招考进了康定中学；2004年，又考进双流中学。一家人才彻底团聚了。

张老师把自己的青春年华留给了巴塘，留给了高原。他常给王良红讲他在巴塘的生活、工作，讲他在巴塘的学生和朋友。讲得她心痒痒的。

2013年夏天，王良红所在医院有了去巴塘支医的指标。她心动了，一开始还怕张老师不同意，谁知跟他一讲，他说："喔，去吧，巴塘是个好地方。"

丈夫愿意重回巴塘支教，怎么说对王良红都是一种安慰，他来了，一个家就完整了。

心急的王良红又拨通了院长的电话。

"王神医，你不是反悔了吧？"院长在电话里问。

"没有，只是……"

"不反悔就好。有啥困难,我们尽量帮你解决。"

王良红把自己的想法告诉了院长。

"我帮你问问,应该问题不大,张老师那么高水平,巴塘当然欢迎。"

年底,王良红终于把张老师从双流"拽"到了巴塘。

更令她惊喜的是,儿子发来短信说国庆放假也要来巴塘。

这不就圆满了?王良红开心地笑了。

让王良红更开心的是,她在中医骨伤科传帮带的友珍和古建勇两个徒弟也成长起来了。他们从一开始只能打打下手,到慢慢地熟悉了医疗器械,烤灯啊,银针啊,火罐啊,应用起来得心应手。他们在王良红的指导下,先是在彼此的身上试诊,再到病人身上进行实操。随着业务的熟悉,两人已能独当一面。这无疑减轻了王良红繁重的工作。

王良红完成三年支医工作离开巴塘的时候,友珍和古建勇已经成为巴塘县医院中医骨伤科的骨干,挑起了科室的重担。

(曾　鸣　李文旭/文)

妇产科的男医生

程鹏（双流妇幼保健院医生，挂职巴塘县医院医生）是巴塘历史上的第一个妇产科男医生。他刚来巴塘时还闹了一个笑话：第一次进手术室，手术室里没有男式拖鞋，他一双大脚只好硬挤在一双女式拖鞋里。手术完了，他的脚也麻木了。后来护士专门给他买了一双大号拖鞋，他才免受其苦。"大脚穿小鞋"这事，让大家笑话了好久。

刚上巴塘不久，程鹏像往常一样，正在病房查看病人，忽然听到有人在护士站大声喊叫："门巴！找门巴救命！"

原来，是一个怀孕7个多月的孕妇，在家突发胸闷、腹痛，被家人用摩托车，花了2个多小时才送到巴塘县医院。程鹏紧急查看后，发现病人板状腹，宫体压痛，听不到胎心，立即安排B超检查。B超显示患者胎盘早剥，必须马上手术。这让程鹏头皮发麻，因为巴塘县医院缺乏基本的备血条件，开展手术的风险很大，除了要控制出血量外还要避免宫内感染。

时间就是生命，程鹏当即向医院请求调派血源，并迅速组织相关医务人员对产妇实施抢救。在医院条件较差的情况下，程鹏医生凭借着过硬的技术为该产妇进行了手术治疗。手术中，患者子宫内有一个死婴，胎盘已经完全剥离，宫腔内积血严重，子宫水肿明显，且出血不止，也不凝，化验结果也提示产妇凝血功能异常低下，急需大量输血。

当地武警官兵紧急驰援，无偿献血1600毫升，为程鹏争取到了宝贵的抢救时间。

▲ 巴塘县人民医院

情暖巴塘

"血压起来了，出血停止了。"通过4个多小时的全力抢救，患者终于转危为安。

连续工作了16个小时的程鹏，嘴角终于露出了一抹疲惫的微笑。

那年春天，程鹏开创了巴塘县医院一个新的历史：为一名卵巢囊肿的患者，实施了腹腔镜下右侧附件切除术。这是巴塘县成功实施的第一例妇科微创腹腔镜手术。

人都喜欢探索成功背后的秘密，几个同事在会后要程鹏仔细谈谈当时的具体情况。他和盘托出。前几天，这个患者来门诊就医，说她右下腹疼痛。经B超检测后诊断是卵巢囊肿蒂扭转，必须做手术，患者也同意手术。他在考虑手术方案的时候想，如果用传统开放式手术，保险倒是保险，但难免会对患者生育功能造成影响，而这名患者还年轻且未有生育史。和患者交流的时候，发现她有强烈的生育愿望，可以想象，一个女性失去了做母亲的权利意味着什么。如果用微创腹腔镜手术，手术创伤小、恢复快，对生育功能影响也最小，无疑是最优的选择。

但是，相比医疗条件先进的内地医院，巴塘医院没有做过妇科微创手术。

"怎么办呢？"程鹏皱着眉头，把一块路上的小石子，踢了出去。

查娟（双流区疾控中心医生，挂职巴塘县疾控中心医师）开玩笑说："凉拌。"

程鹏看了查娟一眼说："喔，说实话，我当时还是心虚啊。如果是在双流，这类手术，对我来说就是轻车熟路，但在海拔2500多米的高原做这个手术，却是一个很大的挑战。你们都知道，医院妇科设备相对简陋，没有专业的妇产科腹腔镜器械，血源也紧张，医护人员缺少配合经验。如果出了意外……

"但在征求患者意见时，患者坚决要做微创，不然就回去，不做了。我只好硬着头皮上，有啥米煮啥饭。俗话说啥呢？叫巧妇难为无米之炊。"

"最后，好在没出意外。呼……"他吐了一口气，脸上露出笑意。"手术成功了。患者恢复良好，第二天就可下床活动，第三天就痊愈出院了。有了这例手术，以后妇科的微创手术就好办了。"

"唉，不说了，整个巴塘医院，只有中医骨伤科，整天人气爆棚。我们都羡慕，如果我们妇产科，有他们一半，不，三分之一的人就好了。这里的藏族同胞的生育和医疗观念还需要提高。"

大家都笑了。

过了好一会儿，程鹏又自言自语地说："嗯，有了这次经验，下一步，我还想尝试开展腹腔镜下双侧输卵管结扎术。"

说到这儿,程鹏从路边掐了一支草叶捏在手里,挥动着,像是挥动一柄薄薄的柳叶刀。

两年时间一晃而过,程鹏要回双流了。按说援建队员来来去去早已是平常事,但到了程鹏这里,他觉得不一样,是一件大事。

需要告别的人很多,但第一个一定是曲珍院长。

曲珍是个和气的藏族大姐,微胖,一头短发,普通话说得溜顺,也爱唠叨。院长办公室里,曲珍正在处理事情。程鹏要回双流她是知道的,但没想到他会亲自来告别。

曲珍看着程鹏,一阵感叹。

"时间过得真快啊,小程,谢谢你!谢谢你们支医的老师们。"

曲珍把桌子上的一张转院通知单推给他。"你看,又来了。"她说,"你知道,医院每年都会收到上百例这样转院的病人,都是周边芒康、得荣、稻城、德钦、贡觉、白玉、理塘等地的病人。现在巴塘医疗条件好了,外地的病人都慕名前来就医。周边医院解决不了的问题,往往也会转诊到巴塘医院。"

对于医院的变化,曲珍是最有发言权的。在2012年新医院建好以前,老医院只有200多平方米,满打满算还不到50张床位,甚至医生的办公室都放进了病床。那时院长也是经常趴在墙上给病人开处方,没空地!

"对了。你是2016年来的?"曲珍问。

"是的。"

"都两年了?你们来支医也真不容易。"曲珍说,"刚开始是李小波、王良红,那时医院没有标准药房,药品直接搁在地上,太简陋了。可就这样,还是得干。多亏双流政府了解到这个情况后,记得那时是第一批,指挥长是……"

"罗勇。"程鹏说。

"对,是罗勇。"曲珍扳着手指娓娓道来,"2013年9月19日医院新的门诊大楼启用;11月8日住院大楼完成搬迁,投入使用;很快,医院的床位就增加到了近150张。

"有了设备,没有人,也不行。何况,许多新设备,我们也不熟悉。双流又派来了援建医生,帮助进行科室建设。在强化原有科室情况下,根据高原病例情况,新开设了中医骨科、肝胆外科和心血管科3个特色专科门诊。

"胆结石在巴塘是多发病,以前医院每天只能接到四五例病人,现在平均有

二十来例。以前没法做胆结石微创手术，遇到严重的病人，就让病人转院，没法啊。现在好了，巴塘的肝胆外科可是附近几个县出了名的好。现在妇科也起来了。

"当初中医骨伤科更是病人打拥堂（四川方言，拥挤）。你们通过传帮带，给医院培养了人才，充实了医疗队伍。现在医院自己的人，也可以做手术了，这才是最大的进步。巴塘医院现在都被周围的人称为高原'小华西'。周边的病人都往这儿跑。"

"我这里都记着呢。"曲珍院长是个心细的人，她从文件柜拿出记事簿，指着上面的数字对程鹏说：

"为了更好为我们巴塘培养医技人才，双流还采取'请进来'与'送出去'的办法，努力为我们培养医疗技术人才。几年来，先后从医疗、护理、影像、公共卫生、预防保健等领域选派40余名医疗骨干，通过传帮带，帮助医院培训帮带医生200余人次。双流还每年组织2批专家来巴塘，结合当地医疗现状及迫切需要解决的问题，有针对性地开展业务知识讲座和临床带教、教学查房、手术演示等工作。专家组授课342次，教学查房284人次，手术演示162台次。

"这里的每一分成绩，都有你们的汗水。都有你小程的汗水。"

▲ 2018年5月,双流区对口援建救护巴塘群众

过了好一会儿,曲珍才合上手中的笔记簿。

离开时,曲珍紧紧握住程鹏的手,"谢谢,谢谢。欢迎以后到我们巴塘来玩。"

本来是想感谢曲珍院长两年来对他各方面的关心照顾,没想到曲珍见到他后,谈了好一阵医院的发展。接下来的几天都是这样,需要告别的人,谈的都是回顾过去,展望未来,感谢支持之类。

其实,在巴塘的两年间,程鹏和他们一样,工作与生活已没有了明显的区别。

(曾 鸣 李文旭/文)

疾控在急行

从双流援建队上高原的第一天起,防止发生传染病,就是双流援建队疾控组的重要任务。从第一期的翁贵武(双流县疾控中心医生,挂职巴塘县疾控中心副主任),第二期的鄢家良(双流县疾控中心医生,挂职巴塘县疾控中心医生),第三期的查娟(双流区疾控中心医生,挂职巴塘县疾控中心医生),到第四期的余海涛(双流区疾控中心医生,挂职巴塘县疾控中心副主任),他们在高原的每一天,都奔走在防疫的路上。

2012年6月初,翁贵武作为首批对口支援巴塘县医疗组组长,到巴塘县疾控中心挂任副主任。初到高原,翁贵武有些吃不消,但他仅休整了一天,便跟着当地疾控中心的工作人员下乡开展鼠防监测。为了做好鼠防监控,翁贵武第一次下乡就持续了1周,和巴塘县疾控中心的工作人员背着泡面、馒头等上山,走过了亚日贡乡、红东村等地,晚上就借宿在村医家中。

2014年9月11日,鄢家良跟随医疗组下乡义诊,先后在亚日贡乡政府和昌波乡小学开展义诊。鄢家良作为B超组医生一天为70余个藏族同胞做了检查,已经累得快直不起腰了。当他收拾医疗器具准备收工的时候,又来了几个风尘仆仆的藏族同胞。看到他们期待的眼神,鄢家良同志毅然决定再帮这几个藏族同胞进行检查,因为他知道这些藏族同胞都是从几十公里外翻山越岭赶过来的。吃饭时,鄢家良端碗的手都在一个劲颤抖。但他心里一点都没有觉得累,他很高兴能为藏区群众的健康尽一份力。

▲ 双流援建干部翁贵武在巴塘县措松龙村开展卫生知识宣传

查娟2016年上高原，两年援藏生涯，她积极主动协调双流区援巴工作指挥部争取150万元援建资金，为巴塘县疾控中心增添一台疫苗冷藏运输车，一台艾滋病检测仪，一台包虫病筛查四维超声仪，实实在在地解决了巴塘县疾控中心面临的困难。在巴塘期间，她主动到乡镇、村的藏族同胞家中调研，掌握乡镇公共卫生事业和疾控队伍情况，举办各类培训班12期，累计培训600余人次，进一步提高了乡镇防控人员的业务水平和工作能力。

转眼到了2018年，余海涛紧跟三位前行者的步伐来到了巴塘疾控中心。

2018年3月24日，是第23个"世界防治结核病日"。"终结结核行动，共建共享健康中国"是当年结核病防治宣传主题。

为提高巴塘居民对结核病防治知识的认识，普及结核病的科普知识以及国家对结核病的惠民政策，3月24日上午，余海涛随同巴塘县委常委、宣传部长郎卡降泽、副县长李超、卫计局局长格桑扎西、疾控中心主任刘建亲临宣传现场，为群众宣传结核病及重大传染病防治知识。疾控中心职工在现场挂横幅标语、发放削苹果机1000个、纸杯1000只、围裙500条、各类宣传资料2500余份。参与群众2000余人次。

会后，余海涛随疾控中心支部书记扎西多吉、中心副主任王朋及双流援建专家

▲ 援建医生查娟在海拔4500米的虫草山上义诊

深入康南中学,向全校教师110名,学生2214人宣讲了肺结核的传播途径、危害及有效的防控措施和国家免费政策。疾控中心职工在康南中学通过挂横幅标语的方式来宣传发放肺结核宣传资料1000余份,张贴肺结核宣传海报50余张。

余海涛向广大群众讲解结核病疫情现状、结核病防治知识和肺结核治疗的优惠政策,呼吁大家共同关注结核病,采取行动,你我共同参与,消除结核危害,保护广大群众身体健康。整个宣传活动有序开展,达到了预期效果,取得了圆满成功。

2018年5月9日至11日,余海涛与巴塘疾控中心副主任王朋等传染病防治专业人员,针对巴塘县乡镇常见的脊灰免疫接种覆盖率低、计划免疫登记不完善等重点突出问题,对全县所有乡镇卫生院进行拉网式摸排督查,同时对全县的脊灰免疫效果进行快速评估。

通过评估发现,全县乡镇脊灰免疫接种率最高的达到95%,但接种率最低的乡镇仅在50%左右。

针对以上情况,中心援藏人员余海涛向相关乡镇提出建议:一是提高责任心,完善接种登记和接种本填写；二是对未接种儿童及时进行补种；三是对不配合的家庭进行健康教育，提高配合度；四是对交通不便的家庭，采用骑摩托上门等方式进行接种，提高接种率。

同年11月23日至24日，余海涛在巴塘县召开的卫生防病工作会上，做了"突发公共卫生事件应急处置"专题讲座，对来自巴塘县各乡镇卫生院的24名专业技术人员进行了突发公共卫生事件应急处置培训。

在巴塘相关部门组织下，乡镇卫生人员的培训大面积展开。

（曾　鸣　李文旭/文）

云端上的五彩藏乡

琴杆柳木树枝，琴筒杜鹃树干，
羊皮包裹琴筒，牡马马尾做弦，
金制码子作鞍，银制琴轴一对，
拉起动人弦胡，内心深处欣喜。

——巴塘弦子《毕旺曲批加措》

情暖巴塘

名优产品之中，凝聚着双巴两地的心血智慧，鼠标轻点背后，更有无数人负重前行的辛劳。

坚持把产业扶持作为支援工作的支撑点，是双流援建巴塘的重心之一。只有发展产业，把地区资源优势转变为产业优势，培育壮大特色支柱产业，才能增强巴塘整体"造血"功能。

巴塘县位于"三江"生态的重要地段，气候条件相对较好，特色产业优势突出，有高原小江南之称。巴塘藏猪、藏鸡、蜂蜜、特色藏药、苹果等，历史悠久，闻名遐迩。巴塘核桃亦以品种优良、果大壳薄、含油多、产量高而被列为甘孜州南部林果致富工程重点实施项目区域。

援建中，双流充分发挥在规划编制、政策研判、项目引进等方面的丰富经验和优势资源，依托巴塘区位优势和特色资源，积极打造优势产业。协助巴塘加强农牧民实用技术培训和转移就业培训；帮助联系蔬菜种植、特色农产品等专业技术人员到巴塘进行跟踪指导，提升巴塘特色农产品生产、开发水平；实施"互联网+"战略和电商扶贫计划，把"五彩藏乡"公共品牌推上"云端"，获取更大市场空间。

同时，在"规模化、品牌化、标准化"上下功夫，帮扶巴塘农产品争创国家级、省级知名品牌；支持建设冻干车间和配套冷链运输设施，建立农产品种、养、加、销、游全产业通道，延伸农牧民收入价值链。实现特色农牧产品向产业化、高附加值化发展；帮助打造示范性专业合作社，培养家庭农场，引进现代农业企业生产管理模式，重点扶持苹果、松茸等特色农产品精深加工；实行一三产业互动融合发展，重点在"莫多——甲英——党巴——夏邛"沿线建立特色农业生产基地，植入旅游元素，打造最美318生态农业旅游示范线。

2018年以来，双流创新实施《"五彩藏乡"消费扶贫产业振兴帮扶行动计划（2019-2021年）》，在双流景区、社区、大型商业场所，新增5个巴塘特色产品固定展销点和多个临时品销点；举办各类巴塘特色产品推荐会和展销会，鼓励社会力量现场认购特色农产品，带动巴塘多家农产品加工企业和合作社发展，使近千户群众和集体经济实现增收；引领实施"胭脂脆桃"种植基地、"果草畜蜂"生态农业等示范项目。建设250亩玛卡基地，扶持黑山羊等3家专业合作社，示范推广高产玉米150亩、南区海椒30亩、蔬菜大棚5亩。先后建成2460亩优质蔬菜、1800亩水果、10310亩优质青稞、6000亩优质玉米、12500亩马铃薯等一系列种植示范基地，有力促进了巴塘的产业发展和农牧民增收。

雪菊盛开在高原

2014年8月,李修忠(双流县农发局干部,挂职巴塘县农牧科技局)随双流对口支援巴塘第二批队伍来到高原。随后,在巴塘相关方面的安排和支持下,为农牧民寻找致富的项目,他开始了马不停蹄的下乡调研。

▲ 格聂神山沿线风光　刘仕渝/摄

大学农学班出身的李修忠，对土地和农作物有职业的敏感。他在调研中发现，巴塘农牧民经济收入主要靠采挖松茸和虫草。但松茸和虫草具有很强的季节性，收入也不稳定。而当地的农作物主要是青稞，青稞虽然种起来简单方便，但附加值低，一亩一年就几百块钱的收入。

怎样拓宽巴塘农牧民收入渠道，打开收入的天花板，是李修忠在调研途中想的最多的问题。

一个偶然的机会，李修忠在新闻里看到了昆仑雪菊，那些盛开在风中的花朵，摇晃着一张张小脸，一个劲朝着他笑啊笑。

瞬间，李修忠战栗了。一个念头在他脑海中一闪而过：把雪菊引种到巴塘！

情暖巴塘

这个想法会不会太荒唐、太大胆？李修忠翻来覆去思考了一个晚上。第二天上班，他把自己的想法向巴塘农牧科技局领导做了汇报。

"为什么不可以呢？"

引种昆仑雪菊的建议得到了领导的肯定。巴塘农牧科技局很快成立了一个雪菊引种科技小组，由刘新丽（巴塘县农牧科技局总经济师）和李修忠具体负责项目推进。

种子从哪里来？什么样的地方才适合雪菊生长？问题摆在了面前，而刘新丽和李修忠却是一头雾水。

一切都要从头开始。

种子和技术怎么办？求助电话打到了四川省草原科学研究院。专家们对巴塘的想法非常支持，愿意和新疆农科院沟通，想办法弄到雪菊种子。同时，专家们还说，雪菊开始试种的时候，还会派人来做技术指导。

种子的来源和技术支持都有了眉目，两人吃下了定心丸。

李修忠和刘新丽随即开始下乡调研，寻找雪菊小面积引种试验地。

数据是枯燥的，也是最有说服力的。通过对巴塘19个乡镇气候、土壤、光照、海拔的综合分析，刘新丽和李修忠最后选定了4个地方作为把"昆仑雪菊"引种为"巴塘雪菊"的试验地。它们是：夏邛镇桃园子（海拔2580米）、党巴乡冲巴村（海拔3200米）、措拉乡麻通村（海拔3400米）、尼戈村（海拔4200米）。每处一至二亩不等。

2015年4月，春风唤醒了巴塘的土地。刘新丽和李修忠每天开始乡下跑，督促试验地的工作人员按四川省草原科学研究院提供的技术要求翻地、起垄。

由于雪菊种子很小，顶土力弱，泥土要细，要平，要浅播。为保持土壤65%—75%湿度，利于出芽，还需用草覆盖。他们准备了青稞秆。

一切就绪后，希望的种子播了下去。

像母亲期待婴儿的第一声啼哭，李修忠第二天一早就跑到试验田里，迫不及待地揭开青稞秆。

没有。

第二天还是没有。

第三天，就在李修忠揭开潮润的青稞秆后，黑色的泥土上，他看到了一点白，一点洋溢着生命力的白，像针尖刺破大地的皮肤，蓬勃而出。

李修忠激动得如同从护士手里接过自己初生的孩子。

接下来两天，一个个新芽，争先恐后冒了出来。

李修忠笑了，刘新丽也笑了。但他们知道，这只是第一步，离成功还早得很。

等待是漫长的，也是熬人的。

余下的时间，李修忠每周至少下去一次，到田间观察那些摇曳在风中的幼苗。守着它们发芽、抽茎，守着它们开枝、散叶，守着它们一天天长高、长壮。

除草、施肥、打芽。田间的活路零碎也辛苦。

出蕾了，李修忠笑了。

花蕾长大了，他笑得更开心了。

八月，花开了。金色的花瓣，像孩子明亮的笑脸，在秋风中摇摇晃晃地跑着，叫着。李修忠摘下一朵举在手里，深紫的花蕊如幽深的梦，深深吸住了他的目光。

试验证明昆仑雪菊是完全可以在巴塘种植的。从直观上看，党巴乡的雪菊长势最好。通过对四个试验地雪菊的定量分析，党巴乡的产量也最高。再综合昆仑雪菊原产地的数据，他们判定，在巴塘，海拔3000米是雪菊生长的最佳高度。

巴塘族迹公司来了，他们把试验的雪菊收购包装后，试着在网上销售，反馈不错。

昆仑雪菊引种到巴塘，取得了第一阶段的成功。第二步，就是要找一个地方推广，真真实实让巴塘的农牧民从雪菊栽种中获得收益。

党巴乡党巴村在巴塘县城北边，走318国道30多分钟就到了。李修忠和刘新丽经过调研，觉得无论从气候、土壤还是海拔来看，村里都是推广的最佳地点。何况，通过试点，乡上的干部已经对雪菊有了认知，愿意全力支持。

巴塘县委县政府会同相关部门的讨论后，决定让党巴乡党巴村吃第一只"螃蟹"。

李修忠、刘新丽和翻译扎西一道走进老乡家里，开始推广雪菊种植。出乎意料，一开始老乡们对雪菊这个新鲜事物并不理解。他们无法想象，以前只能种土豆、青稞的地里，还能种花，还能种卖钱的花？他们摇头了。

一户户走，一户户动员，但进展不大。"就算种出来了，卖给谁？"老乡们的想法是现实的，也是合情合理的。

关键时刻，在雪菊销售中尝到甜头的巴塘族迹公司站了出来，承诺负责向种植户提供雪菊种子和种植技术，成熟后由群众采摘晾干，族迹公司按200元/斤的价格进行回收。

群众的顾虑打消了。终于有大胆的农户跟族迹公司签订了合同。榜样的力量是巨大的。一个又一个观望中的老乡，在合同书上按下了鲜红的手印。最后，由十多

情暖巴塘
QING NUAN BATANG

| 云端上的五彩藏乡 |

▲ 2019年7月，摄于巴塘县措普沟　　吴丹（双流区委统战部）/摄

情暖巴塘

位农户东两分、西一亩，凑成了11亩地。以此为基础，党巴村成立了"巴塘县德吉种植农民专业合作社"，由合作社与巴塘县族迹公司合作发展雪菊种植，以"公司＋合作社＋种植户"的模式运行。

2016年春天，在四川省草原科学研究院技术人员的指导下，合作社播下了11亩雪菊种子。

虽然有了头年试种的经验，李修忠和刘新丽的心里还是有些忐忑不安。开始的几天里，他们每天一早就到地头转悠，观察种子的动静。说起来只有11亩地，由于是十多户人家凑成的，所以东一块，西一处。多的一亩多，少的只有二三分。更要命的是，老乡们的地都分散在各处，弄得李修忠和刘新丽从早上开始下地，跑完十多块地时，天都快黑了。

但不跑不行啊。老乡们都瞧着啊，老乡们更急啊！

芽，终于顺利顶了出来。李修忠和刘新丽松了一口大气。整个出苗期，李修忠每天都会到地头，盯着一个个苗芽看，一走就是一天。直到苗架长势正常后，才把下地的次数减成了每周一次。即使这样，他还是不放心。整个4月至8月的日子里，他干脆放弃了中途回双流看望家人的机会，一直守护着那11亩雪菊。他怕出差错。他怕辜负了老乡们的信任。

功夫不负苦心人。八月，雪菊开始采摘，到十月采摘完成后，11亩地，共收获了200斤雪菊，族迹公司按合同全部收购了合作社的雪菊。单这一项，村里人均增收500元，集体也收入了3万余元，11户贫困户实现脱贫。

数着到手的钱，老乡们笑了，李修忠也笑了，刘新丽笑了。笑得最美的还是田里那一朵朵美丽的雪菊。

高原雪菊开始盛开在巴塘，并走出了巴塘。2016年，高原雪菊入驻京东，获得消费者喜爱。2017年，高原雪菊参与公益义卖推介，青联委员现场销售雪菊12.7万余元。2018年，高原雪菊上线凤凰卫视。2019年，高原雪菊等系列产品参加浙江省互联网＋创业大赛，荣获绿色生态品质大赛金奖。

线上＋线下的销售同时发力。线上借助京东平台、淘宝店铺、微信微店、川西黄甲、海伶山珍等各大电商平台达成长期战略合作；线下高原雪菊系列产品先后与共青团四川省委，以及新希望集团、国航西南分公司、西华大学、中国邮政等数十家企事业单位建立长期合作，打开雪菊供销渠道。雪菊系列产品还陆续入驻成都锦里展销馆、川西黄甲农业电商公司展销店、双流区空港花田、浙江丽水、西华大学，参加四川省农博会产品展销会。

2019年，巴塘雪菊荣获"四川扶贫"集体商标使用权，成为"四川扶贫"标识产品。

如今，在党巴乡的带动下，巴塘县其他乡镇陆续开始种植高原雪菊。除党巴村继续种植外，2020年，莫多乡已种植雪菊10亩。莫多乡打算在苹果基地林下种植雪菊60—70亩，中咱毛桃基地林下种植雪菊100亩。

人们相信，高原雪菊将会在巴塘开得更好，开得更美。

（曾　鸣　李文旭 / 文）

山东大棚蔬菜安家巴塘

巴塘的蔬菜少，还贵。大多从云南千里迢迢运送过来。

从第一批工作队开始，双流人就把"丰富巴塘菜篮子"提上了议事日程。

巴塘气候高寒、土壤相对瘠薄，蔬菜种植面积较小，全县90%的蔬菜都是从云南运过来的，新鲜蔬菜很是"抢手"。以南区海椒这个蔬菜品种为例，县城的菜市场里，刚上市时每公斤价格在22元到30元之间，上市高峰期也能达到每公斤近10元。种蔬菜在这里很有致富空间。

竹巴龙乡和夏邛镇是巴塘传统的蔬菜种植区，但由于当地降雨少，再加上冬季气候寒冷，蔬菜种植都是靠天吃饭。

技术落后和资金缺乏更是限制了蔬菜的规模化。工作队通过调研，发现在全国各地早就广泛推广的大棚蔬菜种植，在巴塘全县居然一处也没有，便向巴塘县委县政府汇报并得到支持，决定在有一定蔬菜种植基础的竹巴龙乡和夏邛镇，建设蔬菜大棚，作为2013年的重点援建项目。

2013年7月，竹巴龙乡7亩蔬菜大棚建成。村民朗吉看着一个个在阳光下泛着白光的大棚，高兴地说："在大棚里种蔬菜，这是我们以前做梦都没想到的。以前一到冬天，种菜的地只能空着，要等春天暖和了才能再种，现在好了，有了温室大棚，冬天也可以种蔬菜，赶上过年，正好可以卖上好价钱。"

朗吉估计，有了大棚，每亩地每年可以多卖3万元。他笑得合不上嘴。

2013年6月，王大龙村30亩南区海椒引领示范推广区建成。通过推广育苗移栽，地膜覆盖，综合病虫防控等技术，亩产海椒达 4000 斤以上，照平均每斤 3 元计算，全村可增收近 40 万元，每户可以增加收入 3000 多元。引导地膜覆盖种植高产玉米（振兴 508）150 亩；试种植双流冬草莓 1.5 亩。

2013 年，工作队邀请双流永安的葡萄专家付家林到竹巴龙乡传授葡萄种植技术，引种了 3 亩巨峰葡萄。2015 年挂果，亩产约 3000 公斤，单价 6 元每公斤。示范带动 50 户种植户。

2017 年，双流第二批工作队援助夏邛镇下桑卡村建成大棚蔬菜种植示范基地 60 余亩。当年年底蔬菜基地就给村民分红 60 多万元，人均分红 1 万多元。村民参与土地流转有租金，在大棚里工作拿月薪，年底还有分红，大家的积极性很高。

王大龙村支部书记土登对蔬菜种植向往已久。他每天看着山下公路上从云南往巴塘县城去的蔬菜车，心里就痒，那些可是白花花的银子啊！自己咋就抓不住呢？

他想搞蔬菜产业想了很多年，但一直都不敢动手。

不敢，是因为没有经验。这个处于巴塘地区高山的村子，还从来没人种过大棚蔬菜。没经验，也没技术。

让土登望而却步的"高山蔬菜种植技术"，对背靠成都这一农业技术资源富集地的双流来说，并不是难事。

工作队在村里启动了蔬菜种植技术培训，并引进双流的农企对接模式，鼓励村民直接与企业展开合作。在双流的技术支持下，王大龙村建起了 21 亩蔬菜种植基地，并与位于旁边正在建设中的苏哇龙电站建立了农企对接关系。

当季的白菜、莴笋直供苏哇龙电站。土登指着脚下的菜地雄心勃勃地对双流对口支援工作队员说："这个电站现在有 200 多名工人，我们计划接下来将蔬菜基地扩大到 200 亩。"

如果说上述只是小敲小打，那么，巴塘县高原鲜生态农业园区的诞生，绝对是大手笔——直接让巴塘的菜篮子有了实质性的提升。而这事的促成，绕不开一个人，他就是韩国梁。

2017 年春，韩国梁与蔬菜对上了眼。一天，韩国梁去巴塘县政府参加一个会议。会议间隙，县上一位领导和他闲聊，问他春节到哪儿玩了。他说回了一趟山东老家。领导说，山东好啊，经济大省，人也豪爽。不知道是有意还是无意，两人聊着聊着就聊到了山东的蔬菜，又聊到了巴塘的蔬菜。

"巴塘的菜篮子贵啊！"领导感慨地说，"本地不种，种也很少。90% 是从云

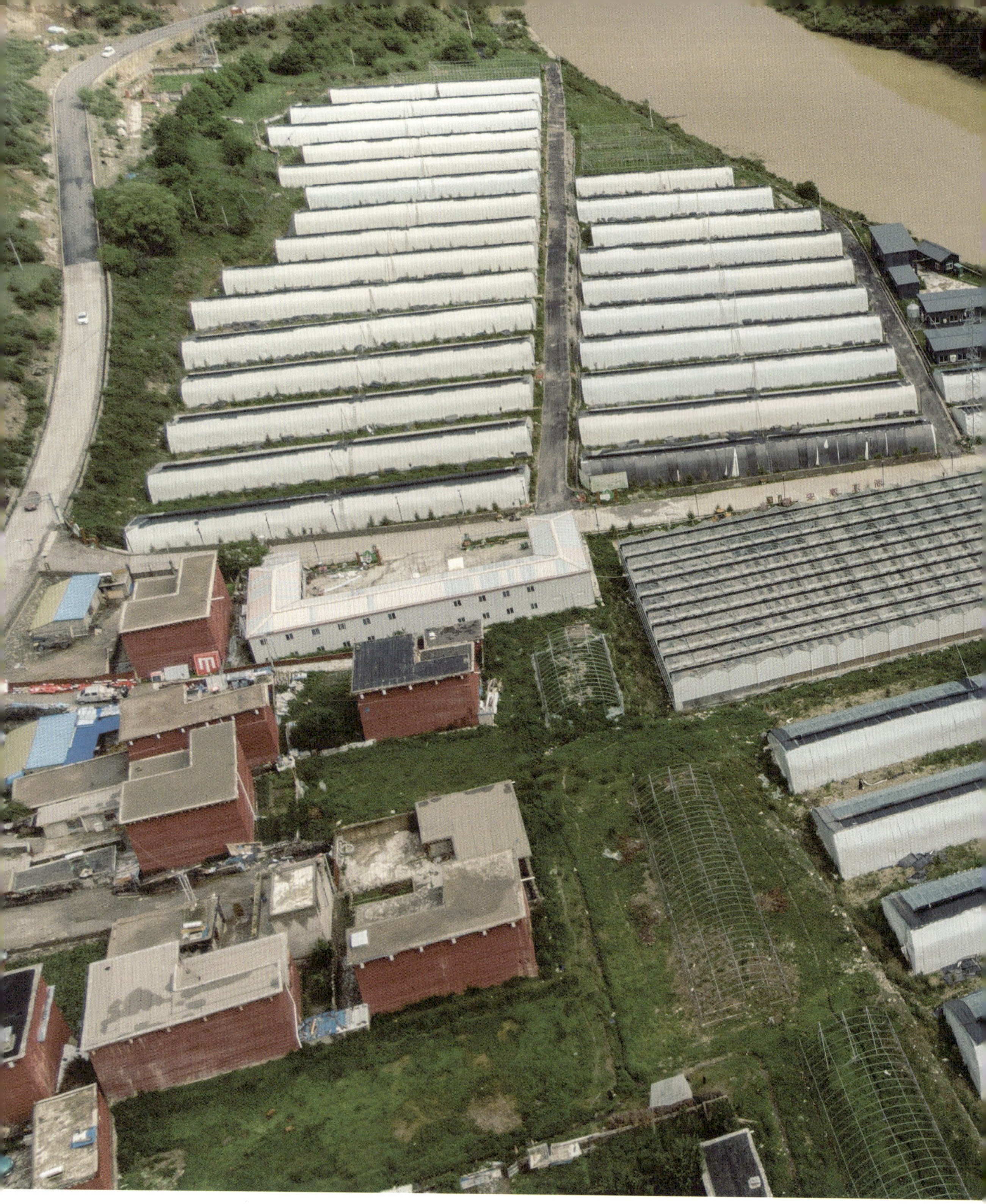

▲ 大棚蔬菜基地

123

情暖巴塘

南长途贩运来的，当然贵。"

"就是。"韩国梁点头。

"就拿黄瓜来说，外面的市场上卖每公斤3元左右的时候，巴塘市场就可以卖到8—10元每公斤，到了冬天，更是达到了14—16元每公斤。"

"太贵了。"韩国梁说，"为啥本地不种呐？"

"一是观念，二是太冷。要想规模化，就得上大棚。"

韩国梁若有所思。

"你老家可是大棚蔬菜大省。"领导半开玩笑，半认真地说，"能牵个线，引进一家蔬菜企业吗？"领导盯着老韩的眼睛。

老韩这才弄明白，领导真是领导，说了半天，早就计划好在那儿等着他了。其实，他离开老家到双流工作多年了，老家的人和事，一点都不熟悉。但话已经说到了这份上，当时也只好硬着头皮答应下来，说："想想办法，不一定成。"

"韩部长，有你这句话，就够了。"领导说，好像这事就这么定了似的。

当时只当是一句话。韩国梁下来仔细一想，这还真是一件事，还不只是吃菜的事。巴塘群众要脱贫攻坚，奔小康，光靠外面的援助输血是不行的。他们还得修炼造血功能，产业才是造血的机器。

从那天开始，韩国梁上心了。每天电话里讲得最多的就是蔬菜，还操着山东腔。

"也没法，山东其实已经不熟了，只能找老家的同学、亲戚、朋友。"韩国梁对赵浦说。"很多老板听说是巴塘，就问巴塘在哪儿？我说在四川，靠近西藏的高原上。然后……然后……就没有然后了！"

韩国梁认为与其电话上饶舌，不如直接回老家一趟。

他在山东遇到的情况更糟。山东是全国蔬菜种植基地，规模以上的蔬菜企业倒是不少。可一听说巴塘，说不上几句，就沉默了。

兜兜转转几天，好在有一两个企业有一点点儿兴趣。毕竟是大事，人家能同意实地考察就不错了。

回巴塘后，韩国梁对有兴趣的企业穷追不舍，每天"电话粥煲"都吃腻了，终于有了实质性的进展。

一天晚上，韩国梁高兴地告诉赵浦，经过多次沟通，山东寿光一家蔬菜生产企业答应来看看。"愿意来看，至少就有了一半的希望。对吧？"韩国梁等这一天已经很久了。

山东寿光高科温室工程有限公司来人的那天，韩国梁高兴坏了，拉着赵浦一起去考察。之前，对口支援指挥部讨论过大棚蔬菜基地的选址，大家觉得还是在松多乡比较好。一是位置优势，就在318国道旁不远，靠近成都方向，离稻城机场也要近些，交通方便。其次，通过建设山泉水厂，大家也熟了，合作起来顺手。第三，产业集中规模化，对口支援指挥部作为红娘以后也好跟踪。最后，搞好了，以后有干部群众来考察学习什么的也方便，不至于东一趟西一趟的。

寿光公司来的是李总经理。他想先看看巴塘的农贸市场，摸摸蔬菜的价格。

韩国梁对赵浦说，"该你上场了，你的四川话比我们的山东腔管用。"

赵浦和他开玩笑，说"我就这点用？"说归说，到了菜市场，他们装着买菜的样子，开始问价。

番茄多少钱一斤？黄瓜多少？芹菜多少？辣椒多少……

李总跟在赵浦身后，一一记在小本子上。

"带我到气象局瞅瞅。"李总说。

他们又到了巴塘气象局。李总请工作人员把巴塘近三年的气象资料打印了一份。

"好，现在去地儿上，你们瞅中的是哪儿？"李总问韩国梁。

他们驾车去了松多乡。"等你们好久了。还怕你们今天不来了呢！"扎西乡长一脸笑容。

扎西带着他们出了乡政府，车沿着巴白路走了几分钟。他指着一片河谷对李总说："就这一片，有一百多亩。"

扎西领着大家绕着这一片地走了一圈。李总不停用手机拍照，在几个不同点位取了土壤样本，说："我得拿回去化验。"他把河里的水也灌了两瓶。

坐在松多乡办公室，李总说，"既然我跑了几千里地儿，来了这儿，肯定是有诚意。韩部长和我是老乡，他为这事儿还专门跑了几趟山东。都挺不容易的。我就不绕弯儿了，实话实说呗。"看他一本正经的样子，韩国梁心里一凉，心想恐怕要黄。

"我看了，巴塘的市场、光照都不错。"李总说，"关于水和土壤，据我多年的经验，这个水人喝都没问题，水肯定没问题，但土壤要改良。还有，地这样不行，也要平整一遍。"李总喝了一口水，"一句话，大棚可以建，但投资太大，风险也很大。具体的，"他问扎西有多少亩，得知是126亩。"具体的情况，我今天晚上加个班儿，咱们明天再谈。"他最后说，"总之啊，困难很大，很大。"一番话，说得大家的心又悬了起来。

▲ 高原鲜生态农业项目大棚蔬菜

第二天上午，继续和李总会谈，地点在巴塘政府迎宾楼二楼的会议室。扎西早早来了，还请来了巴塘县国资公司张董事长，巴塘县农牧局包副局长。对口支援指挥部的谭永生、骆程也在场。一阵寒暄后，李总开始说正事。"经过昨儿对蔬菜市场的调查，我觉得在巴塘是可以发展高原生态农业的。"

房间里原本紧张的气氛缓和了下来。

"但是，我测算了一下，在巴塘，投资一个大棚的资金是山东的2—3倍，如果光靠咱们企业的力量，风险太大。"李总说，"我初步测算，照126亩土地算，先期的土地整理、土壤改良、大棚工程建设等，约需资金3500余万元，这，"李总停了几秒钟，"投资压力和风险，远远超过了咱们企业的承受能力。"

李总离开的时候握着韩国梁的手说："原则就这样，有消息电话通知我，我会派人来做指导，当然我还得来和你这个老乡端三碗。"

山东人就是豪气。

由巴塘县委县政府主导，通过进一步研究和讨论，方案定了下来，决定采用企业和地方合作的模式。

韩国梁知道这个消息后，差点跳起来。"总算没有白跑几万里路！"他说，"我马上就给李总打电话。让他也高兴高兴！"

其实，谁都高兴，毕竟这个项目既是巴塘人民的"菜篮子"，也是援建巴塘脱贫攻坚的"新抓手"。

"造血"才是脱贫致富的长效机制。

阳春三月,李总再次来到高原,和巴塘县国资公司签订了协议。没过几天,该公司孟经理从山东来到巴塘,同时带来10个技术工人,开始建造高原生态蔬菜大棚。项目计划共建设冬暖式温室大棚40个,日光温室大棚10个,智能温室大棚1个。配套建设冷藏保鲜库1000立方,冷链配送运输车3台。

"和常见的蔬菜大棚不一样,这里的大棚有一面特别厚:一层纱布、两层厚棉被、一层薄膜、一层保温板,组成一道'厚墙'。"孟经理说,"在寿光,这道'厚墙'直接用土垒成,而巴塘这边土质太薄,不适合砌土墙,因而进行了重新设计。整个大棚是按照目前国内最先进的技术方法设计制造,能自动放风,自动浇灌,自动水肥一体。还要安装大棚信息系统,安装好后,直接通过手机就能控制大棚的温度和湿度。"

"今年夏秋,园区种植的青椒、西红柿、水果黄瓜、西葫芦、芸豆、茄子、丝瓜、苦瓜、甘蓝、芹菜等30多个品种就可以先后批量上市。"他笑着说,"放心,价格肯定比现在的市场低,一样赚钱。"

韩国梁一听,乐得像一个孩子。韩国梁乐完,又担心起来。"不会用太多药吧?"

孟经理说:"基地建好了,我就留在这儿管理。无论是源头把控还是后期培植,我们都严格按照国家安全食品标准生产,灌溉用水、土壤的有机改良、育苗、田间管理、施肥、病虫害防治……每一个环节保证做到专业、安全。特别是对病虫害防治,我们使用的都是高于市场普通药品5倍以上价格的生物制剂,保证所有蔬菜都是绿色无公害。"他拍了拍胸口,"你放心,叫巴塘人民放心,一百个放心。"

听他这么一说,韩国梁仿佛闻到了黄瓜的清香,仿佛看到了丝瓜花举起了一个个金黄的大喇叭。

这个蔬菜基地有一个响亮的名字:"巴塘县高原鲜生态农业园区。"

大棚蔬菜在当年秋天即见效益。这一新鲜事,让当地农牧民开了眼:原来"菜还可以种在房子里",原来"一年四季都可以吃到新鲜蔬菜",无关雨晴,也无关风雪。

"巴塘县高原鲜生态农业园区"让巴塘农牧民感触到了现代农业生产的美好愿景。

(曾　鸣　李文旭/文)

苦尽甘来的"杨农业"

这是 2018 年 10 月 10 日，刚才还兴致勃勃的一行人，又开始睡意蒙眬。早上四点过起床，五点半集合，六点赶到双流机场，7 点 25 分起飞，这时还没到 8 点。杨克美看了看手表，又习惯性地清点了一下人数，不多不少，这一组 23 人。

前一天，在双流第四批援建干部座谈会上，大家就认识了，虽然不大记得名字，但是知道了谁在哪个口子。称呼起来就冲着职业喊，教育的喊老师，医院的喊医生……喊起顺口不说，还多了几分亲切和爽快。

杨克美来自双流区农业农村局，自然被叫成了"杨农业"。

当天下午，一行人顺利抵达巴塘，入住夏邛镇金弦子大道 304 号 4 栋。这是一栋五层的浅黄色楼房。几年来，双流对口支援指挥部一直设在这儿。工作队员大部分住在这儿，少部分住在巴塘县党校。吃饭统一安排在县政府食堂，不远，穿过中山广场就是。

晚上八九点钟，整座楼都在打电话，好像约好了似的，一个个都躲回了自己的房间。

杨克美也不例外。照例给妻子说了一通，不同的是别人是"煲粥"，他是"爆炒"，又快又急。

到达巴塘的第三天下午，召开双流区对口支援巴塘县第四批援建干部见面会。

按照中央和省委的统一部署，巴塘将在 2019 年脱帽，2020 年与全国同步实现小康。为加大工作力度，与巴塘县合力完成目标。本批援巴，双流先后派出老师、

▲ 放牧归来　　李文旭 / 摄

情暖巴塘

医生、干部共 67 名，另加两位司机。人员从八月底陆续分组抵达，为援巴以来人数最多的一届。

会后，黄冕（双流第四批援建巴塘指挥长，挂职巴塘县委常委、副县长）组织大家来了个全家福。第一排拉着"双巴同携手全面小康一家亲"横幅，最后一排举着援建队的队旗，上面印着"双流对口援建巴塘指挥部"。

到巴塘的第一天，杨克美肩上就压上了担子：按照巴塘县委县政府的工作安排，要求双流对口援建工作队配合巴塘县农业部门，结合巴塘实际，做一个巴塘生态农业经济的发展规划。

接下这个任务，杨克美心里美滋滋的。和农业打了几十年交道，他对土地的感情深着呢。

晚上，金弦子大道 304 号 5 楼，房间静悄悄。

杨克美伏在写字台上鼓捣着。室友刁鹏熹（双流区规建局干部，挂职巴塘县住房和城乡规划建设局干部）推门进来，他也只抬了抬头，扶了扶眼镜。

"今天算忙完了，你忙啥呢？杨哥。"几天来，他们还是第一次这样正式打量对方。

从指挥部墙上张贴的援建人员名单上，杨克美知道刁鹏熹生于 1984 年的，才 34 岁，正是青春年华。但看上去比照片上还要显得老一些。

杨克美埋下头继续忙手中的事。在架炮顶转悠了一天，得抓紧时间把照片整理一下。

刁鹏熹凑过头来。"咋全是些花、草、树、沟渠、泥土。还有牛、羊。"

"我是搞农业的，到了哪儿，眼睛里都是这些，花草树，猪牛羊。"

刁鹏熹看见桌子上放着一份装订好的红头文件——《成都市双流区对口帮扶甘孜州巴塘县规划（2017—2021 年）》，就调侃说："杨哥，开始学文件了？"

"哎，这是新的。"杨克美说。

"借我看看，行不？"

杨克美指着文件，说："可以啊，你也应该看看。"

"地巫乡的乡亲，搬倒是搬出来了，也住下了，怎样才能过上好日子呢？这是一个问题。"刁鹏熹对杨克美说，他的专业是规建，跟杨克美的着眼点自然不同。

杨克美说："我也在考虑这个问题。我已经跑了两个乡，打算花一个月跑完巴塘全部 19 个乡镇，再看看该做些什么。"

杨克美指着桌子上一大堆塑料口袋说，这些是土壤和植物样本，收集好后，送到省农科院化验，为以后农牧产业规划收集数据。

"鹏熹，你想想看，巴塘最多的果树是什么？"

"核桃？"

"对。巴塘最多的就是核桃，也最有名。巴塘的优质苹果，栽种面积也不够。现在是电商时代，只要东西好，不怕多，也不怕远。"

没有调查，就没有发言权。这是真理。十天后，在指挥部例会上，杨克美一改往日的沉思寡言，他这天想说话，想说很多话。黄冕和同志们都感到有些意外。

"巴塘共有19个乡镇，除了三个纯牧业村外，都是半农半牧。到今天为止，我已经跑了五个乡镇。对巴塘的农牧业有了一个初步了解。巴塘农牧业优势产品不少，牦牛就不说了，巴塘苹果、巴塘核桃都是四川省地标产品，还有蜂蜜、藏鸡、藏猪、黑山羊，这些都是外面的人梦寐以求的好东西。环保的，绿色的。

"我这人向来跟泥巴打交道，三句离不开本行，一开口就是猪啊，羊啊，牛啊的，你们原谅哈。"杨克美取下眼镜，用手抹了抹脸。

"可是，这些好东西，由于地理的原因，由于千百年来历史的原因，没有走出去，或者说没有形成拳头产品。没有规模化，产业化。党巴村高原雪菊合作社给了我许多启发。农牧民要脱贫，输血固然重要，更重要的是要学会自己造血。而造血功能，最好从他们自己的骨头和骨髓中培育。靠移植，就怕水土不服，出现抗体。"

会场响起了掌声。

杨克美摆了摆手，说："我就想，能不能先找两个村，做种养结合循环经济试点。"

"继续。"黄冕对杨克美的话很有兴趣。

"没啦！"杨克美摊了摊手，"具体怎么做我还要加快调研，等有了成熟的想法，再跟大家汇报。"

"好。我们支持你。"

大家这么鼓励，弄得杨克美有点不好意思。他想，成不成还不知道哩，黄瓜才起蒂儿呢！

会后，黄冕把杨克美拉到一边说："你的研究很有意思，我全力支持。但你还是要注意，年纪毕竟大了，又老往下面跑得勤，怕身体吃不消，这里可不比平坝。"

"牧区的几个乡我已经跑完了。"

"杨大哥，你要悠着点。"

情暖巴塘

"没事。下一步跑农区的几个乡。"

那天,杨克美从乡下背了一大口袋东西回宿舍,茶几、地板都摆满了,然后蹲在地上贴签、标号。有花、草、树叶、泥块、石块,还有一块明黄色的蜂巢。

刁鹏熹蹲也跟着蹲下来。一股淡淡的蜜香飘进他的鼻孔。

杨克美把手机伸到他眼前,让他看本地土蜂的照片。"这些蜂子,叫中华蜜蜂,比西蜂要小一点。耐寒,善于采集零星的蜜源。"

他又拿起蜂巢,说是在王大龙村采集到的蜂蜜样本,纯天然,没有污染,是珍品中的珍品。

杨克美这两天收获很大,南面这几个乡的群众历来有养蜜蜂的传统,虽然方法还是老方法,产量也低,但只要有基础就好。更可喜的是,去年,王大龙村每户人家下发了两个蜂箱。他们也想把养蜂产业搞起来。

"我想把王大龙村作为一个试点。"杨克美说着,又拿起了一个苹果。"这是巴塘本地的苹果,冰糖种,个大,色红,脆甜。"

"还有藏鸡。"杨克美手里扬起一片羽毛,长长的,光洁而鲜艳。

"明天,我还要跑一趟中心绒乡,他们也在推行藏猪、藏鸡、蜜蜂的饲养。"

▲ 农业合作社扶持养殖黑山羊

杨克美说着，心里蛮开心，像一个捡了玩具的孩子。

杨克美笃信，产业的生长是脱贫致富的重要途径。巴塘的产业基础是什么？是农牧。立足于农牧，才能抠到群众的痒点，才容易引起他们的兴趣。下一步需要深入考虑的课题，是诸如种养结合一类的。这也是他极为感兴趣的，他在双流搞过农业种养结合循环经济研究，十几年前还编了一本《双流县现代畜牧业和种养结合农业循环经济技术规范》。

中心绒乡在巴塘南部，距离巴塘县城差不多120公里，面包车足足跑了四个小时。

安里顶村在乡政府对面的山腰上，全村37户167人。2018年，巴塘县财政投入资金对该村的连户路、入户路进行修建，同时配套了房屋美化、牲畜圈房建设。

一走进村子，迎面墙上的一副红色标语扑面而来："脱贫绝不等靠要，发誓年底定摘帽。"

村支书杰村告诉杨克美他们，其实全村在2016年底就"摘帽了"。帮助村里摘帽的功臣，一个是村里的"德喜藏猪藏鸡合作社"，合作社有21名"股东"，覆盖村里所有贫困户。"入股"的村民每年都能分红，今年已是第4次分红。17年共出栏藏猪120多头，平均每户"红包"达6000元。一个是"德喜中蜂养殖专业合作社"。合作社现有17位成员，其中贫困户9户。蜂箱从以前的几十桶增加到了现在的160桶。一斤蜂蜜80元至100元，按照现在这个规模，每户年收入可达5000元至6000元。以前还怕养多了卖不出去，自从县里的电商平台开通后，有多少卖多少，不愁卖，大家的积极性倒是很高，就是产量上不去。

"杨老师，你是专家，给我们想想办法。"杰村叫他们一起去阿休家看看。

阿休家有8人，住在一座两层的藏式房子里，底层养着6头牲畜。镶了石片的土黄墙壁堆满了柴火。他家有耕地10来亩，荒地10来亩。

在屋前向阳的缓坡上，杨克美发现了阿休家的四桶蜂——四截大树干，歪歪斜斜横放在地上的枯草丛中，下面垫着石块。旁边是两棵高大的核桃树，光秃秃的枝丫像铁叉一样刺向蓝天。

完完全全原始的树干，连树皮都没有剥光，逢中剖开挖空，再开一个孔，几只蜜蜂从孔里爬进爬出。如果没人提醒，怎么也想不到那是蜂桶。这跟大家平时看到的方方正正、摆成一排的蜂箱完全不同。

"阿休，蜂桶是咋个做成的呢？"杨克美问。

情暖巴塘

"自己劈的。"阿休说,"蛮费劲的。"

"今年割了几次蜜?"杨克美说。

"只割了一次。"

"割蜜方便吗?"

"唉,恼火着呢!要么撬开挡板,要么揭开树盖。"

杨克美蹲下身子,观察那些进进出出的蜜蜂。

"阿休,你今年收了多少蜜?"杨克美用右手捉起一只地上的死蜜蜂,凑到眼前,用左手扶了扶近视眼镜。

"杨专家,不多,一桶就七八斤吧,一共有三十来斤。"

"卖多少钱一斤?"杨克美问。

"80元。"杰村帮他回答,"是合作社统一定价。"

"合作社的蜜蜂,都是这么养的?"杨克美抬头问杰村。

"都是。"杰村想了想,"前年,县上倒是发了一批方蜂箱,一段时间下来,大家都觉得不方便,也不知道该咋用,就废了。还是老方法顺手。"

杨克美扔掉了手中的死蜜蜂。"如果有更好的方法,能让蜜蜂产量增加,你们愿意试一试吗?"

"肯定愿意嘞!"阿休和杰村同时抢着说。

其余养蜂户的情况也差不多,少的三五桶,多的十来桶。都是清一色的树桶,有位老乡干脆就在地上一堆树枝里养了两群蜂。

大多数人对杨克美增加产量的说法持怀疑态度。"喔?说起来,我们祖祖辈辈都是这样过来的,哪有什么新方法,不会把老本都折进去吧?"

一路走下来,杨克美一看"微信运动",哇,差几十步就三万步了。第一名,占领了朋友圈封面。手机指南针显示,这里的海拔高度是2200米,比巴塘县城低一些,也暖和一些。

杨克美在杰村家住下。杰村一晚上都在和杨克美探讨蜂蜜增产问题。

巴塘的土蜂,其实就是中华蜜蜂,也叫中蜂。中蜂在中国分布很广,东北、甘肃、云贵、海南都有。巴塘的是其中一个亚种,叫阿坝中蜂,分布在四川阿坝和甘孜高原地区,是中蜂中的优质品种,个大,种群强,蜜质好。人们平常见到的蜜蜂,叫西蜂,也叫意大利蜂。如今,不论中蜂西蜂,都用方箱活框养殖,便于繁殖,便于采蜜,便于分箱,便于治病。

传统养蜂，都养在树桶里，甚至还有挖石洞、挖地洞的，但总的来说，以树桶为主。这种方法，最接近中蜂生活的自然状态，蜜质好，特别是对保护蜜蜂的种属特性具有重要作用。但它也有致命的问题：不利于治理病虫，蜂群繁殖发展慢，产量也低。现在只有少数地方，还在用传统方法繁育，比如巴塘。

但是，巴塘的植被不够好，能产蜜的花并不多，这也会限制蜜蜂种群的增加，也就限制了蜂蜜的产量。俗话说得好，"巧妇难为无米之炊"，没花，蜜蜂也没法采蜜。所以，要提高蜂蜜产量，还得从新品种、新式蜂箱和扩大蜜源上着手。

第二天上午，杰村又带着杨克美参观了村里的藏猪、藏鸡养殖户。

杨克美照例边走边采集标本。野花、野草、树叶、土壤、石块、每一处，都拍照，在笔记本上记下时间、地点、海拔高度。他肩上的背包也越来越沉了。

晚上回宿舍，杨克美一个人站在窗前沉思。刁鹏熹问他："杨哥，你又在研究啥子？"

"鹏熹，这二十来天，我把巴塘十九个乡镇差不多跑遍了。我就想，巴塘的农民要脱贫奔小康，离不开他们脚下的土地，还得从他们熟悉的农牧业入手，我琢磨着策划几个项目。当然，能每年做成一个就不错了。"

"喔，说来听听。"杨克美递给他一张画有叉叉勾勾的纸。

"这是个关于草畜果蜜综合发展的项目。刚开始，还有点乱。"杨克美挠了挠头，"还得查找资料，还得下乡核对情况，还得落实试验对象。还有一些检测报告要做。事情还多，八字还没一撇，还早。"

"几天前你去安里顶村，就是这事吧？"

"安里顶村倒是一个不错的选择，有办合作社的基础，村主任杰村也很配合。另外，王大龙村的条件也好，关键他们去年就开始尝试用新式的蜂箱养蜂了。选试验对象太重要了，那是榜样。花了钱不说，失败了，就全完了；说得再天花乱坠，也没人跟着你干。"

杨克美还是有空就往乡下跑，为研究中的项目收集数据。回到宿舍，他站在窗前的时间也越来越多了。通常是站一阵又回到桌子前写一阵。刁鹏熹隐隐感觉，杨哥的事情要成了。

这不，周五例会结束后，杨克美把大家叫住，想让大家听听他的一些想法。

"嗯，是这样的。最近一段时间我跑完了县内的16个乡镇。"同样在巴塘农牧局援建的朱伟发出"哇"的一声，算是对他的鼓励。黄冕伸出食指，让大家安静。

▲ 东南片区保供基地土豆丰收

"我发现巴塘,也许包括青藏高原,包括西藏、四川、青海的高原,大部分群众还生活在半农半牧状态,脱贫攻坚奔小康的任务其实很艰巨。我们双流前几期援建做了很多工作,打下了扎实的基础,也取得了很大的成效。"

停了几秒,没人插话。杨克美继续说:"但是,立足巴塘的农牧业基础,可持续,可复制,可推广的产业并不多。我认为,最难做的也是产业,可持续可复制可推广的产业特别难做。是吧?"没人接话。

"这段时间,按照工作队交给我的任务,围绕高原产业发展,构思了三个规划,分别是三个不同的项目。其中,《果草畜蜂四结合示范项目》已基本完成。果,是指巴塘的核桃苹果葡萄等水果;草是指牧草;畜是指巴塘特色的牦牛黑山羊藏鸡藏猪等;蜂是当地的中蜂。果草畜蜂,都是巴塘农牧民常见的,他们熟悉。是他们的特色产品,但是还谈不上产业化。现在全国,全世界都崇尚绿色食品,巴塘原有偏远的劣势,反而变成了某种意义上的优势。我想要做的,就是怎样通过注入技术,注入资金,注入管理,将巴塘农牧民现有零星生产的果草畜蜂,规模化,产业化。

再利用电商的腿，把他们送到全国人民手里，甚至全世界人民手里。现在是地球村时代，距离不是问题。"

会场很安静。杨克美接过坐在旁边的杨永建递来的一纸杯水。

"但是，这很难，需要付出极大的努力，努力去推动。毕竟，他们已经祖祖辈辈习惯了现在的模式。改变一个人容易，但要改变一群人很难。只有把他们调动起来，脱贫才能持续，小康才能持续。我觉得，这个项目虽然小，但具有很大的示范性，如果成了，可复制可推广。是吧？"

话刚落，大家竟鼓起掌来。黄建平（双流区宣传部干部，挂职巴塘县宣传部副部长）说："杨哥，很好。你把这篇打印出来，让黄队交到县上去，争取立项。另外，我还可以先写一篇新闻报道。"

黄冕点了点头。"对。"

得到大家支持，杨克美更有劲头了。散会回宿舍，他抓紧时间，连夜修改方案。

第二天早饭后，杨克美把《关于实施"果草畜蜜"四结合种养循环农业综合配套技术示范项目的建议》递到刁鹏熹手里。

刁鹏熹注意到了杨克美的眼袋，关心地问："杨哥又熬夜了？"

"废话少说，你先看看。"

见杨克美认了真，刁鹏熹抬把椅子坐到窗前，迎着阳光慢慢看了起来。

"专业的地方我不懂哈。"刁鹏熹说，"看起来很好，操作性很强。"

两人又一起研究了一遍，找出出了几处错别字和标点错误，用笔仔细地标注出来。

然后，杨克美在电脑上仔细修改。

晚上刁鹏熹回来，杨克美递给他一份文件——《巴塘县农业产业扶贫引导基金奖补办法（试行）》。

"有了这些扶助政策，我们的草畜果蜜计划，就更好实施和推广了。"杨克美指着画线的地方说，"我仔细研究了。你看，这前两栏。"

（一）农产品种植业

1.特色经济作物（传统粮食作物除外）：新增种植面积达30亩以上，相对集中连片，使用良种良法，科学种植技术。以成熟季节进行验收，按照每亩100元给予一次性奖补。

2. 中药材（酸石榴、毛桃、羌活等）：按照作业设计施工，连片面积在10亩以上，一年后成活率达85%以上，药苗长势旺盛，按照每亩80元给予一次性奖补。

3. 食用菌类（含羊肚菌、黑木耳、金针菇、香菇等）：新种植羊肚菌等特色菌类10亩以上，并相对集中连片、具有一定经济效益，按照每亩80元给予一次性奖励；黑木耳新种植1万棒以上、按照每棒1元给予一次性奖励；其他普通菌类新增种植20亩以上，并相对集中连片，按照每亩50元给予一次性财力奖补。

4. 林下经济：林下经济示范基地连片面积达100亩以上，按照每亩80元给予一次性奖励。林下经济示范基地被县级认定的奖补3万元。

（二）畜牧养殖业

1. 藏鸡：对存活并销售达400只（含400只）的藏鸡，给予一次性5万元奖补；对存活并销售超过400只藏鸡，每增加100只的藏鸡，给予一次性3000元增补，奖补金额最高不超过10万元。

2. 藏猪：对出栏并销售达300头（含300头）的藏猪，给予一次性8万元奖补；对出栏并销售达超过300头藏猪，每增加30头的藏猪，给予一次性9000元增补，奖补金额最高不超过20万元。

3. 中蜂养殖：对蜂蜜产量达1000斤（含1000斤），给予一次性2万元奖补；对蜂蜜产量超过1000斤，每增加500斤，给予一次性1万元增补，奖补金额最高不超过15万元。

还没念完，杨克美早把文件拍得啪啪响。"这，这。简直就是为我们量身打造的嘛，就是给我们的项目做的配套计划嘛。有了这个尚方宝剑，还怕群众的积极性调动不起来？"

几天后，黄冕叫住杨克美说："你关于果草畜蜜的计划，已经上了会，县上的领导们都觉得很好，很有试验和推广价值。已经定了，明年开春就由你牵头，成立一个小组，负责实施推进。"

"黄队，太好了。不过，"杨克美说，"我还想请几个专家进来，把方案论证一下，弄扎实一点。"

"好，有什么需要，说一下。就这么定了。"

回到屋里，杨克美那个高兴啊，也不坐下，就在客厅里兴奋地踱来踱去，口里哼着小曲："好一朵美丽的茉莉花，好一朵美丽的茉莉花……"就那一句，翻来覆去地唱。

他给老婆打电话，告诉她这个好消息。草啊，蜜的刚说了几句，就立马停住不说话了。原来是老婆"奖励"了他一句："你干脆就在那儿安家算了！"先挂了电话，他就蔫气了。他晓得，妻子还是担心他年龄大了身体吃不消，担心他做起事来就不顾命地干。

刁鹏熹岔开话题，问杨克美准备联系哪些专家。

杨克美又来劲了，他说已经电话联系上了王永教授，是他大学同学，博士生导师，西南民族大学副校长兼研究生院院长，研究青藏高原农牧业的专家。

"杨哥，冲锋号吹响了，我们要抓紧啊。"

"抓紧！抓紧！今晚继续联系！"

刁鹏熹早上起来，又听见杨克美哼起了《茉莉花》，知道他又有收获。果然如此。

"终于联系上了省农业厅的几位专家，是同学王校长帮我介绍的。都是从事青藏高原农牧业研究几十年的老教授。王校长邀请这几位专家近期来巴塘考察和指导，对我的项目进行分析论证，帮着出谋划策，把把关。"

杨克美停下踱来踱去的脚步，背对窗子，望着沙发上的刁鹏熹，说："哈哈，他们居然都同意了，都同意了！没想到吧？这个月就来巴塘。想不到呀，想不到……"他把最后两句话，顺着《茉莉花》的调子唱了出来。

第二天刁鹏熹回来的时候，杨克美正窝在沙发上看一本新书——印度人班吉纳的《贫穷的本质》，他上当当网买了一本，他想再提高提高自己。

刁鹏熹问咋个没有用功了。

杨克美说该写的都写完了。刁鹏熹说想先睹为快。杨克美没同意。

杨克美想要等四位专家对第一篇做出评审后，才好定。"到那时其余两篇再拿出来也不迟。唉，时间越来越紧，我担心的事情可能会发生。"

刁鹏熹说担心啥。

"恐怕今年几位专家是来不成了。"杨克美叹了口气。"一直在协调时间。"

周末一早起来，杨克美又哼起了"好一朵美丽的茉莉花，好一朵美丽花"。看那高兴劲儿，刁鹏熹知道杨哥又有了开心的事。

"专家来巴塘的事定下了？"

▼ 巴塘草原明珠

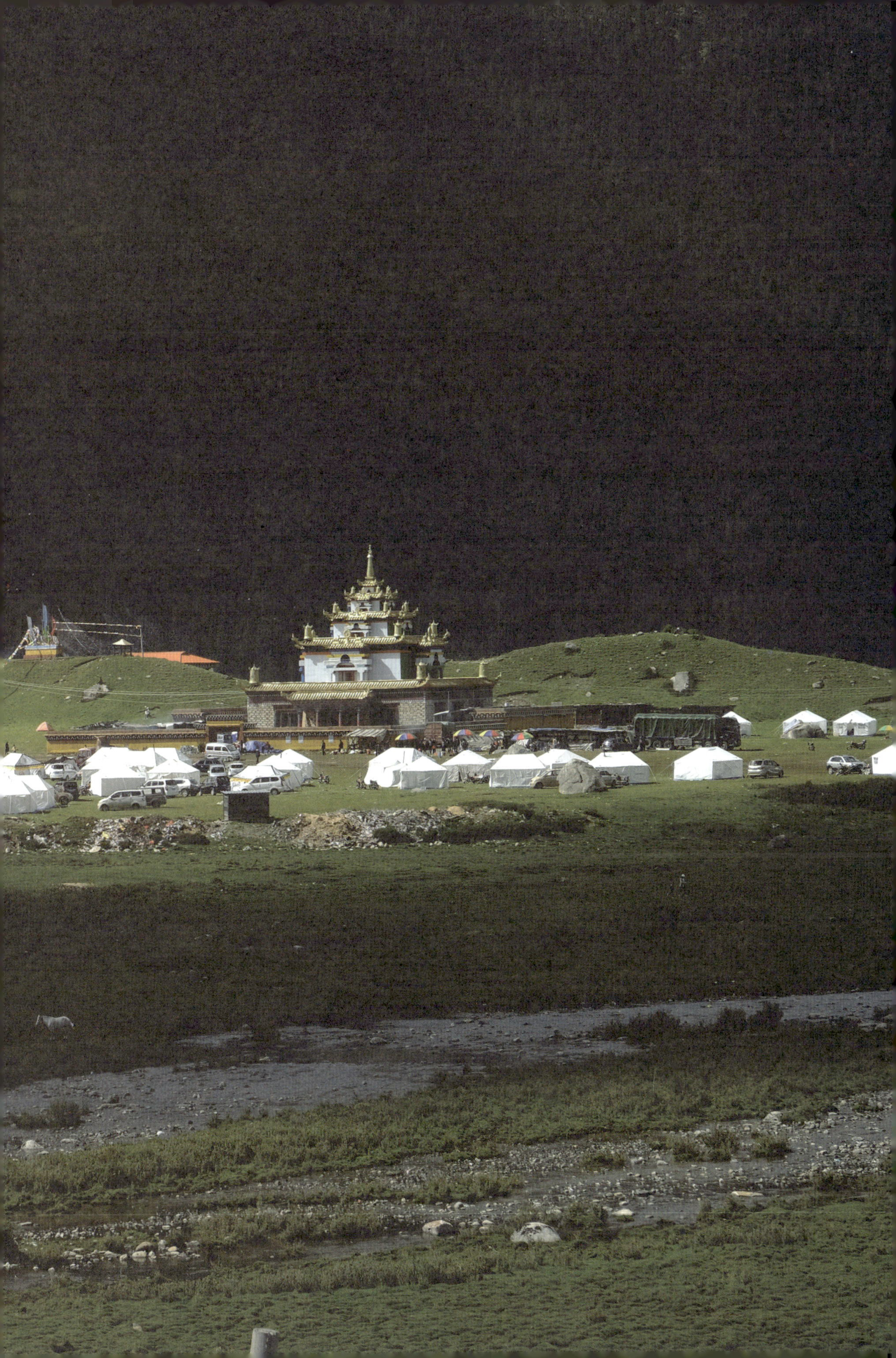

"还没。"杨克美说。

"那高兴个啥呢？"刁鹏熹掉头回了房间。

专家毕竟是专家，太忙了，年底更忙。时间一直定不下来，杨克美担心这事会泡汤。好在12月23日来了一位专家，多多少少给了杨克美一点安慰。来的是双流牧山香梨合作社理事长高级农艺师杨先东。

在双流胜利镇，杨先东是一个传奇。退伍回家30年来，杨先东一直扎根在"村干部"这一基层工作岗位上，与梨子结下不解之缘。在他带领下，近年来，牧山香梨获得了很多奖项：2007年首届西部农业博览会获得金奖；2013年，"牧山香"绿宝石梨被评为成都市农产品著名商标……在胜利镇，梨树俨然成为村民们增收致富的"摇钱树"。

是日，杨先东黄冕和杨克美的陪同下，先后考察了桃蹊甲英、桃源地坞和夏邛镇架炮顶民宿家庭果园、松多乡梨园示范基地。

一辈子和土地打交道的杨先东，就在果园里，搬来一个架凳，当场向藏族老乡现场讲授示范果树修枝。边讲边剪，哪些是老枝、病枝，哪些是开了年就会开花挂果的枝条，怎样根据高矮、向光、通风的原理来疏枝。

不一会儿，一株苹果树就修剪完了。修枝、治虫、施肥，讲得简单实用，就算从来没有接触过果树的外行，也能听个七七八八。

24日上午，在莫多乡郎翁村500亩苹果产业园，杨先东告诉大家，巴塘的水果产业有着得天独厚的基础与条件，巴塘的苹果历史久远，是中国第二大苹果基因库，曾经名声远扬。然而，受人才技术、产业规模等因素的制约，苹果产业发展一直停滞不前，逐渐失去市场竞争力。其实可以考虑在发展巴塘小东红等本土特色品种的基础上，嫁接红富士等外来品种，发展成具有巴塘特点的本土红富士。

在座谈会上，杨先东表示将从技术服务、种苗捐赠、人员培训、合作社管理、市场营销等方面，对巴塘县水果产业发展给予积极支持。

在杨先东考察期间，对杨克美的"果草畜蜂四结合"方案给予了肯定。但对杨克美来说，这还不够，他还需要更多、更权威专家的评判。哪怕是批评，至少也有一个改正的方向啊！

杨克美的期待没有落空。在工作队订好回双流过年机票后，四位专家终于确定了到巴塘的行程。

"他们要来，定了。下个月4号来，机票都订了，这次是板上钉钉了！"杨克美兴奋地在小客厅里转来转去，口中念念有词。

"4号，5号，6号，7号。哈哈，四天，够了。王同学啊王同学，王校长啊王校长，你真够同学啊！"杨克美简直高兴得有点得意忘形了。刁鹏熹问："回去的机票都订了，你怎么办？"

"对，我得把机票改了，必须改，马上改，立刻改。我要等专家们来，事情办完了和他们一起回成都。我马上给黄队打电话。"

杨克美给黄冕打电话。然后，又给老婆打电话说了改签的事。他一直在屋子里转圈。转了一圈，又一圈。一边转圈，一边哼着"在那桃花盛开的地方"。

刁鹏熹望着他，心想今晚他恐怕又要失眠了。

2019年1月初，王永、周大青、王建文和文勇立四位专家终于来到了巴塘。

黄冕、杨克美、张翔（双流区交通局干部）没有随大部队回双流，他们留下来陪同专家一道去王大龙村实地考察。

从巴塘县城出发去王大龙村有两条路。一条是从波密乡方向，翻越海拔5000米的藏巴拉山去苏哇龙乡，但当时已是严冬，藏巴拉山已经封雪山，无法通行。

另一条是平时大家爱走，顺着金沙江边的公路，一路南行就到了。但现在不行，十一月的金沙江洪水，已经把江边的路冲毁了。车根本就开不进村，必须步行一段路才能到达村口。

一行人乘车沿金沙江一路南行。过了金沙江大桥后，路越来越难走。越野车在乱石和泥坑中摇晃着前行。

在金沙江边的一个山头前，眼前的路没了，完全被洪水冲毁了。多次来过这儿的杨克美知道，这里离王大龙村还有四五里路。

热情的王大龙人早已等在了山前，向远道而来的专家们献上了青稞酒和哈达。

没路了，怎么办？

"只能从山头上翻过去，"土登说，"不远，只有千多米。"

杨克美和专家们都有些犹豫。不去吧，土登书记带着热情的村民已经等候了那么久。青稞酒喝下去了，哈达也戴到了脖子上，祝福的话儿已经听了一箩筐，不去怎么也说不过去。

看看充满期盼的土登，又看看个个年事已高的专家，杨克美犯难了。想到只有千把米，最多四五十分钟就可以到。

"校长，"杨克美征求王永的意见，"咋个办？"

情暖巴塘

"我没问题。"王永不到六十岁,是几位专家中最年轻的,再加上他在高原工作过多年,感觉问题不大,"只有千把米,攒把劲一下就过去了。"王永又征求其他几位专家的意见,大家都同意从眼前的山头爬过去。

看着干劲十足的四位专家,杨克美非常感动。

开始爬山了。杨克美才发现事情根本没有想象的那么简单。山太陡了,根本没法走,必须手足并用地爬。好不容易到了山头,才发现山下全是陡峭的石壁,金沙江在山下翻滚,令人眩晕。到王大龙村的所谓路,其实根本就不算路,是洪水把山下的路冲毁后,王大龙村的村民为了救急,修建的一个临时的便道。千把米,是山头到村口的直线距离,其间还要上上下下,弯弯曲曲。

专家们没有退却,互相搀扶着,手足并用开始了艰难的前行。足足用了两个小时,一行人终于到达了村口。

一番考察后,杨克美向四位专家介绍了"草果畜蜜"循环经济计划的情况。

方案已提前发给几位专家看过,实地考察后,专家们都觉得可行,当场给予了肯定。成本核算,三年就可以收回成本,是一个值得投资的好项目。

原路返回的路更加艰险。上山还可以爬,下山根本不能走,也不敢看脚下,只能倒退着一步一步往下梭(四川方言,向下滑)。

回到停在江边的车上后,周教授才说,"我是北方人,今年70岁了,一辈子从来没有爬过这么高的山。"

王教授更是捂着胸口说:"我有恐高症,在山上几次差点晕倒,全靠你们拉着我,才没发作。平生第一次,爬这么高的山。"

土登拉着专家们的手说:"王大龙村一定会记住你们的。"

2019年,在巴塘有关部门的配合协调下,王大龙村开始了"草果畜蜜"循环经济的试点。双流对口支援工作队投入援建资金110万元,在苏哇龙乡王大龙村实施"果草畜蜂"循环种养项目,播种牧草280亩,采购牛30头,育蜂50箱。

"草果畜蜜"循环经济实验取得了成功。杨克美笑了。

(曾　鸣　李文旭/文)

云端上的五彩藏乡

巴塘地处高原，蓝天白云、青山绿水，其自身特有的气候条件，孕育了当地各具特色的农副产品。这些产品绿色环保，在当今追求健康生活的都市人中，是不可多得的好东西。

羊肚菌，又名草笠竹，为巴塘几大珍贵菌种之首；岩蜜，出产于金沙江旁高达十米甚至百米以上的山崖上，产量不大，是珍贵的野生蜂蜜；核桃油，巴塘盛产核桃，是甘孜州核桃面积最大的产区，采用核桃仁压榨而成的核桃油，属于食用油中的上品；南区辣椒，是巴塘地理标志产品。地域保护范围主要涉及竹巴龙、苏哇龙、昌波、中心绒等4个乡。南区辣椒特点为形美、皮薄、味足，大小均匀，色泽光亮鲜艳。此外，巴塘还有独具特色的3180山泉水、高原雪菊、松茸、藏鸡、藏猪等名优特产。

如何打破地域限制，把藏在深山人不识的劣势，转化成绿色环保的健康产品的优势？双流对口支援指挥部会同巴塘相关部门，通过调研形成可行性方案，报经巴塘县委县政府同意，决定用电商的方式，让巴塘的优质产品插上翅膀，飞出大山，飞进城市，飞进全国千家万户。

2016年3月上旬，双流区委召开常委会，讨论审定《成都市双流区对口支援巴塘2016年计划实施方案》，将特色农产品推广平台等项目进行合并调整，重点扶持巴塘特色农产品。

巴塘"五彩藏乡·电商平台"的打造呼之欲出。

2016年3月援建指挥部会同双流相关部门邀请京东网购商城成都片区负责人、

情暖巴塘

海汇天佑贸易有限公司负责人及黄甲街道部分网络商店店主等相关网商代表云集双流，商讨巴塘特色农产品信息化体系暨营销推广平台打造事宜。会后，组织参会电商平台赴巴塘实地考察。

当年，双流对口支援工作队突出区域化、互补化、特色化，帮助巴塘布局发展了"果蔬肉药蜜"支柱产业，新建成1万亩核桃、5000亩小杂水果、1000亩绿色蔬菜、500亩酸石榴、200亩羌活和中蜂、藏猪藏鸡养殖等产业基地。新扶持发展13个农村专合组织。成功注册涵盖45类产品的"五彩藏乡"区域性商标。

为加快巴塘电商产业发展，双流区启动了"'云端上的农庄·五彩藏乡'消费扶贫行动"。依托援建力量孵化建起了"巴塘电商中心"，形成县、乡、村三级电商服务互动体系，迅速将"五彩藏乡"品牌特色农产品推上了京东、淘宝等电商平台。

巴塘电商产业之所以能够一触而动，离不开一个叫宁伟的安徽青年。

早在2015年，宁伟就带着一腔激情来到了巴塘。宁伟是个有理想和抱负的人，大学期间，他组织成立的"一毛钱"纯爱基金会公益组织，发展为学院微公益联合会。由于该会在帮扶本地儿童教育、环境保护、老弱病残等方面做出了积极贡献，宁伟本人获得绍兴市"优秀志愿者"、浙江省"先进个人"等荣誉称号。

毕业时，宁伟没有像身边同学那样忙着考研、考公务员、应聘面试，而是想找一条自己认为更有意思的路。

出去走走吧，看看这世界！宁伟做了这个决定。徒步、搭车、游学，将近一年的时间，足迹遍布国内28个省市，一路了解各地社会状况、风土人情、历史文化、特产资源，随后又去了越南、柬埔寨、老挝、泰国等东南亚国家，对国家周边环境也有了一定认识。

旅途中，宁伟去过许多所大学、博物馆，也宿过许多寺院、小旅馆，游览了许多处大河山川，聆听过许多人生故事，感受了人间冷暖，并不断地反观自身。

"这一生我该怎么过？"不断的观察、思考，不断内心发问，答案渐渐明朗——"随心而动，做有价值的事情"。

宁伟来到巴塘后，被这里独特的风物深深吸引。绮丽的山川、丰富的物产，巴塘的美不同寻常。

但因缺乏市场观念、经营理念，许多农牧民生活仍然贫困。宁伟敏锐地察觉到，这里不仅蕴含着商机，也是帮助当地发展的契机，这不但是生活，也是理想。

宁伟没有继续前行，而是在巴塘驻扎下来，成立了"族迹"大学生青年创业团队，创办了巴塘县族迹农业公司，以"互联网＋农业"模式来发展巴塘农业，希望为当地社会发展注入新的动力。

创业初期，虽然宁伟很看好这个产业，也做了很多努力，但收效甚微。公司运营就像打游击，来一单做一单，没有方向，技术落后，同时受资金、渠道等因素制约，一年下来只能勉强维持基本运营。

双流区与巴塘县联手打造电商平台，助推"五彩藏乡"巴塘特色农产品品牌的消息，让艰难前行的族迹农业公司看到了希望。

2016年9月，巴塘大鹏农业公司和族迹公司凭借原有基础和良好的信誉成功入选"五彩藏乡"电商平台合作伙伴。

10月，在双流对口支援工作队的牵头下，大鹏公司、族迹公司和成都知名电商企业海汇天佑公司在双流碰头，达成共识：由成都海汇天佑公司作为孵化平台，孵化巴塘大鹏公司和族迹公司，帮助他们解决品牌、营销、产品深加工、质量认证体系等难题。

11月，"五彩藏乡·丰美巴塘"品牌成功注册，系列产品上线京东、淘宝的相关环节也一一打通。

这一年，族迹公司的销售额较2015年翻了3倍，直接带动帮扶巴塘群众82户302人，其中贫困户41户，平均每户增收360余元，41户贫困户全部实现脱贫。

族迹公司团队除了在党巴村建立生产基地外，同时与巴塘的十几个乡、村合作社以及巴塘的优秀企业建立合作关系，共同推动巴塘农业发展。

如今，族迹公司旗下已有两家分公司，其一，"巴塘县族迹生态特色农副产品发展有限公司"（简称巴塘族迹）注册地在巴塘县，主要负责农产品的种植、采收以及巴塘农业电商的运营。其二，"四川族迹农业科技有限公司"（简称四川族迹）注册地为成都市双流区，主要负责市场开发与产品的包装、销售和物流。

族迹公司主营巴塘高原雪菊、麻顶荞麦、巴塘苹果、高原蜂蜜、高原松茸、巴塘虫草等20多个农产品。

五年来，通过线上线下的营销模式，公司实现销售金额1200万元，累计为巴塘提供了500个劳动岗位，受惠农户覆盖11个乡，帮助195户建档立卡贫困户增加了收入，先后带动23名巴塘青年就业，实现贫困家庭学生公益帮扶220名。经济效益和社会效益得到了双丰收。

情暖巴塘

▲ "五彩藏乡·丰美巴塘"特色农产品

2017年7月,巴塘电商平台正式搭建完成。销售渠道进一步拓宽,以"净土阿坝""圣洁甘孜"等为代表的一大批品牌农产品走出四川、享誉全国。每年实现销售收入约200万元,带动巴塘75个村5888户群众实现户均年增收1000元,电子商务成为巴塘群众脱贫奔康的新载体。

2018年,巴塘县入选国家级电子商务进农村综合示范县。

截至2018年底,巴塘已建成首个电商物流中心,3个乡设立电商服务站,20个村建立服务点,县、乡、村三级物流体系已经形成。

对口支援指挥部多方协调,在双流长期设置了巴塘农产品展示柜,在双流参会的各级农产品博览会上设置巴塘展台,在成都热门旅游景点设立巴塘展柜,还利用

| 云端上的五彩藏乡 |

▲ 巴塘风光海子山爱情海

"中国新歌声"等平台全方位推荐巴塘特色农产品,让"五彩藏乡"公共品牌通过"线上""线下"两个渠道得以快速传播,破解了"有产品缺销路"的难题,实现了巴塘特色农产品与双流农贸市场的无缝对接。

同时,双流创业中心还免费为族迹、大鹏等巴塘本土企业提供办公场所,帮助其在双流设立营销网点。对口支援指挥部还计划安排500万元援建资金,帮助巴塘争创"全国电商示范县"。

2019年,巴塘县脱贫攻坚进入最后的关键时期。当年10月21日,"云端上的农庄·五彩藏乡"消费扶贫行动启动仪式暨巴塘县特色农产品推介会在双流举行。通过推介、展示、品鉴等环节,现场签订订购巴塘特色农产品的协议14份,签约金额464万余元人民币。

会上发布了《甘孜州巴塘县"五彩藏乡"消费扶贫产业振兴帮扶行动计划（2019-2021）》。通过三年时间，推动贫困地区产品和服务融入县域外市场乃至全省全国大市场，促进产业发展、农民增收和集体经济壮大，为打赢脱贫攻坚战、推进乡村振兴战略做贡献。

巴塘县、双流区、成都职工投资集团、四川锐丰投资集团在会上签订了"云端上的农庄"四方合作协议，共同约定充分利用线上线下活动，广泛宣传推广巴塘特色农产品，约定在拥有460万用户的"职工普惠"APP"云端上的农庄"板块免费开设网络专柜，帮助销售巴塘特色农产品。

国航四川分公司、双流区东升街道、西航港街道、黄龙溪景区管理局、成都高得乐新能源有限公司、成都欣悦农业开发有限公司等单位和企业，分别与巴塘县签订订购协议和线下销售点设置协议。其中，东升街道和黄龙溪景区管理局将为巴塘特色农产品提供平台支持、宣传支持和政策支持，在辖区内提供销售场地或专柜助力巴塘特色农产品销售。这是继双流机关食堂、胜利镇"空港花田"之后，双流面向社会公众再次开通的两个巴塘产品销售平台。

2020年11月3日，"2020年'五彩藏乡'消费扶贫再行动暨甘孜州巴塘县特色农产品推介会"在成都农产品中心批发市场举行。从现场交易订单看，此次巴塘推出的扶贫农产品受到空前欢迎，仅东升街道就采购了200万，西华大学食品学院、双流餐饮协会、易田电子等，采购量均在100万元左右。

"产业互联网趋势下，精准扶贫的创新探索"——推荐会圆桌论坛的主题与近年巴塘发展电商吻合。

（曾　鸣　李文旭/文）

小村要远行

在那吉祥的福山上,
拾到金铸的宝瓶。
拿走吧,又离家乡太远;
丢下吧,又是黄金宝瓶。

——巴塘弦子《格桑啦》

情暖巴塘

2017年全国两会期间，习近平总书记在谈到脱贫攻坚时指出："扶持谁、谁来扶、怎么扶、如何退，全过程都要精准，有的需要下一番'绣花'功夫。"2018年12月，在巴塘脱贫攻坚胜利在望之际，双流对口支援工作队队员们重温习总书记的讲话，既感动，又欣慰。

山高路险，自然环境恶劣，阻隔了巴塘部分村寨的发展。让困境中的百姓走出大山，是因地制宜实施精准扶贫的一条有效途径。"住上好房子、过上好日子"是落实省委住房保障要求，也是巴塘县委县政府一直以来的心愿。双流援建开始后，规划搬迁的重担落在了对口支援指挥部肩上。

在巴塘县委县政府的领导下，结合当地实际，双流对口支援工作队会同巴塘相关部门通过实地踏勘、多方论证，确定了地巫乡、甲英乡两个精准扶贫整村搬迁配套提升工程项目。分别涉及地巫乡中珍、甲雪、坝伙3个村119户595名农牧民和甲英乡波戈溪、普达、甲英3个村89户456名农牧民。

项目通过完善聚居点水、电、路、光纤等基础设施，建设党员活动中心、公共厕所、群众文体活动场所等公共设施，进一步改善搬迁农牧民的生产生活条件。同时，结合两个乡的实际和特点，做出了不同规划设计。

地巫乡项目——依托聚居点邻近318线的区位优势，结合甲坡地鲜花音乐小镇打造，深入挖掘藏文化区域特色民俗、巴塘弦子、十八军进藏等文化旅游资源，引导群众通过种植特色水果、开展民俗接待等发展庭院经济，促进一三产业联动发展。同时，根据地巫乡群众普遍在外务工的实际，统筹考虑原住地产业发展，指导群众通过组建家政服务、劳务输出、种植养殖等股份制合作社，构建群众持续增收和集体经济发展的长效机制。项目全面建成后，每年带动群众每户增收2万元以上。

甲英乡项目——体现"产村相融"理念，新建"风貌传统、功能现代"的小区藏房，配套完善市政基础设施和公共服务设施，大力发展并推动汽车营地、民俗体验、特色种植等产业互动融合。通过广泛开展各类创评活动和群众性文体活动引导群众转变观念和生产生活方式，建设村美、人和、业兴、家富的幸福美丽新村，辐射带动周边区域发展。在政策允许的前提下，通过建设光伏电站、推进电能入网，促进群众持续增收，仅此一项每年可带动户均增收3000元以上，实现经济效益、社会效益、生态效益的有机统一。

在整体框架下，实施新村美化改造工程。选择巴塘贫困村中666户农户为示范引领，通过实施改厨、改厕、改圈、改房、改水电"五改"，对住房、厨、卫、居、客及养殖房等房屋功能空间进行明确划分，改变人畜混居、排污杂乱等不良居住环境；有效统一、提升各村建筑风貌，提高建筑安全等级，改善群众卫生条件，促进群众养成良好的生活习惯，提高群众生活质量；统一供水、供电、排水管线，为未来统一接入市政管网奠定基础；实施庭院美化工程，结合巴塘县产业发展定位，依托"高原江南"重点打造旅游项目，从交通、景观、卫生方面提升藏式民居接待条件，有效增加农户收入，加快脱贫步伐。

巴塘县实施的地巫、甲英两乡整村搬迁配套提升工程项目，积极探索巴塘地区结合幸福美丽新村建设推进精准扶贫、实现群众脱贫奔康的有效途径，在甘孜州起到示范引领作用。

遥远的小山村

出巴塘县城往北，越野车离开 318 国道，向左拐过巴楚河开始翻山。乌江（双流电视台干部，挂职巴塘县委宣传部副部长）的心也随着车头拐了个 180 度的大弯，晃荡起来。

甲英乡是巴塘北边的一个乡，也是最偏远的一个乡。共有波戈溪村、甲英村、普达村三个村。

甲英乡在巴塘人心中就是一座遥远的孤岛。就在前一天，当地干部还在一个劲儿劝他们别去——"山太高，路太险"。但在指挥部的安排下，乌江他们还是坚持出发了。

2012 年 7 月 13 日早晨，双流第一批工作队伍进驻巴塘才一个星期，乌江和郑万良（双流县地税局干部，挂职巴塘县地税局副局长）前往巴塘最偏远的甲英乡波戈溪村调研。他们还不算最早出行的，双流疾控中心医生翁贵武在抵达巴塘的第三天，就随巴塘鼠防工作队下乡开展检测工作了。

越野车在大山的缝隙里爬行，一个小时后来到金沙江东岸的半山腰。荒凉的山坡，满是裸露的岩石，没有树，甚至连鸟也难得见到一只。路依山而凿，一边是高山，一边是悬崖。远处的金沙江，如一线悬丝，在天际晃荡。

如果大山是一片枯叶，此刻的越野车就是一只蚜虫，爬行在皱巴巴的叶面上。而金沙江则是那条透明的中脉，在阳光下闪闪发亮，亮得耀眼，亮得让人头脑发晕。一向妙语连珠的乌江，慢慢地也不再说话了——说啥呀，骨头都快抖散架了。

向北。继续向北。

▲ 2016年11月，成都市双流区援建干部到巴塘最偏远的波戈溪村调研脱贫攻坚工作

远远看到一辆车从对面来，刺耳的喇叭声在山谷响起，司机把车停到稍宽处。

一个滚石挡在山道上，车辆无法通行。大家下车，准备一起动手搬掉那块坠石。"别急，"随行的扎西乡长说，"我先看看上面有没有危险。"扎西乡长安排两人盯着山坡观察，"有动静就大声喊！"随后，大家一起努力，将滚石推到了路边的山沟里。"快速通过，"扎西向司机喊。又对着后面的车说，"你们的车跟紧一点。"

看着呼啸而下嶙峋大石，乌江终于明白临行前巴塘干部的一再叮嘱："路上要注意安全，随时注意坠石。""要带上备用防寒服、手电。""特别是要带上足够的干粮和水。还有雨伞。"当时乌江还不以为然，心想不就100多公里的路程，哪有那么多问题。如今看着陡峭的山崖，路上残留的坠石，再看看手里没有信号的手机，心底不禁有了一丝担心：要是遇上大的滑坡和坠石，前后都被堵住了，要在这荒无人烟的地方，顶着呼呼的寒风过夜，那还真有些让人害怕。

望着扎西满脸的风霜，乌江的心温暖了。之后的每一次出行，他都会提醒队友带上必需的应急物品。

车继续颠簸前行。三个多小时后，汽车在一个海拔4500米的垭口停下。三名

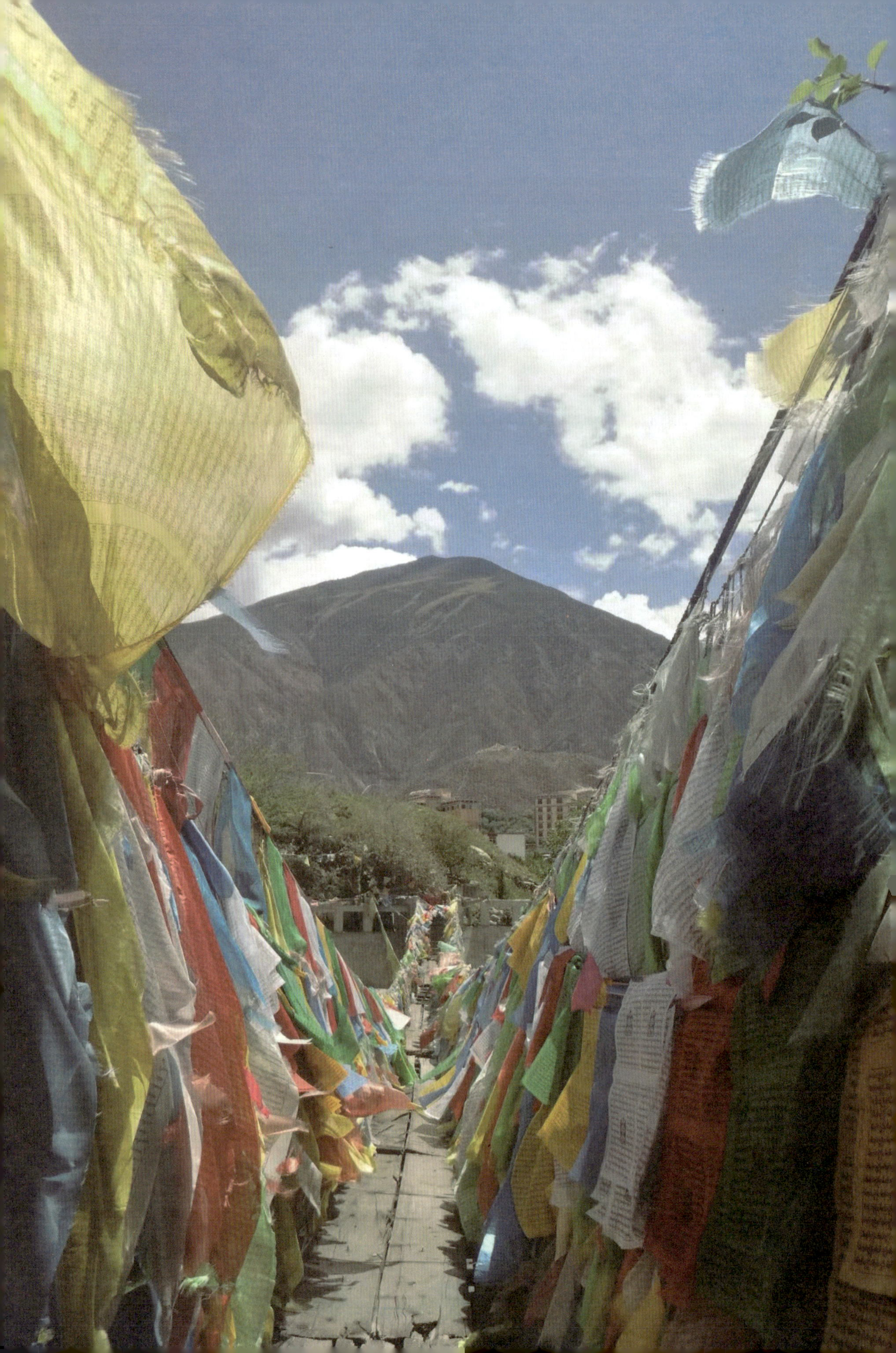

波戈溪村人已经等待他们多时了。其中一个是村主任。

大家下车,开始步行。

冰冷的山风像一根根绣花针从乌江的脸上划过,他感到一阵阵钻心的痛。他默默地搂了搂背上的行李,向前迈开步子。

山路变成了羊肠小道。

这脚下荒芜的乱石能叫路?爬完一段险峻的陡坡,想松一口气,谁知转过弯,脚下又是悬崖绝壁。乌江的心跳越来越快,脚底越来越飘忽……他咬紧牙关,抬腿向前探,向前探。他麻木地移动双脚,甚至不敢探头去看更远处,只能紧紧盯着自己脚尖前巴掌大的一块地方,借此减轻心底的恐惧。

向导提出骑马。但骑马下山更危险,为了安全,最后大家还是决定继续步行。

"小心!小心!"

马蹄清脆的声音敲击在山谷的脊梁上。向导的藏语里偶尔蹦出的几个汉字,像豌豆一样滚过荒凉的山壁。

马的喷鼻声越来越粗,一声声吹在乌江的后脑勺上,让他心里发慌。

在狭窄陡峭的山路上走过3个半小时后,带路的村主任终于扯开喉咙大喊一声:"到了!"

一面鲜艳的红旗在村口飘动,乌江的心又振奋起来。

波戈溪村是甲英乡三个偏远山村中的一个。这里平均海拔3700米,在金沙江上游,康巴高原的深处。村子很小,只有五十来户人家。

村民大都不会汉语,要靠村主任的翻译才能跟工作队员顺利交流。

乌江问一个叫朗杰的小伙子:"去过巴塘县城吗?"小伙子是村里为数不多会说汉语的人。

"去过两次,每一次进城都要走两天的路。"朗杰除了巴塘县城,再也没有去过其他的城市了。

跟朗杰差不多的年轻人,村里大约有40多位,因为偏远根本没有外村姑娘愿意嫁到这个深山小村来。

挖虫草,采松茸,养几头牦牛,这就是村民们全部的收入来源。

"我们年轻人都想走出去。"朗杰望着眼前巍巍的大山,无奈地说,"但没有文化,没有技术……"他的眼里充满对外面世界的无限向往。

乌江和郑万良走访慰问村里困难群众,与群众同吃、同住,一直到7月15日才离开，完成了对这个小山村的摸底工作。

他们是第一批来到这个偏远山村的双流人，也拉开了双流援建甲英乡的序幕。

上报巴塘县委县政府后，为波戈溪村修一条路、建一所小学，很快列入了双流援建巴塘2013年的计划。2013年，双流投入资金30万元，在波戈溪村建成"棒空"式学校，解决了该村50多名孩子的学习的问题。

2015年11月17日，付家毅（双流县安监局干部，挂职巴塘县安监局副局长）、赖琳琳（双流县互联网信息办公室干部，挂职巴塘县委宣传部副部长）和胡宏伟（双流县一医院医生，挂职巴塘县医院医生）一行三人，去巴塘县甲英乡波戈溪村开展搬迁调研工作。

这一去就是四天三夜。

"今天开始为期一周的极限挑战，去巴塘最偏远的村调研……虽然艰苦，不去却会遗憾一辈子，因为这才是一名党员，一个援建干部要做的工作。"这是付家毅曾经发在朋友圈里的一段激情洋溢的话。

晚上住大家戏称的"波戈溪大酒店"——村主任家。三个人打地铺，高原导致胸闷出不了气，半夜醒来无数次。"还好，从床上坐起来就能看到窗外满天星星，甚至能看到流淌的银河。没电，49户人家，连电筒也只有几只。懂汉语的只有一两个人。村里最高学历就是一个'九+三'。"

波戈溪村很大，不是人多，而是村民的居住地极为分散，稀稀拉拉地分散在大山的褶皱里。有一户人家，压根儿就没有聚居在村子里，要想去他们家还必须往深山里再走上两个多小时的山野小路。为了不落下一个人，他们去了。

手机完全没有信号。卫星电话，有时也只能爬到村民的屋顶，才能收到风中"吹来"的若有若无的信号。

在缺水缺电无通信的甲英乡波戈溪村，付家毅他们吃糌粑睡通铺，与老乡们同吃同住，一家一户面对面座谈交流。经过四天艰苦的摸底工作，细致了解每户老乡的家庭情况、耕地面积、收入渠道等23项情况，认真记录了49户藏族群众的实际困难和最急需求，主动把波戈溪村精准脱贫整村搬迁工作向党委政府做了汇报，并将其纳入了"十三五"对口援建规划。这些调研为村子后续的搬迁打下了坚实的基础。就是从那次起，修通到波戈溪的路，进入了工作队的工作日程。

三人在波戈溪村与村民同吃同住，深入调研，一直到20日清晨，三人圆满完成了调研工作。当他们即将离开波戈溪村时，村民们都从家里出来到村口为他们送行。

后来在成都的一次援建干部的例行体检中,付家毅查出"包虫,弱阳性"。

大家安慰他说:"弱阳性,不是病,是可以通过治疗转阴的。放心,现在医疗这么发达。"

但"弱阳性"还是在工作队里引起了震荡。付家毅被送回双流接受治疗。

这个乐观的男人,几乎被病魔狠狠地挥了一拳。大家都担心他会因此倒下。不料,几个月后,他拧着一大包药又回到了巴塘。

他乐呵呵地对大家说:"我相信,现在科学那么发达,没什么大不了的。哈哈哈。"

他把大家都逗笑了。

2016年元宵节刚过,组织上派赖琳琳到波戈溪村任第一书记。他此行的主要任务,就是修通出山的路。

和上次一样,赖琳琳住进了村主任家的小阁楼。

望着水壶里滋滋冒出的水气,村主任告诉他,双流援助200万元资金修建从波戈溪村到拉哇乡的公路,修到最后九公里时卡壳了。因为路要经过隔壁拉哇乡的洛毕村,要占用他们挖虫草的山头,洛毕村人不乐意。

第二天一早,赖琳琳去洛毕村。他带上村主任做"翻译",还带上了四盒茶叶,那是他给洛毕村人准备的节日礼物。

洛毕村人热情接待了这位不请自来的汉族年轻人,又是递烟,又是打酥油茶,显出藏族同胞一贯的好客和爽朗。

但一说到修路的事,洛毕村的干部们一下子沉默了。

他们说,波戈溪的通村公路,要经过他们挖虫草采松茸的山头,村民担心会影响虫草松茸的生长,影响村里的收入。村里没有其他收入,大家一年四季就巴巴地望着这些山头啦,所以很难说通大家。

赖琳琳说,洛毕村也有虫草和松茸在北面山上,路通了,洛毕村不光出行方便,经济上也会一起受益,收虫草、收松茸的商贩方便进来后,虫草松茸到时候就能卖得起好价钱。还有,修路的钱,由波戈溪村去争取,大家一起来修。

洛毕村人低着头不说话。

两个小时过去了,酥油茶喝下一碗又一碗。经不住赖琳琳好说歹说、软磨硬拖,洛毕村人终于松了口,但是,他们说村里没法出工,希望波戈溪村自己修。

情暖巴塘

能谈到这样已经不错了。

赖琳琳高高兴兴回到村里，趁热打铁，召集村民开会商量修路的事。

出乎赖琳琳意料，村民们对修路并不热心，三个一群，五个一堆在一旁小声嘀咕起来。经过村主任的解释赖琳琳才知道，大家更希望彻底搬出去。原来几年前，波戈溪村已经有一部分人家在政府资助和自己筹资的共同努力下，搬进了川藏路边的新村。这剩下的49户人家都是贫困户，实在筹不出钱来搬家，才留了下来。

赖琳琳告诉大家，搬肯定是要搬的。这要一个过程，县上已经有了计划。但即使搬出去了，大家的山还在这儿，虫草还在这儿，松茸还在这儿。到了季节，大家还是要回来挖虫草采松茸。所以，这路还是该修。

村民洛桑举手说，家里劳力只有他一人，有五个孩子要照顾，情况实在困难，没办法参加修路。

洛桑带头这么一说，更多的人开始诉苦，会议陷入泥沼。

赖琳琳苦口婆心地给大家算经济账，讲道理，讲未来。时间一点点过去。

最后，一位老阿爸带头说，修吧，背泥巴也好，背石头也好，背砖头也好。自己的事情自己做，他让赖琳琳放十二个心。大家见德高望重的老阿爸发了话，也就

▲ 高原牧歌　　李文旭/摄

不再反对。

会后，赖琳琳还是有点不放心，拉着村主任到洛桑家做工作，怕他到时候，又有意见……

冰雪融化后的几个月，赖琳琳吃住在波戈溪村，与村民们一道起早摸黑，一道背石头，背泥巴；一道在修路工地上喝山泉水吃糌粑，一道在野地里生火打酥油茶。原本白净的小伙子，很快被太阳晒黑，高原的风在他脸上悄悄擦上了两朵高原红。

路终于修通了。

以前坐三个多小时的车，再爬三个多小时的山路才能到达的波戈溪村，如今只需四个小时，车子就能从县城一路开到村口。

波戈溪人笑了。

2018年11月27日一早，黄冕去了一趟波戈溪村。这个偏远贫困的乡村，已经进入整村搬迁的最后阶段。黄冕不放心，还要到村里做最后的调研。

这次一同进去的还有黄建平、雷光伟（成都市双流区防汛办干部，挂职巴塘县国土资源局规划师）、吴明刚（双流城管局干部，挂职巴塘县甲英乡党委副书记）。

甲英乡乡长扎西，波戈溪村第一书记顶珍以及"村两委"干部，他们坐另一车。

黄冕给大家交代了这次进山的主要任务：一是对波戈溪村整村搬迁做最后动员，务必到12月1日一次性完成。二是按照"搬得出、稳得住、能致富"的原则，要驻村走户，与乡政府、村"两委"干部开展座谈、摸准实情，与村民面对面沟通交流、摸准民意，为后续工作扫清障碍。三是波戈溪村整村搬迁后，如何利用好复垦地和原有耕地，要因地制宜，心中有数。

向北出了县城，在一个叫世外桃源休闲山庄的地方，汽车向左拐过巴楚河，开始翻山。颠颠簸簸折腾了三个小时，黄建平问司机："走多远了？"

"40多公里吧。"

黄建平看了看手机，他们已从巴塘县城的海拔2500米，到了海拔5000米的山垭。

半小时后，车来到了005乡道的终点，拉哇乡洛毕村。

司机指着前方的一个垭口说："翻过前面这个4500米的垭口，前面的路，以前都是小路，不通车，走路要三个多小时。现在嘛，在你们双流的援助下，这条路可以通车了。"

路全是碎石铺成。看着那些拳头大小的石块，想着那些在山壁上凿出的道路上，刻有双流人的烙印，一种亲切的感觉油然而生。一时间突兀的山峰，森森的悬崖，

情暖巴塘

仿佛也不是那么可怕了。而天也感觉更蓝，云也更白了。

越野车在陡峭的山路上蜗行，经过无数弯道，无数陡峭山崖，翻过一座座大山，腾起一路飞扬的尘土……四个多小时后，波戈溪村，到了。

下午，入户调研。

晚上照惯例住"波戈溪村大酒店"——村主任的家。双流援建干部每次下村都住这儿，也不知道从哪天起，谁想出的，反正"波戈溪村大酒店"这名号就慢慢在工作队叫开了。

他们在二楼打通铺。当地的干部，分散到其他"小酒店"。

村主任扎西，五十来岁，黑红的脸膛，戴一项旧布帽，他是村里少数几个会说

▲ 措普秋景　梁新建/摄

汉语的人之一。

围在火塘边，村主任和大家一起聊起了前几次进村的工作队员，他们是乌江、赖琳琳、韩国梁……几年时间，一晃，就过去了。

黄建平似乎想起了什么，"你们乡还有两个村在哪个方向？"

村主任手指着北斗星的方向："在大山的北边儿。那山太高太险，没法走。"

波戈溪村、甲英村、普达村虽然都属于甲英乡，但这三个村，却分属两座大山，进去的路也完全不在一个方向。去波戈溪村是沿金沙江往北，穿过县城北面的拉哇乡，由南往北走。而去甲英村和普达村，却要绕道县城东面的莫多乡从英大沟由东往西走。它们压根就不在一座大山上。

情暖巴塘

"从这儿去普达村有路吗?"黄建平问村主任。

村主任迟疑了几秒,"只有打猎走的路。好多年没人走过了。"

"能不能修?"黄建平说。

村主任头也没抬,干脆地说:"不能!"

甲英村和普达村,比波戈溪村更远。让人揪心的是,去这两个村,根本就不算有路,更不用说开车了。

2017年11月27日凌晨5点过,天还没亮,谭永生、韩国梁、赵浦、李尚武(双流区科经局干部)、李智(双流永安镇干部)、邱锋(双流区园林局干部)、程鹏就起了床,冒着刮骨的寒风,去深山里的甲英村和普达村,调研整体搬迁的事。一道进山的除双流几位援建干部外,还有甲英乡副乡长强巴,甲英村和普达村的支书普布和尼玛,以及几位带路的老乡。

路其实根本就不算路,只是乱石上一道模模糊糊的痕迹。

谭永生第一次骑马走在陡峭的山路上,不免有些胆战心惊。后面的韩国梁竟然从马背上摔了下来,幸好,没磕着石头……

大家更小心了。甚至不敢多讲话,仿佛声音大了,也会让马儿受惊。

叮叮当当的马铃声,夹杂哒哒的马蹄声回响在寂静的山涧。偶尔传来引路的老乡"小心,小心"的吆喝。

队伍沿着一条山溪走,慢慢离开河谷,上了山。路上开始有了积雪。

骑马,走路,上山,下沟。开始谭永生还有心情观赏风景,四处观望,后来屁股被马鞍啃痛,也就一门心思只想着赶路了。

下午1点40分,好不容易翻过海拔4000米的措热马山,大家已经一身疲惫,随行的甲英乡干部却说:"这只是开胃菜,有劲头的还在后头啦。"

四周白雪茫茫。

下午4点,踏着厚厚的积雪,一行人开始翻越海拔5500米的喇嘛拉雪山。带路的老乡次仁说,翻过这山就算成功了一半。谭永生听后一惊,才一半?老乡又说,他们平时出山都是选在十月之前,十月之后,大雪封了山,就不敢翻山了。像这样在年底翻喇嘛拉山,他一辈子也没有走过几次,太危险。几年前村里就有两位村民,摔死在这山下。

一番话说得谭永生心颤悠悠的。果然,出事了。在一个缓坡前,次仁摔倒在雪地上。

"次仁，你咋样？"随行的藏族干部俯下身子问。几个带路的老乡蹲在他身旁，围成一圈。队伍停了下来。大家焦急地盯着躺在雪窝里的次仁。

马儿趁空站在雪地里，喷着响鼻，吐出一团团白雾。

"还行。"次仁捏了捏胳膊和膝盖，说，"皮外伤，没伤到骨头。"

吃下一包提前准备的头痛粉，躺在雪地上休息一会儿后，次仁从雪窝里爬起来，拍掉身上的冰碴，笑了笑说，"走。"

继续翻山。

大家更小心了。寒冷、缺氧、疲劳，让谭永生几近虚脱。谭永生再一次拉紧了头上的风雪帽，寒风还是像刀子一样，一个劲往颈脖子里扎。

一串灰色的斑点在白茫茫的雪原中缓慢挪动，像多节的草履虫在蠕动。

下午6点10分，队伍终于翻过了喇嘛拉雪山，来到一个海拔4800米的山沟。山沟里散落着一座座石头垒成的简陋窝棚。老乡说，这是他们每年挖虫草的临时居住地，也是大家今晚休息的地方。

采来积雪烧水，和着方便米饭和冰冷的干粮，就是晚餐。这高度，水能烧开吗？有一瞬间谭永生怀疑过。但饥饿和疲惫，让他已经顾不得许多了。

一天的山路，抖得每个人的骨头都散了架。

谭永生在寒冷的黑暗中，钻进了冰凉的睡袋。

"喔……嚯……嚯……"一阵嚎叫在耳边响起，谭永生被惊醒了。次仁安慰大家说，不用怕，是狼。现在是狼的交配期，最危险，但不出去就没事。谭永生一看时间，凌晨1点20分，温度零下二十摄氏度。

在狼的嚎叫声中，谭永生迷迷糊糊睡了过去。期间，冻醒过几次。

第二天早上不到六点，大伙儿又出发了。石屋前的雪地里，有一串清晰的爪印。老乡说那是狼留下的。

下山只能步行，不能骑马。走走停停，停停走走。

俗话说上山容易下山难，更何况是冰雪覆盖的山路，不是软的，就是滑的。谭永生感觉腿都快断了，麻木了，仿佛半截腿已经不属于自己。

再往前走，雪线慢慢褪去，大山露出坚硬的骨头。

中午12点，队伍到达甲英村。带路的老乡却说："要到今天的目的地普达村，还有几个小时的山路要走。"谭永生刚松了一口气，心又吊到了嗓子眼上。

在甲英村口，前来迎接的普达村村民向他们献上了洁白的哈达。屁股下喘着粗

情暖巴塘

气的马换成了普达村的矮种马，普达村人说自家的马才认路。马是光背，没有马鞍。大家只好死死抓住马背上的鬃毛，左颠右晃地骑着往前走。那感觉真让人害怕，谭永生老是觉得人在往马屁股后面滑，一松手就会掉下去。

"可不可以不骑马？"有人问。

"不行，走路太慢，天黑都到不了。"老乡说。

下午快四点的时候，谭永生终于望见了前面山坡上的一面红旗。那飘扬的红，在荒芜的山坡上显得那么鲜艳，那么醒目，那么振奋人心。

普达村，终于到了！但是，他们已没有精力去欢呼。

村口，几个女孩围着一根塑料水管在洗碗，是那种塑料质地的彩色碗，这碗不怕摔。其中两个女孩还戴着黑色的口罩，她们不时抬头打量一眼谭永生一行，眼里有几分惊讶。

就在谭永生盯着水管琢磨的时候，普达村书记普布告诉他，这是从山上引下的山泉水，这管子是全村20户人家，100多口人唯一的水源。一旦温度太低水管被冻住，就只能到几公里外的山沟里去人背、马驮。

"差不多就是全村人的命根子吧！"普布最后说。

提前通知来开会的村民已围成一圈，坐在枯草稀疏、干硬的泥地上，普布书记做翻译，谭永生开始和村民谈话。

"……我们这里，道路很烂，生活环境和自然环境不好，房屋也不是太好。所以下一步有一个很重要的计划，双流目前已经准备好一千多万元，准备和县上一起帮助大家在县城边建一个漂亮的新农村。以后，我们的小朋友就能够方便地上学了。"谭永生说。

谭永生发现一位小姑娘一直盯着他看。她七八岁，紫红色的棉衣布满了尘灰，一张花脸蛋上，有一双清澈的大眼睛。她仰头一动不动地盯着他，风吹乱了她额前的头发。也许她压根就没听懂他在讲什么，但是谭永生说到"上学"两个字的时候，她的眼睛眨了一下，又眨了一下。

她肯定听懂了一些什么。

那一刻，谭永生想到了自己的孩子，也跟她差不多年纪，也跟她一样可爱。这一刻，正坐在温暖的教室里……

而此刻，同样年龄，同样可爱的小女孩，却坐在冰冷的草地上……

不远处，有几个差不多年龄的孩子在荒地追逐着玩耍。

▲ 大山深处的坝坝会

谭永生继续说:"这样,我们的老人如果身体不好,都能够及时看医生。我们的年轻人都可以找到工作,让自己和子孙后代能够过上好的日子……"

会后,工作队走访了村民扎西尼玛的家。

从一道低矮的小门躬身进去。攀着一根独木梯,爬上二楼。屋里比外面温暖了许多,谭永生禁不住把手伸向火塘。

扎西家一共六人,四个孩子,分别是八岁、九岁、十二岁、十四岁。孩子们都没有读书,村里也没有学校。

扎西往火塘里丢进一截木头,火星子飞了起来。

谭永生问扎西:"现在要建新农村。以后,像你这样的贫困户,按每人25平方米修建新房子,房子就修在县城旁边。对这个事情,有什么看法?"

扎西说:"能搬出去,能搬到县城边上,我们很高兴,会尽力配合……"

谭永生告诉扎西,工作队目前正在多方面筹集资金,目的就是希望大家尽可能少出钱,甚至不出钱。

走出扎西家,谭永生对随行的工作队员说:"如果我们不能竭尽全力把他们搬

情暖巴塘

出来，让他们过上好的生活，让孩子们读上书，我们不仅辜负了党的期待，也愧对自己的良心。"

普达村是巴塘最偏远，最贫困的村，没有之一。

11月29日一早，一行人离开普达村往回走，来到甲英村。

在甲英村，望着南面苍茫的大山，随行藏族干部告诉谭永生："山南边的波戈溪村更远更险，最优秀的老猎人，也要走几天才能到。那山根本就没路。"

30日早上六点。队伍从甲英村出发，下午六点回到了出发点莫多乡英大沟，结束了这次艰难的深山走访。

（曾　鸣　李文旭/文）

王大龙村旧貌换新颜

苏哇龙乡王大龙村在离巴塘县城南 100 多公里的金沙江畔，四周崇山围绕，是个贫困的高原小村。

2012 年 6 月，双流第一批援建工作队来到巴塘，7 月展开全县情况摸底调研时，这个村就被注意到了，工作队认为这是一个搞新农村建设示范的理想村落。

▲ 苏哇龙乡王大龙村新农村建设

情暖巴塘

当时，王大明（双流规划局党组成员，总规划师）、徐尚成等人，在巴塘县住房和城乡规划建设局局长季正强的带领下，到王大龙村进行实地考察。

环顾四周，一小片山谷绿地土壤贫瘠的大山中显得弥足珍贵。高原炽热的阳光，跳跃在菜地、树林、小河、庭院之间，显得村庄质朴而美丽。

连续5天，他们克服呼吸困难、头晕、头疼等高原反应，白天深入村民家中访问，面对面倾听他们的意愿。晚上，整理调研数据信息，结合当地地形地貌和村民的生活习惯，研究初步建设规划方案。

考察回来后，他们从现状综合评价、村庄用地布局规划、对外交通规划、道路工程规划、户型设置规划五方面反复论证，在不到一个月的时间内，协助巴塘县委县政府完成了《巴塘县金沙江上游生态新村王大龙村村庄建设规划》，这也是巴塘县历史上第一份新农村建设规划。

8月10日，工作队全体队员随同医疗组一同前往王大龙村开展巡诊、义诊活动。这是双流对口支援工作队伍到巴塘后的第一次下乡义诊。当天，援建干部每人都在这儿认了一门藏族"亲戚"。"认亲帮扶"这一传统由此开始，并一直延续到了第二批、第三批、第四批……

王大龙村新农村建设迅速推进。为了加强联系沟通，双流对口支援工作队临时党支部与王大龙村党支部结成结对共建支部。

按照"生产发展、生活宽裕、乡风文明、村容整洁、管理民主"的要求，双流对口支援工作队首先投入45万元修建了王大龙村的村级活动中心，改善居民生产生活条件；接着，全村103户农牧民住房实施改水、改厨、改厕、改圈和庭院硬化、绿化、美化工程，这项工程简称"四改三化"。

多吉一家以前住在宗松山上的土房里，和当地大多数村民一样，他家的房子也是两层，下层住牲畜，上层住人。厨房就是一个小火塘，水要到附近河里挑，那河也是牛羊饮水的地方。

"四改三化"工程向每户村民补助3万元经费，改造完成后，多吉一家住进了一座两层的新楼。楼前小花园里栽了几株高山绣球，空出的一绺土上种了莲花白、芹菜等蔬菜，门前是新铺的水泥路。一根根蓝色的水管时隐时现钻入楼房的墙角，王大龙村村民饮水质量得到了显著提高。

他家的牲畜现在都住在楼房外专门的一个圈舍里，这在以前是不可想象的。他逢人就说："住在现在的房子里，心里很舒服。"

站在村东面的宗松山上，能看到改变后的村庄的全貌：这里完整保留了藏式田园风情，白色红色交织的藏式民居点缀在绿油油的农田和果树中，每家每户都有大大的院子，房前屋后种满了各种果树和鲜花。

这是一个崭新的藏式小山村，充满活力。

以前，王大龙村农业生产主要依靠青稞、洋芋。村民在双流对口支援工作队的帮助下生活条件改善了，王大龙村关于发展新产业也有了新的想法，开始根据当地情况，搞经济产业。

首先，双流投入20余万元，在该村示范种植南区海椒30亩；示范种植"振兴508"高产玉米150亩，2013年全村就实现增收5万多元。

巴塘蔬菜种植很少，90%的蔬菜从云南运来，从村前的公路经过，运到巴塘县城。巴塘的蔬菜很贵，比如海椒，刚上市时要卖到每公斤20多元，大上市时也能卖每公斤10元。再加上苏洼龙水电站修建工地，有200多名工人，蔬菜需求很大。于是，村里以土登为首的种植大户把眼光投向了蔬菜种植。

▲ "四改三化"后的王大龙村

情暖巴塘

土登说:"我们想搞蔬菜产业想了很多年,但一直都不敢。"

在双流对口支援工作队的帮助下,他们试种了大棚蔬菜20亩,效果很好,村里还准备扩大种植到200亩,卖到巴塘县城去。

随后土登又看上了酸石榴。酸石榴以前是野生的,知道可以当作药材卖后,村民种植的积极性都很高。比如多吉家,原来种了34棵,去年采了700斤,每斤25元。光这一项,就增收了17500元。后来又加种了100棵,"等几年挂果了,准能翻个几番"。

在王大龙村,双流区先后投资500万元援建的200亩酸石榴示范基地里,2万余株保种扦插果苗长势良好。依托王大龙村200亩示范基地,苏哇龙全乡群众一共种植酸石榴1000亩。五年后,到丰产期,全乡1000亩石榴保守产值达3000万元。苏哇龙乡总人口3652人,就意味着人均增收8200元。

土登的心中还有更多的计划:村里核桃树多,但品种不是很好,省里来的专家嫁接了三株新品种,将村里的核桃树升级换代后,肯定卖上好价钱。算着经济账,憧憬着产业发展的美好前景,土登信心十足。

王大龙村具有半农半牧区的特点,现有集中成片的核桃种植基地380余亩,属集体经济,全村基本上户户养畜,还有部分村民养殖中蜂。

2018年初,村里从县上引进了40个新式蜂箱,替换当地传统的圆形树筒蜂箱——老式蜂箱产量低不说,还不易防病,分箱繁殖也太慢。

2019年,双流区投入100万元在王大龙村实施"果、草、畜、蜂"四结合种养循环农业综合配套技术示范项目,在村庄后河谷地带的果树下套种了400亩牧草,购买藏黄公牛5头和奶犏牛30头,并购买100个蜂桶,培育中蜂养殖产业。

不断壮大的集体经济让土登底气更足,眼光更远了。

王大龙村后弯弯的水泥路像一条银练时隐时现,伸入村后远处的神山——宗松山。走在山路上,一座座藏式的民居散布在山坡上,掩映着一片片果园,远处是巍巍的雪山,上方是亘古的蓝天白云,真是一个美丽的世外桃源。

这条路是土登主动向县上申请修建的,他也想搞旅游!"国道215线贯通后,到时石榴花开了,还可以举办'石榴花节'开展观光旅游。不光卖石榴,还要卖花,卖旅游,卖蓝天白云和绿水青山。"土登一脸向往地说。

巴塘的60%以上的村干部,原来从未走出过巴塘。土登有这样的想法太不容易了,简直是让人吃惊。

土登的出色来自于学习，他通过双流县针对巴塘基层干部的"人才互动百千工程"，在西南民大参加了为期15天的培训，听专家讲座，互动讨论，参观学习。在双流参观学习时，看着到黄龙溪旅游的人那么多，看见一只麻羊在黄甲就搞出了一个盛大的"麻羊节"，他琢磨着，巴塘美丽的地方多了去了，为什么不可以搞呢？回巴塘后，他把想法汇报给县里，县上不光同意了，还表扬他，说他通过学习，有了"发展的思维"。

双流对口支援工作队对土登发展旅游的想法积极支持，不仅投资70万元，打通了到宗松山山顶的通道，还对接旅游开发公司，共同推动王大龙村高原特色优势农牧业和旅游业融合发展。

抓好带头人是脱贫攻坚的重要一环。自从2012年双巴牵手以来，双流陆续将巴塘全县的246名村支书、主任和1300名机关干部组织到成都轮训。双流援建办干部王毅和邹德强长期跟踪王大龙村的新农村建设工作。他们深有感慨："思路决定出路，眼界决定世界。人，才是最重要的。"

（曾　鸣　李文旭/文）

情暖巴塘

桃源地坞是个好名字

巴塘县委县政府决定地巫乡三个村的搬迁项目先行一步，马上就要开始动工了。计划中的项目将接纳地巫乡中珍、甲雪、坝伙3个最偏远村庄的119户农牧民。

其实，2003年省地质队就对地巫乡整个辖区进行过地质勘查，3个行政村所

▲ 桃源地坞新村

处地理位置确定为整体性滑坡带。这3个行政村共有219户1000多人，搬迁也从2003年陆续进行。地巫乡搬迁分为3个阶段，第一阶段，动员村民投亲靠友，插花式移民，国家给予一定的补助；第二阶段，县委县政府规划了一块地，鼓励村民自主建房，搬了57户；剩下的119户，将进行第三轮搬迁，也就是彻底搬迁。

搬迁项目地址选在县城边的架炮顶村，规划占地230亩。双流投入2300万，为安置点修建市政基础设施、公共服务设施和产业发展配套设施。

2016年，项目开始启动调研，赵浦就一直在考虑，这钱该怎样花才有意义，得有一个长远的总体规划。

某天晚上，赵浦去找谭永生和骆程，了解他们的想法。

"还是要重点落脚在搬得进、住得下、过得好上，要把产业融进去。"谭永生说，"地巫乡已定下来搬到架炮顶村，下一步甲英乡也会搬到附近。川藏线是自驾游的热门，巴塘又是川藏线的必经之路，但目前的问题是留不住人，产生不了效益。"

"我看可以从旅游的角度来打造居住点，凸显当地的藏族风情。"赵浦说。

"做一个总体规划，把架炮顶村和地巫乡居民点甚至甲英乡的安居点，连成一片，发展民宿，让路过巴塘的人留下来。"谭永生若有所思。

"用什么办法，才能吸引路过巴塘和318国道的游人呢？"骆程望着天花板，仿佛天花板上就是山坡上的地巫新村，他就是一个漫步的游人。"山上应该栽点什么才醒目，才漂亮，才能抓住游客的眼睛呢？"

"桃花！"停顿片刻，三人同时脱口而出。

赵浦更兴奋了，说："对！想想看，在山上栽上巴塘的特产毛桃，花可观赏，果实做药材可以卖钱。游客从川藏线路过巴塘，远远地就看见架炮顶上一大片一大片的桃花，多美啊，他不上山来才怪了。"

"这一看，漂亮！就想住下来，民宿就活了。"骆程接着说，"不光种毛桃，胭脂脆桃、水蜜桃都可以。春天卖花，夏天摘桃，秋天卖红叶。"

"名字我都想好了！"谭永生啪的一声拍了一下大腿，"就叫桃源地巫。你们想，这巴塘号称高原江南，对内地的人来说，简直就是一个世外桃源。陶渊明有《桃花源记》，金庸有桃花岛，我们巴塘有桃源地巫。"谭永生两眼放光，像是捡了一个宝贝。他是老师出身，脑子转得快，文化底蕴足。

"很好。不过，这'巫'字作旅游点的名字，有点那个……"骆程说。

"对对对，是有点。那就把地巫乡的'巫'，改成……"谭永生伸出食指蘸了茶水，

情暖巴塘

在桌子上写出一个"坞"字。

"这个也是有出处的,当年江南第一才子唐伯虎,不就有个'桃花坞'吗?他还写了那么多桃花诗,诗和书法都是一绝。我们还可以把他的诗和书法,融入景点,装点成一道风景。"

"这高原江南,有点像那么回事了。"骆程点头说。

会同巴塘相关部门研究后,"桃源地坞"的名字定了下来,余下的也就顺理成章了。种桃树,融入红色文化、藏族风情,打造桃林,建弦子广场,跳弦子,唱藏戏。

"七一"快要来临,工作队决定和地巫乡甲雪村的党员一起过建党节。

桃源地坞项目2017年春天开工,主体已完成大部分。赵浦选了一幢房子的客厅做会场。在工地上借两根架管,将"庆七一·我为甲雪发展献良策党员主题活动"的红色会标拉在墙上,旁边是一面鲜红的党旗。再摆上桌子、椅子、板凳,一个简陋的会场就成了。参会总共三十来人,房间很大,一点也不觉得拥挤。

舒世金(双流区市场监管局干部,挂职巴塘县国土局干部)是对口支援指挥部派到甲雪村的第一书记。谭永生开玩笑说:"你是娘家人,今天的活动就由你来主持。"地巫乡党委书记彭措则自告奋勇担任同声翻译,房间里的气氛顿时活跃起来。

骆程介绍了"桃源地坞"的进展情况。他对在座的地巫乡党员们说:"大家都看到了,我们整个小区的房屋已经全部封顶。"他指着头上电灯,说:"电也通了,最快十月,大家就可以搬进来了。今年搬进来过年,一点问题都没有。下个月开始整个小区的总平工程。我们将投入2380万元,对小区的市政基础设施、公共配套设施、产业发展设施等进行改造,完全按照双流的标准,打造'产村相融'的幸福美丽新村。以后,我们还要把它打造成一个旅游新村,让我们的房子'生钱'。"

骆程的话,赢来了热烈的掌声。

然后,赵浦拿出总平设计图纸,给大家介绍"桃源地坞"。

"红色的地方是桃林,栽成都的水蜜桃、胭脂脆桃。这里是村委会。这些是硬化道路,通到每一家人的门口。每家门前门后都有一块地,可以种菜、种花、栽水果。"

"小区中间还有一个广场,可以跳锅庄、跳弦子。总之,很漂亮。"

话音刚落,大家就议论开了。

"住进好房子,我们党员要带头搞好卫生,旅游新村要有好的环境。"

"发展民宿,要有文化气氛,可以从藏族传统文化这方面,考虑打造新村的文化氛围。"

"还有美食。"

"还有,搬出来了,原来山里的地也要利用好,种植特色水果。"

彭措说:"我们要抓住机遇,努力发展生产,党员要带好头,做好带头作用,带领群众脱贫奔小康。"

最后,谭永生提议全体党员在党旗前宣誓,重温入党誓词。在高原,在这还没装修好的简陋房间,工作队员们度过了难忘的一天。

2017年冬天,桃源地坞的119户居民,在巴塘县委县政府和双流援建队的帮助下,陆续搬进了位于架炮顶的美丽新村。他们搬出来后,达到了"住得稳,住得好"的初步目标。谈起新居建设和今天的生活,聪明的地坞人,总结出一套"加减乘除"的方法。

新村建设用加法。统筹财政补助、省内外对口支援、东西部对口协作、村民自筹各类资金资源,建好幸福美丽新村。同时,善用"加"法,充分发挥廉洁文化熏陶、激励作用,进一步加强理想理念和道德教育。

社会治理用减法。原来的三村变一个小区,设立联合治理委员会,完善治理体系,实现统筹规划,高效治理。同时,坚持去繁减负惠民生,引导各村支部以"落实惠民政策、提升服务水平"为切入点,为群众带去看得见、摸得着的实惠。

产业发展用乘法。调整产业结构、发展生态农业、光伏发电、乡村旅游、庭院经济、实现产业多样化。安排公益性岗位、组织劳务输出,开展居家灵活就业,实现每户一人以上稳定就业。同时,充分发挥乡镇纪委、村级纪检员和群众监督作用,形成对扶贫产业多层次、立体式的监督模式,充分发挥监督乘法效应。

文明提升用除法。评选脱贫奔康星级示范户,培育文明乡风、良好家风、淳朴民风,美化家园人畜分离,文明引领远离寺庙,文明引领树立新风。同时,坚持多管齐下强作风建设,积极除"四风"、转作风,努力保持基层党员干部队伍的先进性和纯洁性。

地坞新村完成了嬗变和跨越,地坞人过上了美好的生活。他们没有忘记双流援建队给他们的帮助。他们在寻找机会表达对双流人的感激之情。

2018年9月8日是双流区第三批对口支援巴塘县工作队返回双流的日子。凌晨4点,雨越下越大,送行的队伍也越排越长。

高原的雨滴是寒冷的,但现场每一个人的心却是火热的。

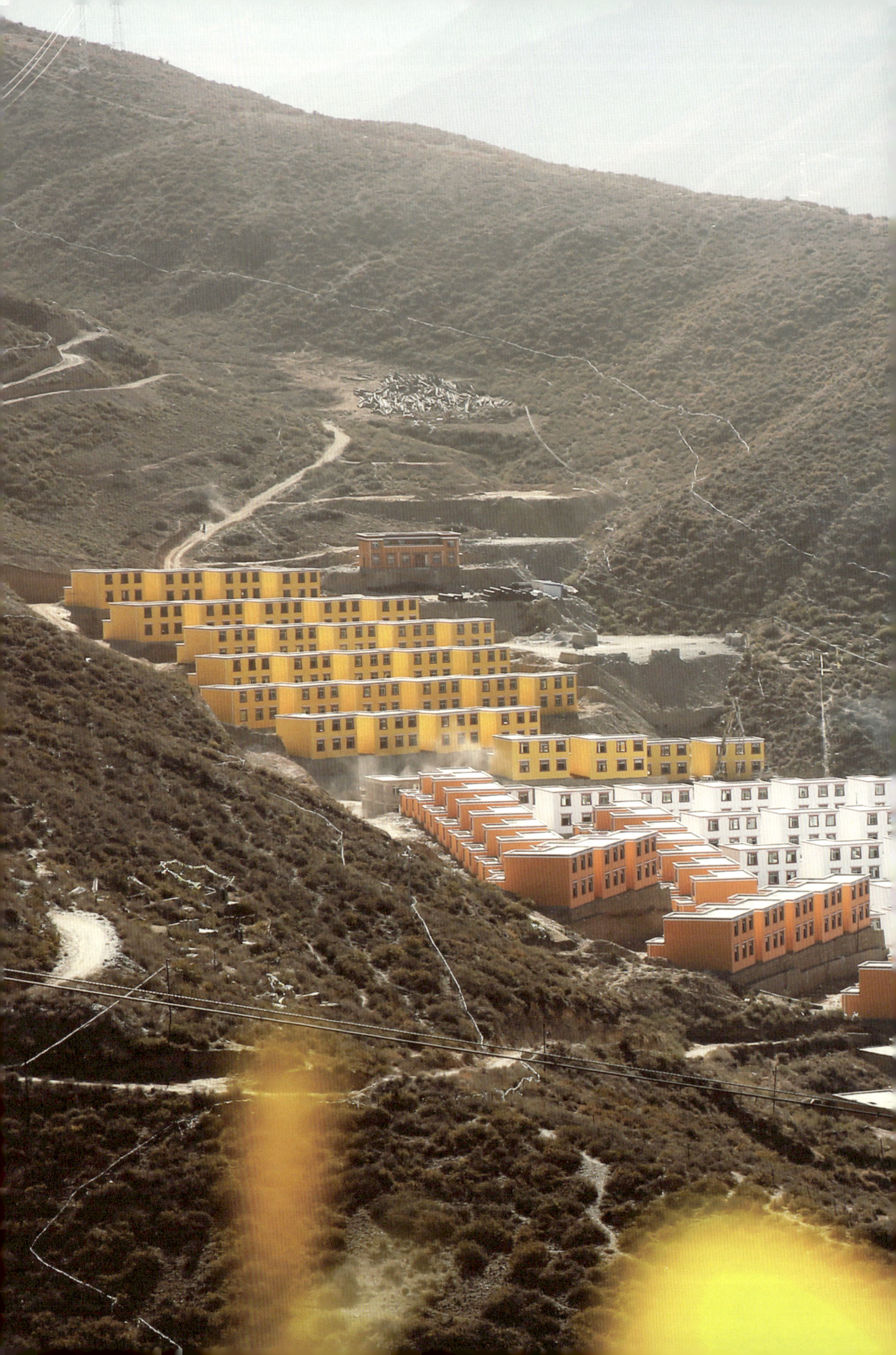

▲ 双流援建的地巫乡整村搬迁项目

情暖巴塘

送行的队伍除了巴塘的党员干部代表外,还有许多自发前来送行的巴塘群众。

松多乡人民把绣着"援藏工作献真情,情系松多解民忧"的大红锦旗送到了指挥长谭永生的手里。

来的最多的是"桃源地坞"的村民。他们自发冒雨从几里外的新村赶来,捧着洁白的哈达,满含热泪,排起了长长的队伍。其中有白发苍苍的老阿妈、背着熟睡小孩的妇女,还有穿着橘色背心的环卫工人。一条条洁白的哈达照亮了凌晨的金弦子大道;一声声深情的"扎西德勒"淹没了风声和雨声。很快,援建队员胸前的哈达堆成了一座座"哈达雪山"。歌声混着雨声此起彼伏,泪水与雨水交织在一起,流淌在人们的脸上。

离别的车队越行越远,渐渐消失在远处的转角。送别的人群却久久不愿离去,他们望着远方,任凭一行行热泪淌下来,淌成一个个闪亮的感叹号。

转眼到了2018年秋天,黄建平随双流第四批援建队来到巴塘。

"桃源地坞"是巴塘脱贫攻坚的重点项目,是双巴协同努力的标志性工程,是一批批双流援建队员的牵挂之所。出于新闻工作者的敏感,他觉得这里值得好好挖掘。车从指挥部出发,沿318国道南行,出城向左上山,十多分钟就到了。

一幢幢两层小楼矗立在一片山坡上,不断向高处延伸。黄色的墙壁,赭红的门窗,赭红的护栏,红色檐边点缀着白色方块,简洁大方,充满藏地风情。每家屋顶的乌黑太阳能发电板,显出了新村的现代气息。

新居占地229亩,整个项目的规划、设计、建设,都是按照双流美丽新村标准推进的。119幢小别墅内,住了595名村民。周边配套规划了50多亩桃林。

"才几个月没来,变化真大。"黄建平说。丁真递给他一瓶"3180"山泉水,带他四处转转。

丁真乡长是个标准的康巴汉子,他四十来岁,戴一顶红色鸭舌帽,高高的个子,一脸高原红,面孔英朗峻峭。帽子上的"志愿者"字样很是醒目,乍一看,还以为真是一位志愿者。

小桃树已经长到一人多高,掉光了叶子的枝丫,在蓝天下,努力向上伸着自己的小手,想为春天的花蕾抓取更多的阳光。

每家屋前屋后的菜地,估计有50平方米。

一位阿爸正躬身在地里,侍弄那些绿油油的蔬菜。

他家门上贴了副手书对联:

上联：多方施策乐迁福地。
下联：心感良政喜住新房。
横批：地坞人民感党恩。

两人读对联的时候，菜地里的阿爸走了过来，双手合十，微微躬身。黄建平向他说了句"扎西德勒"。他会的藏语实在不多，但知道"扎西德勒"是美好的祝愿。

阿爸也回了一句"扎西德勒"。

通过丁真的翻译，黄建平和阿爸聊了起来。当阿爸知道他是双流来的援建干部时，向他竖起了大拇指："突及其（谢谢），突及其。"并不由分说地把他拉进屋，要他喝自家的酥油茶，不喝，就是"瞧不起我"。

客厅里一个大电视，放着藏语节目。空气中弥漫着浓浓的酥油的味道。

阿爸原是地巫乡甲雪村的，住在巴塘最南面的金沙江边，那里真是又远又穷。有多远？坐车到县城，要五六个小时才能到。骑马来回要四天。村里的人以前有一半没有到过县城，包括他。

村子四周全是光秃秃的大山，干旱，缺水，缺粮，连草也稀少。一年到头什么收成也没有，就等着春天上山挖虫草，夏天去林子里捡松茸。

穷不说，还危险。夏天山上经常塌方，夜里村里都要安排人拿着大铜锣守夜，一有风吹草动就使劲敲，全村人就得紧急转移。

阿妈的酥油茶打好了，在他们面前的茶几上摆上小木碗。

丁真扯了扯黄建平的衣角："照我的样子做。"

黄建平点头会意。酥油茶是藏族同胞招待客人最重要的东西，有许多讲究，以前他没特别注意。

阿妈提着茶壶，把酥油茶小心地掺进碗里。黄建平刚想伸手去端，见一旁的丁真端坐着一动不动，又把手收了回来。

阿爸说："多亏前年，来了双流的好人……"

这时，阿妈站了起来，提着茶壶来到他们身边。

只见丁真双手把木碗端起来，右手无名指蘸了一点茶沫，往空中弹了弹，口中念念有词。

黄建平依样画葫芦，过后用嘴轻轻吹开茶面上的浮沫，美美地喝了一口，连忙伸出大拇指称赞："茶打得真好，又酽又好喝！"说完，把木碗放到面前的茶几上。

阿妈听了他们的话，很高兴，提着茶壶，又给他们续满。

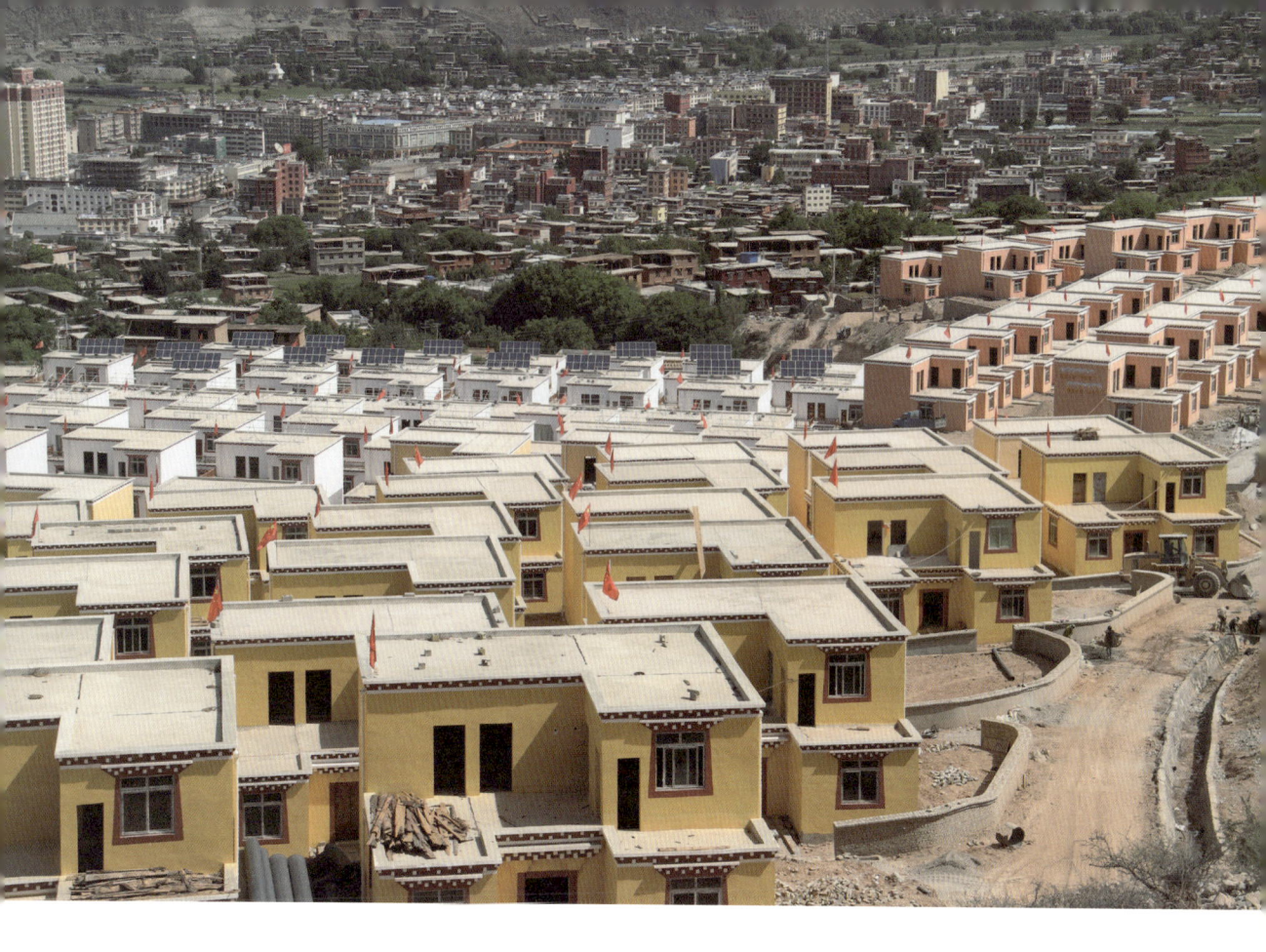

阿爸说，那些山，那些虫草，那些松茸，到了节令，还是要回去照料的。

第二碗，丁真也没什么讲究，端起木碗，吹着吹着就喝了个底朝天。

第三碗酥油茶，在丁真的示意下，不能喝完，得在碗底留上一点。

一夜之间，尼龙布山顶的雪似乎又厚了一些，放眼望去，云雾缭绕，晶莹剔透，那冰天共色、金光闪烁的景象，令人迷醉。山腰上，一座座亮丽的藏式两层楼房星罗棋布，在山谷间格外醒目。远处，巴楚河从山下蜿蜒而过，318国道伸向远方。

甲英乡搬迁工地工程建设已经接近尾声，工人们在进行最后的绿化。整个小区静悄悄的，早已没有了工地通常的喧闹。

小区的建筑与地巫乡类似，只是墙体主色由黄色改成白色。

西华大学美术与设计学院的几个学生站在高高的脚手架上，提着油漆桶，操着大画笔，正专注地在墙上画着一幅巨大的山水画。

站在地上指挥的老师告诉黄建平，这是最后一幅了。

师生们九月底就来了，但那时墙体没有干透，一直等到十月初才开始画。

黄建平转过头，发现稍远处一垛山墙上已画上一片桃林，桃花开得正艳。另一垛墙画的是翠竹掩映、小桥流水。这些画，让单调的白红黄藏居一下子灵动起来。仔细看去，每家的门边墙垛上，还有一幅小写意的花卉画。高原小江南，总算有那么点诗意了。

这段时间，黄建平终于把《贫穷的终结》一书读完了。为什么贫困？怎样扶贫？是中国，也是全世界面临的重大问题。

书里，萨克斯教授为人们描绘了一幅在2025年消灭极端贫困的宏伟蓝图。这是一本严肃的学术著作，不是鸡汤美文。杰弗里·萨克斯教授，几十年来深入参与了非洲对贫困的斗争、东欧的改革和南亚的脱贫。对贫困的直接感知以及参与解除贫困的实际经历，使他对全世界的贫困问题有了深刻认识。作者关于"贫困陷阱"和"致富阶梯"的说法都是很有新意的。

黄建平认为这本书既有学者的高度，也有国际化视野。对投身巴塘对口支援工作的人来说，很有现实意义。

（曾　鸣　李文旭／文）

广场上的爱心亭

巴塘中山广场在城中心,来来往往的人很多。

广场南边有一座双流援建的"爱心亭",左边门廊上竖写着一块写有"自力更生,自强不息"铿锵誓言。门楣电子显示屏上不断滚动着"双巴一家亲,共筑中国梦"几个红字。

亭子主人是一位年轻的藏族小伙子,走起路来,腿脚有些不方便。

每当有人来买一瓶水,把钱递给他时,他都会用汉语小声说"谢谢"。

小伙子叫格桑泽仁,19岁。"多亏了双流亲人,他才能这样安心坐在这儿。"原来,意外的两次车祸,让格桑和阿爸都残疾了,基本不能从事体力劳动,家里越来越穷,还欠下了不少钱。

2012年6月,王小辉(双流县万安镇干部,挂职巴塘县夏邛镇党委副书记)到巴塘后,把目光投向了巴塘的残疾人。经过调研,决定在中山广场修建两个爱心亭,免费租给巴塘的残疾人朋友。他找到巴塘县残联理事长李蓉,一番商讨后,方案很快确定下来。

投入近20万元的两个爱心亭小超市很快修好了。在巴塘县残联的主持下,通过自愿报名、初审、面试、公示等程序,最终评选出次仁拉姆和格桑泽仁两名残疾人为两座爱心亭的经营者。

亭子在2013年8月26日开业,卖副食和茶水,每个爱心亭营业额每天可达一两百元,解决了他们的就业难题。

"这个小小的超市,不仅解决了格桑泽仁一家的生活困难,更让全县其他残疾

▲ 双流援建的爱心亭

人看到了重建美好生活的希望。"开业的那一天，李蓉激动地说。

那一刻，王小辉和他的同事们都露出了会心的笑容。

广场上，逛街的人走累了，也可以坐一坐，喝杯茶，解解乏！现在格桑泽仁每天能卖一两百元。一家的生活，全靠它了。如果没有爱心亭，他不知道怎样才能熬下去。

每当有人问起亭子的事，格桑泽仁都会激动地向对方讲述"爱心亭"的故事。他还会指着广场的另一边说："那边还有一个也是双流援建的，次仁拉姆在开。"

在偌大的中山广场，亭子显得那么小；它又是那么大，是格桑泽仁一家的整个世界。

它更像一盏灯，点亮了巴塘全县更多残疾人重建美好生活的希望。

就在2013年9月9日，王小辉又和残联的同事们，代表双流在苏哇龙乡举行残疾人辅助器具发放，向巴塘残疾群众援助了40副不锈钢双拐、50副不锈钢手杖、40辆轮椅、45个坐便椅，总价值近10万元，共惠及残疾群众130人。

（曾　鸣　李文旭/文）

格桑花飞向蓝天

2018年10月23日，又是一个大日子。

由双流区人社局、巴塘县人社局主办，双流区人才公司承办的"双巴同心"就业扶贫招聘会，在巴塘县体育馆举行。

现场设立了招聘专区，政策服务区。一排排帐篷前，挤满了人。来自广东、四川、双流、巴塘等地的29家企业此次提供了各种就业岗位1500多个。当天一共有1000多人咨询，500多人报名。达成初步意向的有200多人。

"招聘会"只是对口支援指挥部搞的"双巴同心"就业活动中的一项，其他还有双创擂台赛、劳务培训班、社保帮扶、结对帮扶等。

▲ 秘境天堂——措普沟　张仕云/摄

　　招聘会每年秋天举行。最轰动的当数 2015 年那次。因为"东航四川分公司要来巴塘招空姐"！

　　2015 年 10 月 19 日，一则招聘公告让美丽的巴塘城沸腾起来。巴塘女孩们的梦想一下子张开了翅膀。她们通过手机，最大范围地分享这个好消息。这个消息陡然拉近了她们心中遥远的憧憬，让她们惴惴不安，又满怀期待。

　　"招空姐"之举，也是双流对口支援工作队积极协调的结果。

　　东航四川分公司注册地在双流，而双流和巴塘是对口援助县。在双流对口支援工作队的积极协调下，东航四川分公司决定将巴塘作为本次招聘藏族乘务员的地点，作为就业援助的方式之一。

　　杨金富（双流援建巴塘第二批领队）一直在全力跟进和推动这件事。为了做好这次招聘，对口支援指挥部连续三天在《甘孜日报》、甘孜电视台刊登公告，并协调甘孜州 18 个县的人力资源局进行宣传，以便让甘孜州更多的女孩能借此机会踏上一个更高的人生平台。

情暖巴塘

毕业于眉山职业技术学院的达娃志玛是个美丽的巴塘女孩，经过两天紧张等待后，21日一早，她穿上漂亮的衣服，在家人的陪伴下来到巴塘县迎宾楼。

迎宾楼前的中山广场上早已黑压压挤满了人。前来应聘的女孩们，穿着整齐、漂亮的藏族服装早已排成一条长龙。陪伴的家长和亲友团围在广场周围。更多的则是看热闹的路人。

达哇志玛怀着紧张的心情站到了等待的队伍里。

上午的初试很简单：自我介绍，检查仪容仪表与步姿步态。

让达哇志玛高兴的是，在100多人的应聘者中，她和其他24人顺利进入了下午的复试。

复试的内容有才艺表演，汉语和藏语对话，英语口语。

复试结束后，初选合格的13人的影像资料将被带回东航公司进行下一轮审核。看到自己的名字出现在13人中，达哇志玛高兴地跳了起来。和妈妈紧紧抱在一起的那一刻，她的眼睛湿润了。

等待是美好的，也是焦虑的。

2016年1月18日，达哇志玛如愿登上飞机，和其他4名（其中巴塘另有1人）藏族姐妹前往上海东航总部培训。3月，达哇志玛正式签约成为东航四川分公司员工，开始了自己的蓝天梦。

2016年10月24日，东航四川分公司再次发布了在甘孜州招聘藏族空姐的公告。这次招聘地点改到了康定。

"不打无准备之仗。"双流援建巴塘指挥部会同巴塘县政府，决定成立一个临时培训小组，为巴塘籍女孩参加招聘打基础。临时培训小组成员为雍拥（巴塘人社局副局长）、骆程、彭睿（双流区安监局干部，挂职巴塘县交通运输局副局长）、蒋鸿林（双流东升小学音乐教师，挂职巴塘金弦子小学教师）。

当时距离初试时间只有十天，时间很紧。为了有的放矢，培训组对巴塘籍报名的13位女孩进行了初选。选出其中6人进行重点培训。来自巴塘夏邛镇的格桑梅朵，幸运地被选中。

培训地点选择在巴塘人社局一个大房间。整整一周时间，培训组和女孩们整天待在培训室里，从自我介绍的文稿拟订，到仪容仪表、坐姿站姿、步频步幅，再到英语口语，才艺表演，面试时应注意的常规问题，逐项进行了培训和演练。

七天之后，走出培训室的格桑梅朵，有了焕然一新的感觉。

2016年11月5日一早,培训组带着格桑梅朵和其他几位女孩,来到位于康定市向阳街民干校内的招聘地点。

虽然早有心理准备,但现场700多人的应聘队伍,还是结结实实地把格桑梅朵和姐妹们吓了一大跳。格桑梅朵的心率瞬间飙高了许多。有人甚至打起了退堂鼓。

"你们是培训过的,是有准备的,不要怕。"

▲ 巴塘格聂神山景色

在培训组老师们的鼓励下,她们慢慢平复下来。

所有测试都是匿名编号进行。第一天的初试,就是自我介绍和"走几步"。有了之前的培训和准备,格桑梅朵从容多了,也自信多了。初试顺利过关。

第二天的复试项目是才艺表演和口语。口语又分为汉语和藏语对话,以及英语日常用语对话。

才艺表演的时间到了。看着前面的人要不唱藏语歌,要么跳藏族舞,有些千篇一律。格桑梅朵动了一个小心思,她决定要出奇制胜。招聘老师念出了格桑梅朵的编号。她从容地站到了场地中央,扬起双手如柳枝随风摆动,灵活的脖子顺着手势左右平行扭动,别出心裁地跳了一段优美的新疆舞。面试的老师乐了,问她为啥不跳藏族舞。

"身为藏族女孩,我当然会跳藏族舞,但我还会跳新疆舞。"格桑梅朵大大方方地说。

面试的老师来了兴趣,让她再跳一段藏族舞看看。

格桑梅朵用藏语唱了起来:

真心实意的舞蹈,
一往情深的舞步。
一往情深的舞步,
一心想变成孔雀。

伴着优美的旋律,格桑梅朵跳了一段藏族舞蹈。她时而踏步上前,时而广舒长袖,时而扭腰,时而送胯……

"姑娘,你跳的是啥舞?这么漂亮。"

"巴塘弦子,《亚拉嗦》。"

老师们相视一笑。格桑梅朵的才艺表演给他们留下了深刻的印象。

格桑梅朵和来自巴塘的另一位女孩顺利通过了复试,但另一位因为未年满18岁,遗憾地被"刷"了下来。

严格的考察仍在进行。格桑梅朵也一步一步走近自己的梦想。

2016年11月29日,格桑梅朵和其他通过复试的女孩一起到成都,在东航四川分公司,进行了英语机考与心理机考。

▲ 格聂神山

2016年12月27日，完成体检。

2017年2月—4月，前往上海东航总部培训。

2017年5月—9月，在四川公司地面实习及由师傅带着上机试飞。

2017年9月，是格桑梅朵一生中值得永远记住的日子。她和另两位来自甘孜的女孩与东航四川分公司签署了用工合同，正式成为公司的空乘员。

700多人中只有三人脱颖而出，这是多么的不容易。但巴塘姑娘格桑梅朵做到了。

签完合同的第一时间，她把好消息告诉了远在巴塘的父母和双流对口支援工作队的朋友。近一年来，培训队的几位老师，一直通过电话和微信跟踪着格桑梅朵的脚步，给她鼓励，给她出谋划策，帮助她一步一步向前进。她打心眼里感谢他们。

"巴塘姑娘当上空姐的意义绝不简单。"骆程对这件事情有更深一层理解。"它是向高原儿女宣告了一个信息，你们也可以走得更高，走得更远。"

（曾　鸣　李文旭/文）

争创星级文明户

王大龙村的美丽新村建设取得成效后,架炮顶村的建设又提上了日程。

架炮顶村位于县城旁,硬件却差得一塌糊涂。村里全是泥巴路,"天晴扬灰路,下雨水泥路"。

对口支援指挥部决定,彻底改造架炮顶村,将其打造为新农村建设的样本。方案报经巴塘县委县政府批准后,双流投入343万元,实施幸福美丽新村"五改三化"项目。对该村93户农户实施改厨、改厕、改圈、改房、改水电和庭院硬化、绿化、美化。

工作队把"五改"细化成19个小项目,"三化"细化成11个小项目。这些都形成文字张贴出去。

村民可自主选择改造项目,每实施一项就补贴一项,基本上90%的改造费用由政府补贴,平均每户四万元。

为了引导当地群众养成好的卫生习惯,好的生活习惯,从上一批工作队开始建立了一个"脱贫奔康星级文明示范户"的奖励项目。项目资金来源于双流企业和个人的捐献建成的资金库。

11月19日,黄建平、吴杰、张翔跟随巴塘县委统战部、扶贫移民局、民宗局的干部一起下乡,对2018年脱贫奔康星级文明示范户进行实地年终复审。吴杰挂职扶贫移民局,张翔在全域结对帮扶组。

因为近期洪水的原因,金沙江边的路全毁了,南区的乡去不了,只好去东区的几个乡。

▶ 格聂神山沿线风光 刘仕渝/摄

情暖巴塘

莫多乡在巴塘县城以东的川藏线上。此时高原已进入冬季，县城海拔低一些，温度还好，进入高山就冷了。太阳看起来倒是明晃晃的，但雪风却像刀子一样割人脸。

去乡上的路可一直沿着川藏路走，到岔下村的路就不那么平坦了，崎岖、弯曲不说，背阴的地方还有暗冰和积雪。暗冰害人，看上去路面好好的，车开上去，一下就失去了动力，摇摇摆摆像跳舞一样。稍不注意，就会滑到路边，好一点的是沟渠，严重的就是悬崖了。

第一天是莫多乡，第二天是拉哇乡，都没有出什么问题。

第三天去波密乡。波密乡基本上全是牧区，海拔在4000米以上，是巴塘全县平均海拔最高的一个乡。路上要翻一座海拔5113米的藏巴拉山。翻过藏巴拉山，进入一个背阴的狭窄山谷，车也放慢了速度。突然，前面那辆车喝醉了酒似的，歪歪扭扭地打起了摆子，横着滑到了旁边的沟渠里。

还好，没有翻车。黄建平吓出了一身冷汗。

后车的司机倒是镇定，嘴里说着别慌别慌。拎出一个工兵铲，铲一些路边的砂石洒在路上，再从车里抱出缆绳挂在前车屁股上，两车一起发力，硬是把前车从沟

▲ 草原上的黑珍珠　　刘仕渝/摄

渠里拖到了路上。

这时，藏族司机笑着对黄建平说："现在明白为啥要开两个车了吧？"黄建平也明白了，为啥安排他们的车跟在后面。

三天下来，走访复审了46户人家，都是2018年的建档立卡贫困户。

为引导村民们树立新观念，养成更好的生活习惯，对口支援指挥部从2016年开始，通过"千企帮千户"募捐而来的300万元，采取星级评分的方式以奖代补，每年为全县700多户贫困户发放补贴，获得一颗星就补贴500元。

10项评星内容丰富细致，包括勤劳致富、就业创业、自强进取、爱国感恩、文明诚信等方面。比如卫生健康一项，就要求做到洗脸、洗澡、洗手、洗脚、洗衣服、清扫庭院，简称"五洗一清扫"。

在2016年底，文明户年终评审汇总表报上来后，骆程发现竹巴龙乡有户人家得了九颗星，是该乡得分最高的。洛程就对赵浦说："我们去看看，一来督促一下。二来也可以树个榜样。"

"要不要先打个招呼？"赵浦问。

"不打。"骆程说，"我们直接过去，到了乡上叫人带我们去。"

赵浦明白骆程的意思。

大占堆家离乡政府不远，走路十多分钟就到了。远远就看见他家屋顶高高飘扬的五星红旗。

他家房前屋后、厨房、厕所、庭院确实干干净净的。田里的青稞绿油油，长势正好。

窗户上，挂着一块"成都市双流区千企帮千户精准扶贫行动脱贫奔康星级示范户"的牌子，上面显示，他家获得了10颗星中的9颗星。

大占堆不熟悉汉语，借助翻译，才能进行交流。他话不多。

中途，他到屋后摘了十多个苹果，洗净装在盘子里，端上来让大家吃。苹果是巴塘土产的品种——小冬红。看起来不咋样，吃在嘴里却是格外脆爽甘甜。

摆了一会儿龙门阵，两人准备起身离开。还没走出院子，大占堆提着一个塑料袋从后面追了上来，喊道："领导，领导，等一等。"

同来的乡干部告诉他："是骆县长。"

"骆县长，骆县长，"大占堆结结巴巴地说，"这个，苹果，要拿走。"他扬了扬手中的塑料袋。原来他把剩下的苹果都装了起来，

情暖巴塘

"不要，不要。"骆程摆了摆手。

"不。要拿起，拿起，拿起。"说着一个劲将口袋往骆程的手里塞。"感谢政府，感谢你们，关心我。"

骆程有些尴尬，一双手是收回来不好，伸出去也不好。拿吧，作为一个干部，来扶贫，还拿人家东西。不拿吧，看着大占堆真切的神情，又怕伤了他的心。

塑料口袋在两人手里推来推去，僵持了好一阵。

再这么僵持下去，恐怕就要伤老乡的心了。"好吧。"骆程终于松了口，握住了大占堆的手。

就在那一刻，大占堆哭了，他把头靠在骆程的肩上哇哇大哭。边哭边用藏语断断续续地念叨着什么，弄得骆程和赵浦不知所措。

乡上同志翻译说，大占堆说他家原来很穷，条件很差，根本就见不得人。双流干部帮他把房屋改了，改漂亮了。又指导他种地，种水果，还帮助一家人每年买农保，孩子也到县里一家宾馆打工挣钱。现在，一家人的生活慢慢好了起来，这都要感谢党和政府，要感谢双流人民的援助。

这件小事，让赵浦看到了工作队伍付出的辛劳，让高原的群众切切实实地感觉到了生活的变化。

"这种评星对老百姓生活习惯行为习惯改观很大。"土登说，刚开始群众有些抵触，现在大家都争着按评星标准去要求自己，努力争取达标。"毕竟星越多，奖励也多，脸上的光彩也多。"

（曾　鸣　李文旭／文）

| 小村要远行 |

桃蹊甲英新村搬迁庆典

2018年12月1日，周六，晴，是个好日子。

工作队全体人员一早坐车去桃蹊甲英新村参加搬迁庆典。天格外蓝，几朵白云，像悬在天空的大气球。桃蹊甲英新村坐落在巴塘城南尼龙布山的半山腰，一幢幢白色、黄色小别墅排列在山坳里。近处是灰褐的山壁，远处是幽幽的山峦，山下的巴楚河像一条白练由北向南飘忽而去。

▲ 甲英乡易地搬迁点

情暖巴塘

手机指南针显示，这里海拔 2700 米，比起海拔 4000 多米的普达村，已经低了不少。

村口，气拱门在阳光下红得刺眼，"桃蹊甲英新村搬迁庆典"几个白色大字下，身着藏装的村民手捧哈达在新铺的沥青路两旁欢迎来宾。那仗势，像是夹道欢迎好莱坞明星走过红地毯。

黄冕新理了头发，穿一身藏青西装，皮鞋擦得透亮，胸前别了一枚党徽，打扮得像个新郎官。

庆典会场设在新村中心的金龙广场，广场两亩来大，方方正正。广场三面是一人高的堡坎，上空一根根长绳上缀满美丽的三角彩旗，像是给广场拉起了一个镂空的七彩顶篷。广场中心地面的太阳图案，向四周拉出长长的光芒，黑色话筒立在太阳图案中央。

广场四周堡坎上站满了喜迁新居的村民——广场太小站不下。喇叭里欢快的藏族歌曲混合着周围闹闹嚷嚷的人声。

黄建平悄悄从广场上溜出来透透气。路边，几位阿妈正围着一个笑眯眯的阿婆聊天，前面那栋红檐白墙的"小别墅"就是她的新家。小楼的墙上画着一片桃林，火红的桃花像一汪汪火苗。阿婆戴一顶深红的线绒帽，一身红色传统藏服。看得出今天她特意打扮了一番。

"阿婆好！恭喜恭喜！"黄建平凑上去打招呼。

阿婆愣愣地盯着黄建平，没听懂他的话。一位中学生模样的女孩帮他解了围，她说她是波戈溪村人，叫央金。"阿婆说她活了大半辈子，一辈子都待在普达村那个大山沟里，从没想过老了还能出来看看外面的世界，还能住上这么漂亮的房子。说这辈子值了。"

当央金告诉阿婆黄建平是双流援建干部时，阿婆高兴地竖起了大拇指，"突及其，突及其！"她说，前年双流干部大冬天翻过喇嘛拉雪山到普达村，那条路是他们普达村人冬天也不敢随便走的路，太险了。但双流干部硬是来了，慰问，开会，说搬迁的事，双流的干部，都是好人啊！

阿婆看见黄建平挂在胸前的相机，知道用处后，便拉着黄建平让央金给拍一张合影，还特意吩咐要把漂亮的新房子照进去，把墙上的花也照进去，还有那漂亮的路灯，漂亮的道路。

"哪能照进那么多东西？"央金急了，说，"东西多了，人就小了。看不清脸。"

▲ 甲英新村一角

"拍人吧。"黄建平调好相机，交给央金。

阿婆让黄建平改天一定把照片送一张给她，她要留一个念想。

欢快的弦歌停了，喇叭响了起来：

"桃蹊甲英搬迁入住庆典现在开始！"

村民们纷纷往前挤，都想离广场中心近一点。

身着黑上衣，裹着红花长藏裙的甲英乡陈幺妹书记开始致欢迎辞。她说："今天我真的很激动，我们的群众终于可以走出大山，搬进这做梦都不敢想的地方，真的要感谢广东援建、双流区、县委政府的大力支持和帮扶，还有双流援建干部、西华大学美术与设计学院师生的无私付出。让我们波戈溪村、甲英村、普达村87户392名群众彻底改变了生产生活环境……"她讲着，讲着，流下了激动的泪水。

广场安静下来。只有风吹着空中彩旗，发出呼呼的声音。

接着是甲英村支部书记阿本和退休干部居勉代表全体搬迁户致感谢词。

随后，会场响起了热烈的掌声，还伴随着阵阵藏语的欢呼。

情暖巴塘

原来是巴塘县领导站到了广场中央，一身优雅的黑色风衣，在风中微微飘动。她说："'桃蹊甲英'易地扶贫搬迁入住，既是巴塘经济社会发展和脱贫攻坚工作中的一件大事，也是甲英乡乃至全县人民翘首以盼的一件喜事。……希望甲英乡党委政府继续团结带领广大群众，完善后续帮扶措施，拓宽群众增收渠道，确保搬迁群众搬得出、稳得住、有发展、能致富。也希望搬迁群众入住新居后，尽快适应新环境，用自己勤劳的双手主动脱贫致富，创建美好幸福的生活。"

"我宣布，"她停了三秒，提高了嗓音，"'桃蹊甲英新村'今天正式入住！"

"嘭""嘭""嘭""嘭"，伴随着藏汉语的欢呼声，五彩纸花在蓝天中炸开，像一阵五彩的雪花，从飘扬的彩旗中倾洒下来。

接着，到场的双流区委领导致贺词。他说："今天甲英新村的顺利入住，是双巴精诚合作的重要成果，也是藏汉情谊的有力见证。面对打赢脱贫攻坚战的时代号召，肩负助推巴塘如期全面建成小康社会的发展重任，在推动新一轮对口帮扶工作中，我们将进一步搭建交流合作平台，拓宽对口帮扶渠道，着力构建人才、技术、项目、资金全方位帮扶格局，在援助中推进合作、在合作中实现共赢，确保高水平、高质量完成帮扶任务。我们相信，通过两地真诚合作、携手并进，巴塘和双流的友谊之花一定会更加灿烂，双巴合作必将结出累累硕果！"

全场鼓声雷动。接下来是文艺表演。

黄建平把镜头对准了新村的路灯，一盏盏桃花样造型的路灯格外好看，花瓣鲜红，花蕊处是白色的灯泡。

这时，央金在黄建平耳边喊起来："叔叔快看，叔叔快看，是我们班上的舞蹈。"广场里响起激越的音乐，六位英俊的康巴少年立在场中，缓缓平举起他们的手臂，那红白绿的长袖在风中抖动。他们踏着轻快的步子，像是六匹骏马整装待发。

"啥舞蹈？这么漂亮。"黄建平问央金。

"是金马靴。叔叔，这是我们藏族人最喜欢的一个舞蹈。"央金的脸上流露出红光。"缺人的时候，我也上场。我嘛，就是替补。"

话音未落，一个铿锵的男声唱起来：

"嘿嗬……穿上父辈留下的马靴……系上祖母串上的响铃……"随着高亢的音乐，那六位藏装少年翩翩起舞。跳跃，回头，甩袖，仰望。舞步轻快，像是马儿在草地奔跑。

> 哦哦哦
> 长袖拂开天边的彩云呀
> 脚步踏醒沉睡的草原呀
> 在踢踏声中咆哮咆哮

六位少年肩并肩手扶手，站成一排踏步向前，踏步向前。

周围老乡也伴着音乐唱了起来。当唱到"哦哦哦"时，歌声几乎震动山谷。

> 嘿嗬
> 带着雪山永恒的祝福
> 捧着草原永久的守望
> 哦哦哦
> 长袖拂开天边的彩云呀
> 脚步踏醒沉睡的草原呀
> 让再一次的冲动
> 在踢踏声中奔放奔放
> 让再一次的冲动
> 在踢踏声中奔放奔放

一曲曲悠扬的山歌响彻山间，在崭新的藏民新村中回荡。

黄建平虽然听不懂藏语歌词，但那穿透肺腑的声音，却让他的心一阵阵战栗。

央金带着黄建平在人群中穿梭。

一个七八岁的小孩，骑在一位男子的肩上。孩子指着广场入口拱门上的字问："阿爸，桃后面是什么字呀？"

"蹊（xī）。路的意思。"男子回道。

"喔。阿爸，我们这里要种桃树吗？"

"对啊，不然咋叫桃蹊哩！双流的叔叔阿姨们，春天就会送来桃树苗。桃三李四，三年后，你就可以吃到桃子啰！"男子说。

"喔，喔，有桃子吃啰！有桃子吃啰！"孩子在男子头上拍着小手掌。

"对啊，到时我们小嘉措就有桃子吃了。好不好？"

情暖巴塘

▲ 甲英乡道路建设项目

"好，好。阿爸。好！"

"还有，嘉措啊，你要好好读书，长大了，就到双流去读书，安不安逸？"

小孩开心地笑了，不知是想到了美味的桃子，还是想到了美丽的学堂。

黄建平把他们的笑容收进了相框。

最热闹的弦子舞开始了，这是巴塘人民的最爱。伴着悠扬的胡琴声，广场周围的人们涌进广场，手牵着手，围成一个大大的圆圈，伴着弦歌起舞。甩手，迈步，踢脚，扭腰，回头。

广场沸腾了，搬迁庆典进入高潮。双流援建干部们情不自禁地走入舞阵，手拉手笨拙地跳起来。

舞圈在旋动，像一个有生命的花环。

广场一侧是新村的文化墙。第一块展板上是"桃蹊甲英村规民约"，上面有桃蹊甲英村 87 位户主歪歪扭扭签名和手印。

另一侧空地上堆满了捐赠的物资。有双流区捐赠的价值十万余元的物资，有巴塘县对口甲英乡帮扶单位捐赠的价值5万余元的物资，还有双流各界人士捐赠的电热毯、电饭锅，以及甲英乡"五个一"帮扶单位捐赠的电动酥油桶。

不知何时，双巴两地领导已从舞阵中走出。他们微笑着将电热毯、电饭锅、酥油桶交到村民代表朗杰手里。

朗杰是1954年生人，家住巴塘县甲英乡甲英村。他说他做梦也没有想到，今天能住进那一栋崭新的小洋楼。

朗杰指着自家的小楼房说："我今年63岁，原来根本不敢想房子的事。能住进这样的新家，死也瞑目了。"

朗杰家里还没有完全收拾停当，一包一包的东西还堆放在地上，但客厅的墙上却已经贴上了领袖的画像。

朗杰的老伴端出打好的酥油茶，叫大家怎么也要"喝三碗"。

巴塘领导介绍说，甲英乡原是巴塘最为偏远贫瘠的地方，属全县贫困乡，距离县城120余公里，平均海拔4600米。土地贫瘠，缺水严重，粮食单产低。文教卫生事业滞后，交通不便，所需物资全靠畜力、人力在峭拔的羊肠驿道上运输。群众的疾苦一直是党委政府心中的牵挂，县上曾经多次计划将当地居民异地搬迁，从2016年开始，又经过多次调研和多方准备。2018年5月初，借助精准扶贫易地搬迁政策和双流区援建平台，正式动工兴建甲英乡整体易地搬迁项目。经过艰苦努力，克服项目资金少、搬迁选址难、建设风险大、项目工期紧等困难，仅用半年时间，新村建设就全面完成。整个新村总投入6000多万元。村民只需"支付"1万元，就可以住进100平方米，两层的藏式新楼房。

"今天送来的电热毯、电饭煲、电酥油茶桶。我们改天还要派人专门开会教老乡们使用方法。"

广场上，歌舞未歇。

（曾　鸣　李文旭/文）

巴塘文旅踏着弦子起舞

情人写来书信,
字迹曲曲弯弯。
自读不明其意,
旁读又怕羞脸。

——巴塘弦子《阿克向巴》

情暖巴塘

巴塘弦子、巴塘藏戏，这两块"国家级非物质文化遗产"金字招牌一亮出来，巴塘县在全国文化的场面上都不怯场。

巴塘素有"高原江南"之称，旅游资源丰富独特。其自然景观融"险、峻、奇、伟"于一炉，集"高、雄、雅、秀"于一体，既具有高原粗犷个性，又具"江南"灵动风情。且海拔相对较低，宜居宜游，被业内誉为"下一个九寨"。

在甘孜州旅游发展总体规划中，对巴塘旅游资源的评价因其多样性等特色而名列前茅，被列为三个片区之一的"康南片区"，"三个辐射主轴线"之一的"南轴线"，是甘孜州四大旅游目的地之一，有11条旅游线路纳入州旅游线路规划。在旅游业成为推动国民经济发展的战略性新兴产业的背景下，巴塘在旅游文化方面具有国家级乃至世界级的资源禀赋和比较优势。

2012年以来，双流援建立足推动藏汉文化交流共荣，凝聚"藏汉同心·共谋发展"精神力量，实施文旅融合发展工程。在文化交流方面，与巴塘共同开展了以"五个一"（一台综合文艺晚会、一场交流演出、一个非物质文化保护场地、一个文化旅游产品展示区、一个网络宣传平台）为主要内容的文化交流活动，邀请巴塘弦子艺术团常驻黄龙溪古镇进行文化展示。先后在成都举行巴塘文化旅游推介会、在双流举行巴塘文化艺术周。组织黄龙溪火龙队参加甘孜州"秋月弦音"文化交流活动。举办"双流·巴塘心连心文化交流活动"。在旅游推广方面，紧扣甘孜州"全域旅游"发展战略，通过旅游形象提升与规划设计、品牌营销宣传、配套设施建设、市场主体培育等方式，帮扶打造旅游城市提升战略、甲坡地鲜花音乐旅游小镇等一批重点旅游项目，加速培育民俗藏家乐、风情果庄等示范户，以带动农牧民增收致富。按照旅游景区打造标准，通过基础设施配套、雨污分流、旅游设施完善、文化记忆恢复、生态环境打造等措施，全面提升巴塘旅游形象。将历史文化深厚、藏式民居保存完整的甲坡地小镇建设，作为支援巴塘县重点旅游产业化项目，通过二期建设，完善配套设施建设、实施景观打造，增强景区吸引力和游客接待能力。目前已成为甘孜州特色旅游藏乡和幸福文明新村的示范点及集生态农业体验、藏乡休闲旅游度假于一体的高原鲜花音乐旅游小镇。

在脱贫攻坚和乡村振兴的时代大潮中,在双巴两地党政的齐心戮力下,独具特色的巴塘文化旅游资源,正日益焕发出绚丽的产业价值光芒。

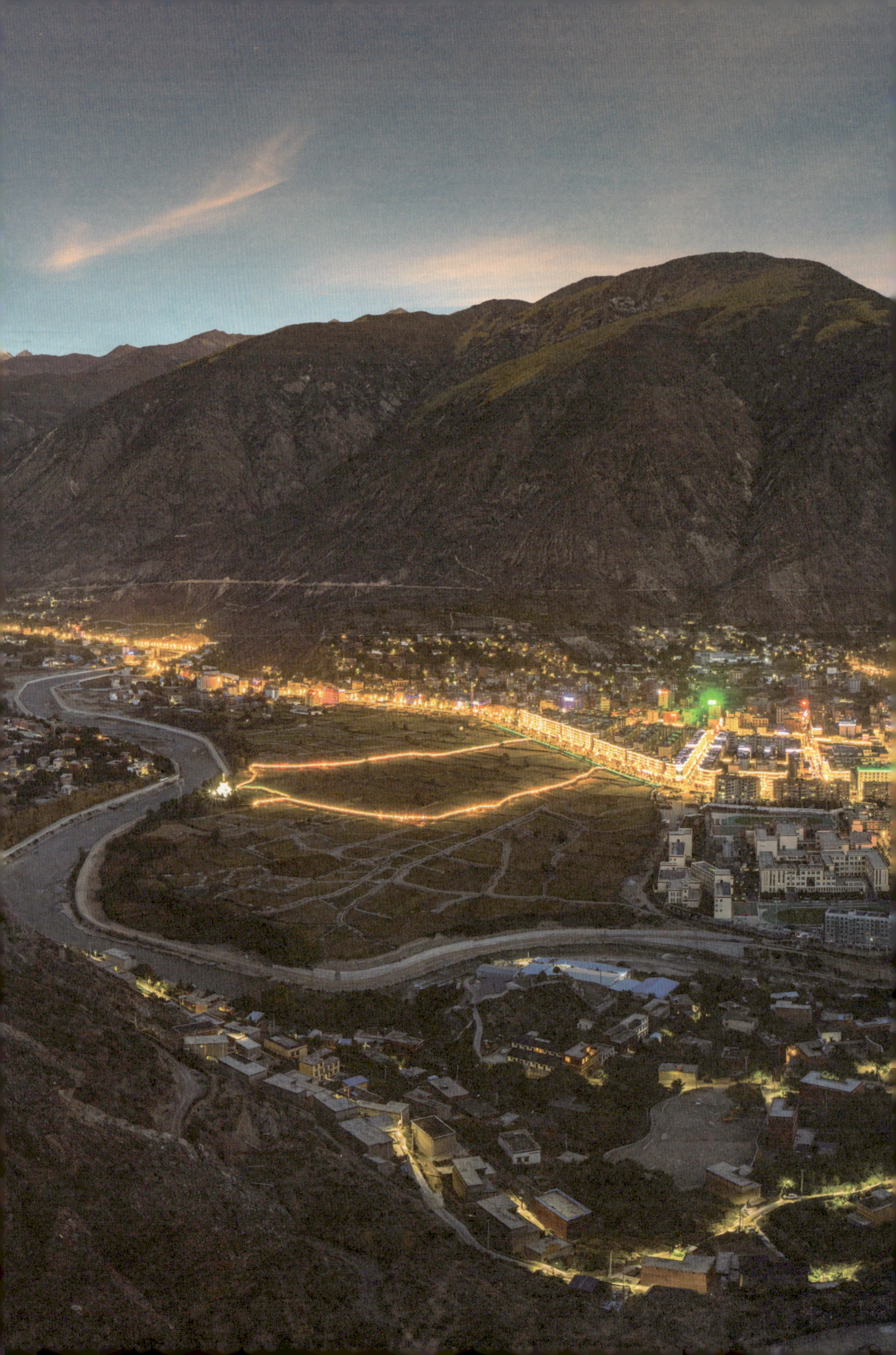

▲ 巴塘之夜

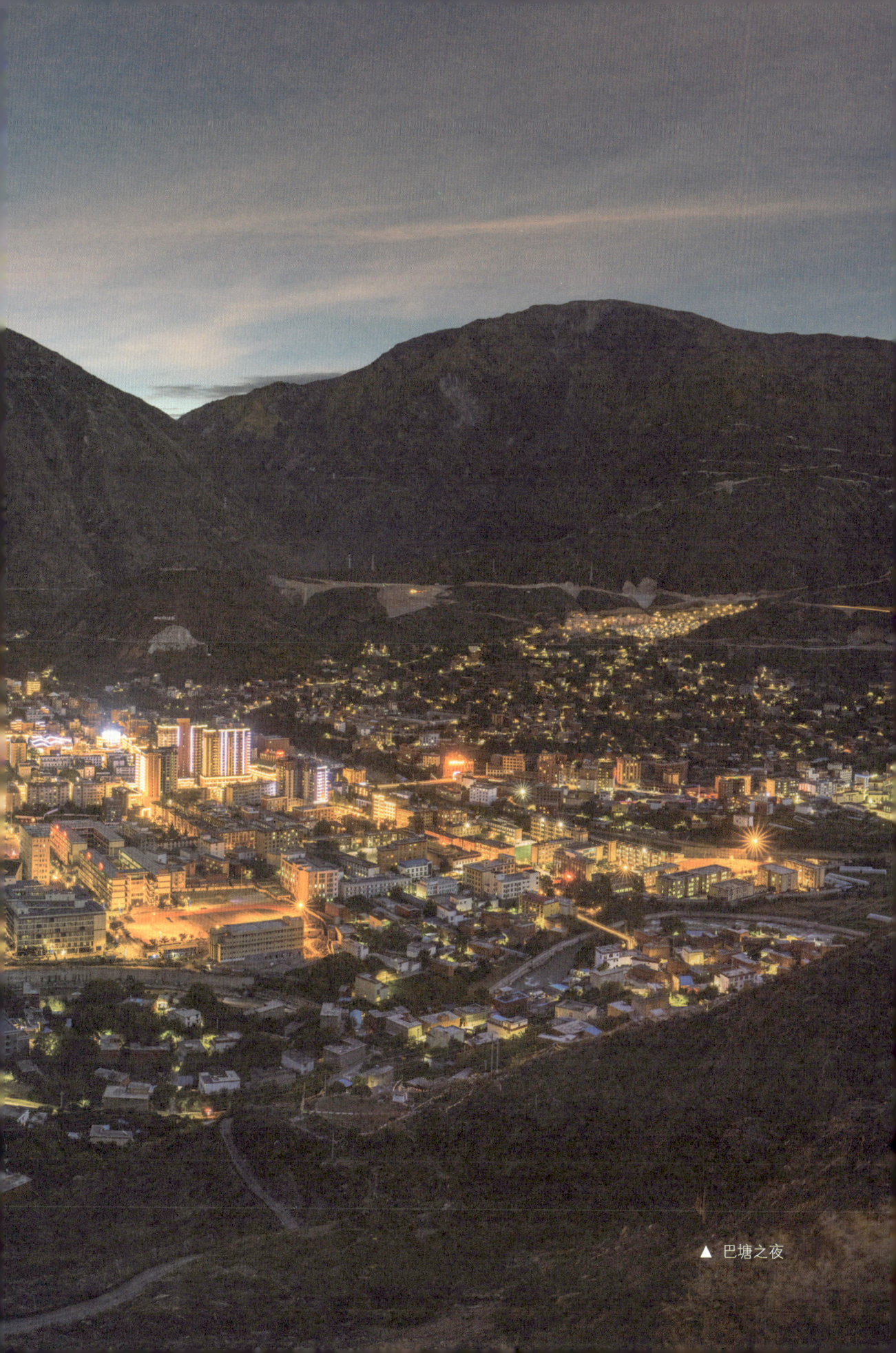

高原江南文旅富矿

到巴塘前，工作队在组织大家熟悉巴塘县情时就了解到，巴塘是国家文化部命名的"中国民间艺术之乡"，巴塘弦子和巴塘藏戏是国家级非遗。巴塘不仅处处是文化，而且还是高级文化，不得不令人肃然起敬。

巴塘弦子藏语叫"嘎谐"，意为"圆圈舞"，迄今已有一千多年的历史。跳弦子时，人可多可少，少则三五人，多到上百人，在胡琴的伴奏下（现在多是放唱片或录音），绕成一圈，边歌边舞，极具地域特色。

过去演唱的时候，先由羊皮胡琴领头演奏一遍曲调，随后舞蹈的人即在胡琴伴奏下绕圈边舞边唱。先轻歌曼舞，后节奏加快，音乐也越来越紧凑，最后推向快节奏高潮，一首弦子便结束。巴塘弦子曲调短小精悍，节奏整齐，旋律优美，每个曲调都可以反复10余次；调子有6调式、5调式和2调式，也有几种调式交替出现的情况。其歌词寓意深刻，华丽含蓄，感情丰富，具有浓郁的乡土气息；歌词的内容根据舞蹈的场合、观众、时日等不同情况，分为"祭歌""团聚歌""欢歌""悲歌""情歌""风土人情歌"等六种类型，其风格多种多样。巴塘弦子地域色彩极其鲜明，即使在县内，各区也有不同之处。夏邛区的弦子舞舒畅飘洒，优美动人；中咱区的弦子舞古朴典雅，婉约轻柔；中心绒区的弦子舞明快矫健，豪放粗犷。但在音乐、曲调和歌词上，各区的弦子舞又有其共性。

巴塘弦子一般在劳动之余、节假日、婚嫁、集会、收割前后打平伙、耍坝子等时候跳得最多。在家里、在野外，围着篝火跳通宵，甚至跳上两天三夜未停歇。在巴塘上至耄耋之年的老人，下至六七岁的小孩，只要一听到胡琴声，就会跑去结队

▲ 巴塘弦子（铜像）

跳起弦子舞来。

早在 1954 年，巴塘弦子就被选为中国青年代表团的节目之一，参加在华沙举行的世界青年联欢节演出。1964 年，巴塘业余弦子队准备的节目《拉起二胡上北京》，参加全国少数民族业余艺术观摩调演时，受到周恩来总理、贺龙元帅等中央领导的好评。巴塘弦子多次参加省、州的少数民族文艺调演，其中不少节目被评为优秀文艺节目。

鲜为人知的是，一些全国人民传唱不已的音乐作品，如《毛主席的光辉》《洗衣歌》、电影《柯山红日》主题音乐、舞剧《花仙卓瓦桑姆》、歌剧《格达活佛》、电视连续剧《格萨尔王》主题音乐、电视纪录片《唐蕃古道》主题音乐、大型交响音乐《康巴诗音》等，都取材于巴塘弦子的曲调。

1981 年，四川民族出版社出版了益西嘉措等搜集、整理的《巴塘弦子》一书，此书所收集的弦子曲，大部分已被四川、西藏、青海电视台以及中央电视台用作反映藏族地区风貌的电视节目的主题音乐。

1988 年，巴塘弦子被选为中国藏族歌舞团的节目之一赴香港演出，受到港澳同胞、海外侨胞和国外人士的赞赏。1990 年，巴塘弦子作为参加甘孜藏族自治州成立 40 周年庆祝活动暨甘孜州第二届民族艺术节的歌舞节目，在康定进行了为期五天的四场演出，受到甘孜州委宣传部、州文化局领导和上万名观众的高度评价。

2000 年 5 月文化部正式命名巴塘县为"中国民间艺术之乡"。

2006 年 5 月 20 日，巴塘弦子舞经国务院批准被列入第一批中国非物质文化遗产名录。

与巴塘弦子齐名的巴塘藏戏，是巴塘的另一张闪亮名片。

巴塘藏戏，藏语叫"江嘎冉"，是藏戏四大流派之一。清顺治十年 (1653 年)，西藏五世达赖派德莫诸古到巴塘仿照拉萨哲蚌寺洛色林修建丁宁寺大殿。大殿落成举行开光典礼时，在藏戏大师群觉纳的指点下，由寺僧表演了《江嘎冉》《扎西协哇》等藏戏剧目。从此，藏戏在巴塘不断发展，并形成了具有自己独特风格的巴塘藏戏，至今已有 300 多年的历史。

巴塘藏戏分舞台演出和坝子演出两种，主要为坝子演出。演出时有些演员有简单的化妆，有些要戴上面具。观众可以从不同的妆面，不同形象的面具与表演动作，区别出剧中人物的美丑善恶。表演时，通常有鼓、钹等打击乐器伴奏，也有一些剧目用长号、唢呐、笛子、胡琴等伴奏。演唱时，除前场的演员唱以外，后场演员

▲ 巴塘藏戏表演

也可以帮腔。其唱腔也有多种，男、女、老、幼，喜、怒、哀、乐各不相同。表演者要根据自己所扮角色，保持一种唱腔，一唱到底，并以妩媚、豪放、厌恶、凶猛、取笑、怒怖、恻隐、温和等多种表情来表现人物的内心世界。巴塘藏戏演出一般分为四个部分：第一部分为序幕，藏语叫"扎西协哇"，主要是祝贺节日吉祥如意；第二部分是开场式，藏语叫"恩巴"，主要是向观众介绍演员、预告剧目及其内容；第三部分为正式演出，藏语称为"雄"，按剧目的故事情节分场演出。一个剧目长则演两天，短则演两三个小时；第四个部分是谢幕，藏语叫"扎西交"，全体演员伴随着歌舞，接受观众的捐赠，向观众表示感谢，并预祝来年丰收。

1950年11月17日，西康省藏族自治区人民政府在康定成立时，巴塘藏戏应邀为大会进行了专场演出，受到各界人士的好评。1958年，巴塘藏戏团代表四川省到昆明参加西南地区少数民族文艺会演，所演出的舞台剧目《郎莎姑娘》受到文化部的赞扬，主持会演的夏衍亲自接见了巴塘藏戏代表团的全体演员，并授予巴塘藏戏"雪山上的牡丹"光荣称号，还提议将"巴塘江嘎冉"改为"巴塘藏戏团"。1964年，巴塘藏戏团代表甘孜州出席了四川省在成都举行的文艺调演，所表演的自编现代藏戏《秋收时候》荣获优秀奖。1982年9月，巴塘藏戏在四川省暨甘孜州藏戏调演中

情暖巴塘

获得盛誉。1984年10月，巴塘藏戏团赴康定参加全州首届"跑马山之秋"文艺会演，荣获演出奖。1986年，巴塘藏戏团应邀到拉萨参加西藏自治区雪顿节，演出的《文成公主》《郎莎雯布》等剧目，赢得拉萨观众的喝彩。

巴塘藏戏的主要剧目有《扎西协哇》《江呷热瓦》《文成公主》《卓瓦桑姆仙女》《洛桑王子》《苏吉尼玛》《智美更登》《顿月邓珠》《郎莎雯布》《白马文巴》《乘云王子》《秋收时候》《郎莎姑娘》等。

2008年6月7日，巴塘藏戏经中华人民共和国国务院批准被列入第二批国家级非物质文化遗产名录。2019年11月，《国家级非物质文化遗产被代表性项目保护单位名单》公布，巴塘县文化馆获得"巴塘藏戏"项目保护单位资格。

除此之外，茶马古道上的石刻、关帝庙等历史文化让人叹为观止；红色文化底蕴丰厚被誉为"高原红色藏区"；全县有旅游资源点1213个，其中五级旅游资源11个（党吉曾然、山德达柴火沟、格聂神山、海子山姊妹湖、查青卡温泉、海子山碧波湖、小草坝瀑布、措普湖、川西第一热坑、章德温泉、毛垭大草原），约占资源总量的0.9%；四级旅游资源9个，约占资源总量的0.74%。

围绕巴塘县"五彩藏乡"的总体定位和"北旅中农南水"的发展重点，双流对

▲ 藏巴拉山红色文化雕塑

口支援工作队结合巴塘实际，抓住了文旅援建的几个重要发力点。

传承红色基因，发展红色文化。2021年双流使用援建资金398.6万元，对红军翻越藏巴拉山的垭口进行红色文化景观打造，主要完成红军人物艺术制作24个、马匹艺术制作4个、五角星金属锻造160平方米、景观台400平方米、导视解说牌30平方米。项目的建设使长征精神弘扬传承，让红色故事活起来、火起来，让红色文化靓起来、传下去。

挖掘文旅资源，推动民族共同体意识。2021年，投入双流援建资金591.14万元，启动实施鹦哥嘴石刻群景观节点打造。主要修建停车场111.24平方米、景观雕塑2座、旅游厕所75.25平方米、文化展示解说牌22平方米、景观台立面排柱124.64米、地面铺装553.88平方米和挡墙60米以及场地绿化240.51平方米等旅游基础设施建设。

完善文旅基础设施建设。为加快构建巴塘县现代化公共文化服务体系，2020年，在双流区的援建项目支持下，投入2668万元，在县城中心位置新建成巴塘县图书馆分馆"鹏城图书馆"。图书馆建筑面积1164平方米，藏书6000多册，进一步提升了"书香巴塘"的社会文化氛围。

科学布局夏邛古镇茶马古道商业街业态，拉动夜间经济发展。2021年，使用双流援建资金356.885万元，完成夏邛古镇景观节点打造，建设完成巷道景观文化艺术墙打造732平方米、地面巷道TCP造型335平方米，安装完成土陶造型花瓶花箱22个、松鼠户外音响18个、玛尼石石刻造型12个、标识标牌70个、座椅20套、垃圾桶65个。着力将夏邛古镇打造建设成为旅游特色小镇。

实施文化和旅游扶贫，有效衔接乡村振兴。大力发展旅游产业，助力乡村产业振兴。在双流对口支援工作队的帮助支持下，结合实际创新性提出藏家院子暨独栋木屋融合式民宿的精准扶贫思路，有效解决了资金、资产管理、土地使用、经营管理成本、可持续发展等诸多问题，实现了旅游助力脱贫攻坚的发展新模式，建成"巴塘院子"特色主题民宿。

巴塘县委县政府和双流援建队一道共同发力，积极营造宜居、宜商、宜游的县城环境，不断优化产业结构，促进群众持续增收。巴塘先后获得"中国民间艺术之乡""省级卫生县城""全州最美县城"等美誉。

（曾　鸣　李文旭／文）

把巴塘推向更大舞台

从援建开始,双流就抓住了巴塘文化旅游这一强项,并不遗余力地加以推广。

2012年5月29日晚7时30分,嘹亮的"船工号子"在黄龙溪蒙蒙薄雾中喊响,拉开了一场盛大演唱会的帷幕。

随后,身着传统服装的藏族青年,端出青稞酒,捧起了洁白的哈达。

舞台上,载歌载舞,热情奔放的巴塘弦子,充满阳刚之美的龙狮灯舞,交替上场,点燃了现场观众的热情。

从5月29日至6月2日,由双流和巴塘两地政府共同主办,以"龙腾狮跃舞弦子、汉藏同台乐古镇"为主题的双流·巴塘文化交流活动周在双流黄龙溪古镇举行。这是双流和巴塘结合地方特色文化和非物质文化遗产精心筛选、联合打造的精品活动。

文艺演出结束后,双流和巴塘的主要领导一起来到现场,共同举起手中的火把点燃了广场中央高高的柴堆。

几百人的锅庄大联欢,围绕着熊熊的篝火旋转起来。在歌声和笑声中,挥舞的长袖在夜色中飞扬。

活动让久负盛名的巴塘弦子文化在更大范围内得到传播,既推动了双方文化交流的常态化,也增进了双巴友谊和藏汉情意。

晚会后的第二天中午,黄龙溪樊家大院走进来一群人,一进门便问:"巴塘的老师在哪里?我们要找他们学习巴塘弦子。"原来是黄龙溪大河舞蹈腰鼓队的大爷大妈们,在看到巴塘弦子的演出后,决心要学习民族舞蹈。

正在樊家大院的巴塘县演职人员立即迎了上去。腰鼓队64岁的陈万树握着巴

▲ 2013年，巴塘艺术团在黄龙溪古镇参加演出

塘中学一位带队老师的手激动地说："我们被弦子独特的魅力所吸引，旋律优美，舞姿曼妙，风格独树一帜。因此一定要学习，好参加双流县老龄委举办的重阳节舞蹈比赛。"

"一、二、三，一、二、三……"伴随着优美的音乐，二十多个大爷大妈非常认真跟着弦子节奏，扭动着并不柔软的腰肢学了起来。

他们一遍遍地练，认真做好每一个动作，浑身的青春和活力根本让人看不出个个都是五六十岁的老人。

老人们在流淌的汗水中进步。天色渐渐暗了下来，弦乐还在一次次响起。交流周期间，巴塘弦子在黄龙溪扎下了根，当地居民不仅把巴塘弦子搬上了舞台，还迅速"移植"进了广场舞。

这是双流与巴塘牵手以来的第一个文化交流和宣传活动。对口支援建区发展，不仅需要经济发展上的互动共促，更需要通过藏汉文化的交流共荣，凝聚形成"藏汉同心·共谋发展"的精神力量。

活动周共投入经费100万元，重点展示黄龙溪龙狮文化和巴塘弦子、锅庄文化，吸引了近2万名游客、观众前来观看参与，让更多的内地人领略藏文化的独特魅力

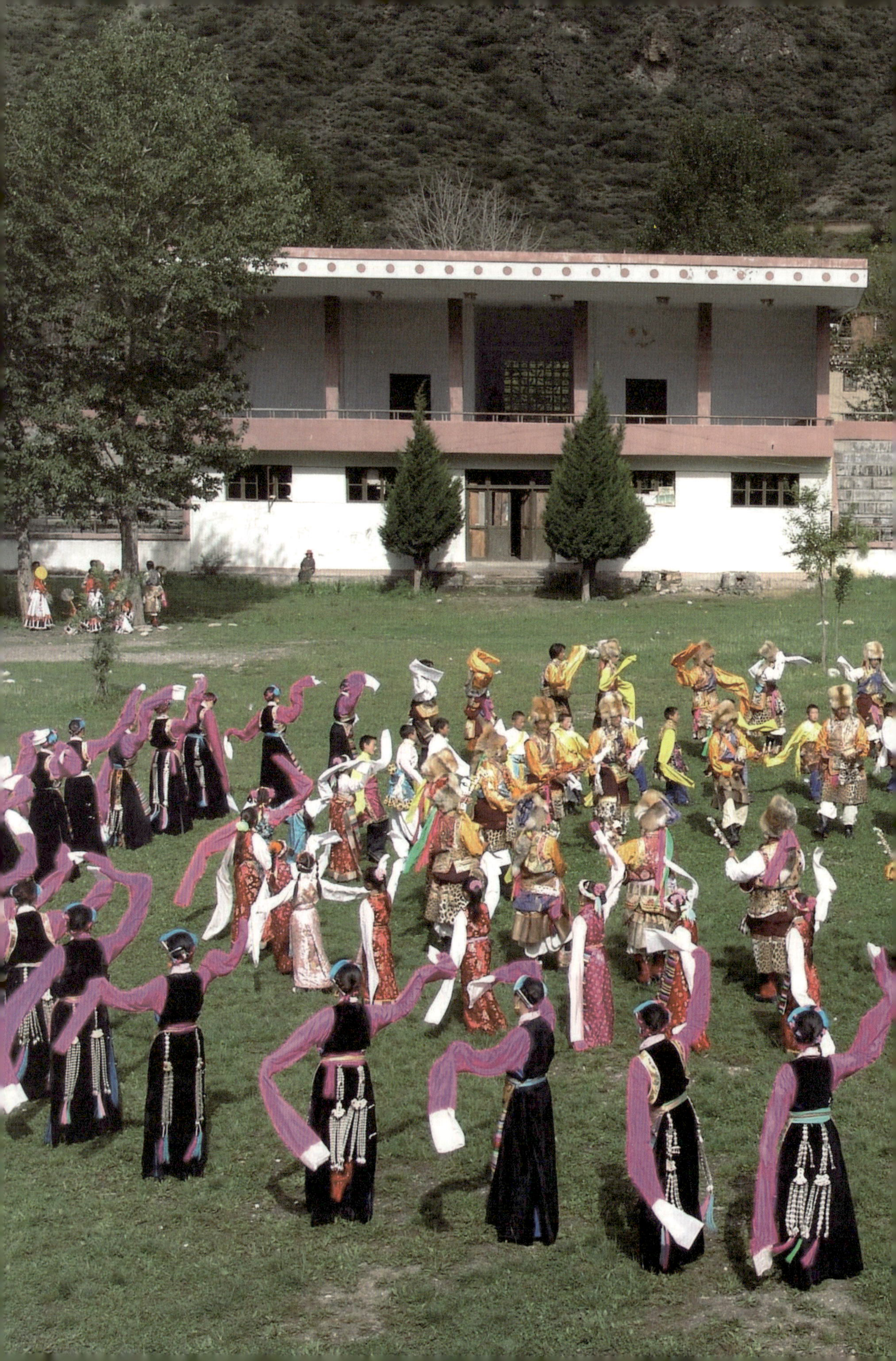

▲ 中国非物质文化遗产——巴塘弦子

情暖巴塘

和绚烂风采。活动的举办,揭开了双巴文化交流活动的新篇章,增进了双巴友谊和藏汉情谊。

2012年9月11日至18日,双流对口支援工作队组织黄龙溪火龙队赴巴塘参加甘孜州"秋月弦音"文化交流活动,并于15日进行了烧火龙表演。

2013年1月2日晚,"2013年双流·巴塘心连心文化交流活动"在双流人民广场隆重上演。舞龙狮、跳弦子、听天籁、吟美诗……一个个精彩节目轮番上演,让现场观众感受到双流热情、巴塘激情,享受了一场展现民族风情的视听盛宴。一个个精彩的节目生动演绎了汉藏人民的深情,展示了双巴携手、共谋发展精神。

2013年,双流选派巴塘县艺术团优秀演员常驻黄龙溪演艺中心,与四川圣雅灵齐文化传播有限公司合作,打造大型旅游情景剧《水龙吟》。该剧驻场演出800余场,观看人数近50万人次,荣获四川省文化厅、四川川省旅游局联合主办的"旅游四川好戏连台"旅游演出剧评审"十佳"旅游剧称号。

双巴两地的文化交流还在深入。

2015年12月16日,"成都双流第十七届黄甲麻羊节双流第三届乡村美食节暨

▲ 2013年11月2日,双流·巴塘心连心文化交流活动在双流人民广场举行,表演了国家级非物质文化遗产——巴塘热巴舞

双巴文化交流周"在双流黄甲揭幕,来自巴塘县的文艺队伍表演了精彩且富有藏文化特色的文艺节目。

活动期间,巴塘县文艺队伍以"高原江南弦舞巴塘"为主题,开展"文艺汇演""旅游宣传营销""民族服装展示"等系列活动。悠扬婉转的弦乐,清脆嘹亮的藏戏清唱,婀娜多姿的藏舞表演让现场数千名观众大饱眼福。同时,也对巴塘文化进行了有力的宣传。

巴塘县文艺队伍来双流黄甲进行文艺汇演是双流县对口援助巴塘县的援建项目之一,旨在加强民族文化互融,增进民族了解交流和团结。同时,借助双流县第十七届麻羊节的影响力,以文化交流为载体,全面宣传"高原江南、弦舞巴塘",提高巴塘文化旅游知名度,树立巴塘文化旅游城市品牌形象,拓展游客客源,强化营销力度,推进招商引资进度。

黄甲的活动结束后,巴塘文艺队伍又到了一个更大的舞台——成都网红打卡地锦里古街。

为期一周的甘孜巴塘旅游推介会暨巴塘文化风情展在成都锦里古街拉开序幕。此次推介展示活动由双流和巴塘两地县委、县政府联合主办,是对口援助巴塘的重要内容之一。活动通过举行巴塘风光摄影展、巴塘土特产展示等项目,推介巴塘旅游发展的相关情况。

当天的推介展示活动,为浪漫休闲、厚重古朴的锦里古街唱响了一曲别样的"高原民族风"。巴塘演员们陆续表演了《吉祥哈达》《鹏城欢舞》《拉达噶布》《俄日乐》《降措岭岭》等富有巴塘民族特色的节目。他们以优美的舞姿、婉转的歌喉、华美的服饰、精彩的表演,将高亢雄浑的唱腔、高贵典雅的舞姿、跌宕起伏的剧情原汁原味地呈现给了成都武侯祠锦里的游客,博得阵阵喝彩。特别是巴塘弦子《阿姐啦冲》演出时,不少游客还主动上台与演员一起跳了起来,共同感受巴塘弦子舞蹈的独特魅力。

活动中,还举行了反映巴塘民风民俗、美丽风光、历史人文等内容的优秀摄影作品展,50余幅摄影作品一字排开,足足排满了锦里结义楼前的整条街面。无数游客驻足于此,细细欣赏照片中巴塘的奇特自然景观。

在一幅名为《卓玛和绒布》的摄影作品中,一位老人与两只憨态可掬的旱獭在草地上和谐相处,人与动物的眼神中流露出幸福与安详。"简直太萌了!"作品面前,无数游客纷纷点赞并合影留念。

此次参展作品是从两万多幅摄影作品中精选出来的。2014年以来,巴塘风光吸

情暖巴塘

引了一大批摄影爱好者，他们深入到巴塘的村村寨寨，用光和色彩感悟艺术，抒发对祖国大好河山的热爱，极大地宣传了巴塘，展示了巴塘优美的地域风光。现场展出的爱情海景观、姹紫嫣红的格木草原、充满丰收喜悦的田园风光、人与动物自然和谐的场景等不同主题、不同内容的摄影作品，充分展示了巴塘优美的自然景色和富集的旅游资源。

▲ 人与自然和谐相处

"摄影展全方位地展示了巴塘旅游资源，给我们搭起了一座前往巴塘旅游的桥梁。"很多游客看了这个展览后，都说有机会一定要去巴塘，不少人还在现场向工作人员咨询去巴塘的路线，并留下了酒店、餐饮店的电话。

（曾　鸣　李文旭／文）

游乐园的笑声

2016年8月,第三批工作队伍来到高原,在对巴塘进行了一系列调研后,队员们发现了一个现象:巴塘的孩子们周末和节假日的生活相对单调,他们少有可以去玩乐的地方。说白了,就是巴塘没有像成都一样有许多供孩子们游玩的游乐园。

如何让巴塘的孩子也拥有像大城市孩子一样丰富快乐的周末?双流援建队开始琢磨这事。

▲ 措普许愿湖

假若在巴塘援建一所现代化的游乐园，孩子们就能享受到大城市的游乐设施，还可以带动一方群众致富。

　　援建队和巴塘相关部门把这一想法形成方案上报双流区委和巴塘县委，得到了肯定和支持。

　　谁来牵头搞？谭永生想到了位于双流九江，对儿童游乐市场开发有着丰富经验的一个企业。

　　果然，双方一拍即合。

　　2017年7月28日，双流企业家来到巴塘，当场拍板捐赠100万人民币，并牵

▲ 措普湖·耍坝子　薛建宇/摄

头实施项目建设方案。

　　事情有了好的开头。但资金缺口还大，双流对口支援工作队发动全员为孩子们的欢笑而奔走。

　　功夫不负有心人，八方资源陆续向蓝图中的游乐园汇聚。

　　企业捐赠了120万元。

　　双流财政的100万元到账了。

　　架炮顶村自筹资金80万元，整合产业发展基金50万元，村民自筹30万元，也陆续到位。

广东中山市一设计公司提供免费设计。

至此，修建游乐园的资金得到了全面解决。

游乐园修在哪里合适？在山多地少的巴塘，找一块合适的地并不容易。

最后，从社会效益和经济效益的前景考虑，经过协调，夏邛镇架炮顶村龙王塘旁边的2亩3分地，确定为游乐园的修建地址。

很快，在推土机的轰鸣声中，游乐园开工了。

经过半年紧张的施工，2018年1月13日，四川甘孜州首个游乐园——巴塘蛟龙港游乐园正式开园营业。

这天，龙王塘锣鼓喧天，人头攒动。

充满童话色彩的拱门横跨在门柱上。大门左边，墙上贴有藏汉两种文字的红色标语瓷砖："户户有资本 家家成股东 每每有分红。"右边，立有一块半人高的文化石，上面镌刻了一篇"巴塘县蛟龙港游乐园碑记"，记载了游乐园修建的来龙去脉。

一大早，县城居民纷纷带着自己的孩子来到了龙王塘等着进去玩。"听说今天巴塘县蛟龙港游乐园开张，我们就带着孩子来玩一下，这些设备只有在成都才可以玩到，没想到现在家门口也可以让孩子玩了。"很多熟悉的家长见面后，都会这样互相打招呼。

最高兴的是那些孩子，他们伸长了脖子，在人群中穿来穿去，小脸激动得发红，一个个像是在等待着领取自己向往已久的生日礼物。

上午10点，烟花和爆竹声中，游乐园正式开园。孩子们最先跑了进去。旋转木马、碰碰车、海盗船、VR体验馆……欢乐的尖叫在游乐园的每一个角落响了起来。伴着一阵阵嘭嘭嘭的撞击声，欢笑绽放在孩子们的脸上。他们在这里找到了期待已久的珍宝。

从那天起，游乐园成了巴塘孩子们周末的乐园。

欢笑也绽放在双流对口支援工作队员的脸上，绽放在架炮顶村第一书记络绒丁真的脸上。

架炮顶村是巴塘县的建档立卡贫困村，村里有20户贫困户，建档立卡贫困人口76人。

巴塘蛟龙港游乐园项目整合了援建资金、企业捐助资金，并把村民利益纳入其中，特别是建档立卡贫困户，全部参股。由架炮顶村成立巴塘桃园乡村旅游农民专业合作社负责运营管理，并吸收部分村民到游乐园务工。而游乐园的营利收入，一

▲ 蛟龙港游乐园

部分作为项目日常运营费用，一部分作为村集体收入，更多的则是让贫困群众长远受益。

游乐园建成后，加入合作社的93户303名村民都能参与分红，游乐园开业后短短半年，就吸引游客1.2万余人次，实现盈利80余万元。

49岁的架炮顶村村民曲扎是贫困户，老父亲常年瘫痪在床。现在，曲扎不仅年底有分红，大儿子还在游乐园找到了工作，日子逐渐有了起色。

（曾　鸣　李文旭/文）

川藏线上最美驿站

川藏路顺着巴楚河穿过巍巍群山，蜿蜒来到巴塘县城夏邛镇——一个精致而美丽的高原小城。

入城处，扑面而来的是金弦子广场。广场上最醒目的是一座铜质弦子舞蹈雕像，男的潇洒操琴，女的广舒彩袖。琴声悠悠，如巴楚河水绵延不绝。

这座雕像，表现的是一对青年跳"巴塘弦子"的情景。在巴塘，当地人们对初到巴塘的人说得最多的，也是巴塘弦子。高原人会说话就会唱歌，会走路就会跳舞，巴塘弦子正是高原群众日积月累的文化结晶，是巴塘传统文化的代表。雕塑后方，一个高耸的金属立柱顶端，英武的大鹏在展翅飞翔。美丽的弦子和展翅的大鹏正是巴塘城市精神的象征。

金弦子广场右边，是安康大道和巴楚河之间的一片广阔麦田，也是巴塘县城最迷人的"田园栈道"所在地。夜晚，栈道蜿蜒，灯火璀璨。行走在木板铺成的栈道上，踩着摇曳的灯光，吹着习习的凉风，望着滚滚的麦浪，让人错以为到了旖旎的江南。

走完栈道，穿过步行街"央柯路"，就到了巴塘城的中心——美丽的中山广场。中山广场在金弦子大道，是一个下沉式广场，因地制宜，错落有致。广场东端有一尊孙中山先生全身铜像。铜像前的平地上，每天傍晚都有巴塘市民围成一个大圈，伴着欢快的音乐跳他们喜爱的弦子舞。铜像背后，是新近建成的鹏城图书馆。

离开中山广场，顺着金弦子大道璀璨的华灯向南不远，就是茶马古道的入口。在川藏路修建以前，茶马古道是巴塘与外界联系的唯一通道。向东经理塘、康定、

| 巴塘文旅踏着弦子起舞 |

▲ 金弦子广场

情暖巴塘

雅安直达成都；向西经芒康、拉萨、通向南亚。而巴塘恰好是这条古老通道中重要的驿站。

如今在金弦子大道到关帝庙一段的茶马古道，已被打造成了具有民族风情的街区。入口处的雕塑群，沿街随处可见的壁画、雕塑，街心潺潺的流水，都在默默向游人讲述着带着酥油茶香的茶马互市的古老故事。

在茶马古道中段，向北就是古桑抱石街。这是一条长长的老街。左右都是老式的民房，赭红的墙面勾勒出白色的门檐、窗檐。

光影中，一株高大的桑树扑面而来。树有十多米高，树根鼓胀虬扎，盘踞在一块巨石上，石中有树，树中有石。树荫浓郁，伸展开来，近两百平方米。石头大概七八米长，四米来宽。那情景，像是石头要平地站起，又被大树按回地上，很有味道。

走近了，石头灰白的立面上，刻有"蟾影"两个苍劲的大字，落款是"彭州辛文彬"。辛文彬是清嘉庆丁巳年（1779）间驻守巴塘的粮务官。

有了"蟾影"这一提示，退到远处仔细看去，那巨石确有一点蟾蜍的模样。

对于"古桑抱石"的来历，有一个动人的传说：这桑树，本来不是桑树，而是月宫的桂花树，而石头就是月宫的金蟾。当初，每到月圆之夜，桂花树和金蟾都会

▲ 盘羊

在空中眺望这高原深处美丽的巴塘。他们想下来，但仙界有仙界的规矩，神仙是不能随便下凡的。他们就只能在月光下，远远凝望，不知不觉把影子投到了这里。日久天长，蟾蜍幻化成了这块巨石，桂花树便幻化成了这棵桑树。

传说是美丽的，城市更是美丽的。美丽的小城引来了更多的游人。巴塘的民宿、院子和藏家乐也如雨后春笋一般发展起来，既拉动了当地的经济发展，也拓展了就业的机会。

夏邛镇城市风貌的提升，美了巴塘人的心，也美了每一个双流援建队员的心。

其实，对巴塘文化旅游的援建和思考，从第一批工作队进驻巴塘就开始了。乌江平时下乡调研，都爱背一个单反相机，他对当地的文化非常敏感。巴塘的旅游资源多好啊，格聂神山、措普沟、壮阔的金沙江，以及鹦鹉嘴石刻、茶马古道……

很难想象，巴塘文化旅游资源如此丰富。但这些景点基本处于未开发状态，进入时常常要搭老乡的摩托车，或是骑马，更甚至需要徒步十来个小时。

怎样充分将巴塘丰富的文化旅游资源变成产业，从而带动巴塘县域经济的发展，成为援建干部和巴塘干部之间的共识。

突破口在思考中渐渐明朗，在甘孜州实施"全域旅游"发展思路的大背景下，巴塘缺的是一个文化旅游发展总体规划。这既是援建的基础，也是巴塘文化旅游的美好明天。

2012 年 8 月，罗勇带领乌江和易辉（双流县发改局干部，挂职巴塘县发展和改革局副局长）参加巴塘县委组织的格聂神山旅游环线穿越考察。考察团从巴塘波密乡到理塘章纳乡，穿越了格聂神山旅游带，考察了雪山、高原草场等旅游资源，实地踏探了这条黄金旅游线路，为深度发展巴塘的旅游产业收集了大量的第一手材料。不善骑马的罗勇考察期间三度坠马，仍然坚持十多个小时，走完了全程。就在那天，他摔伤了骨头，但他硬忍着痛没说。

这次考察，为编制总规积累了宝贵的资料。

次年，双流投入 78.6 万元，组织专家力量，编制完成了《巴塘县文化旅游产业发展总体规划》（2013—2025），确立了"一城连一江，一环带三区"的"开放式"总体发展格局。巴塘文化旅游事业翻开了新篇章。

"一城"指具有旅游中心城市功能的夏邛镇，它既是全县的旅游管理中心，也是旅游接待中心、游客集散中心、交通枢纽中心和旅游信息中心；"一江"即金沙江文化休闲河谷，以夏邛镇、竹巴龙乡、苏哇龙乡为依托，形成金沙江风光带；"一带"

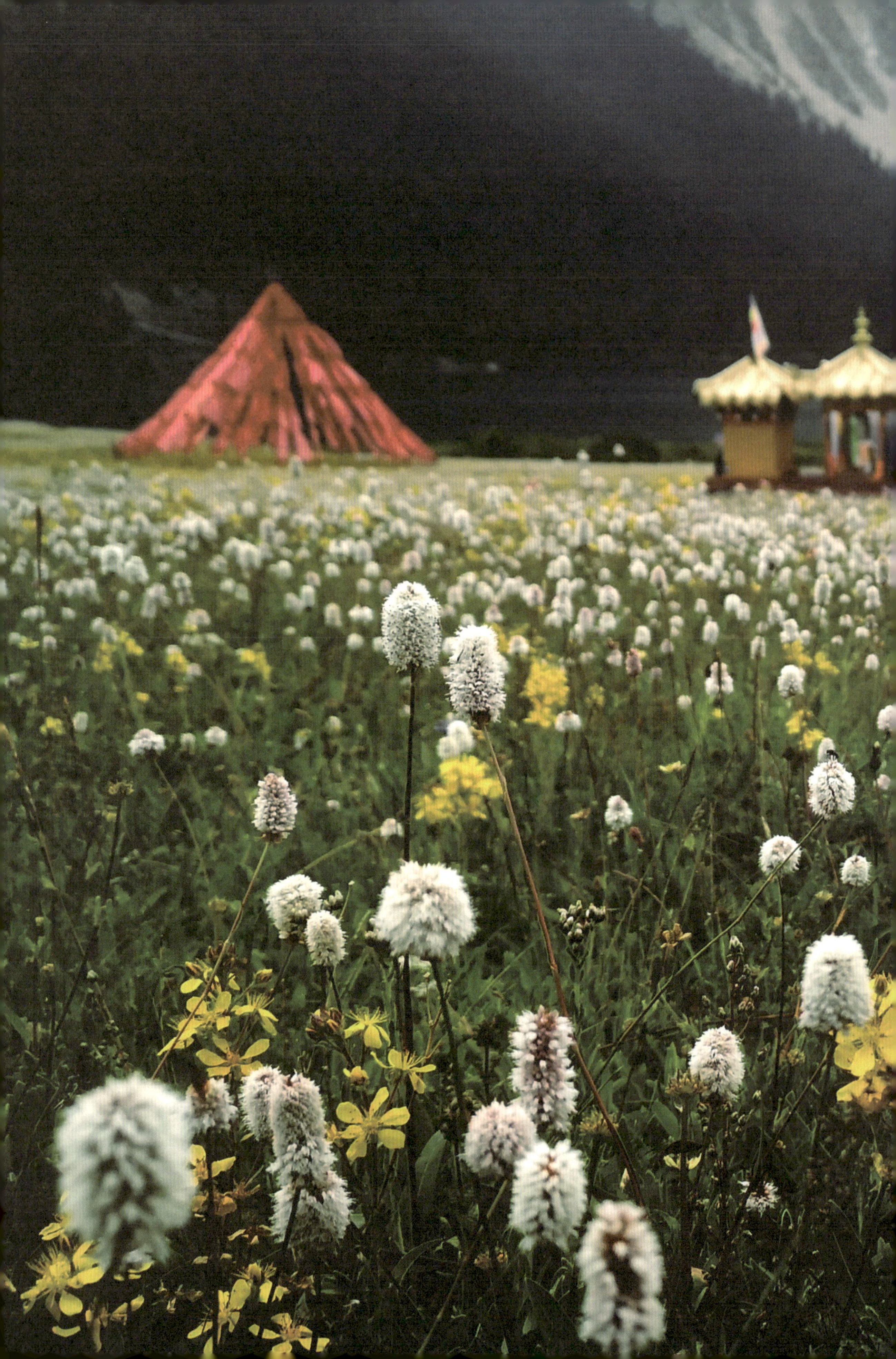

▲ 王成/摄

情暖巴塘

即中国最美景观带 318 国道景观带；"一环"为依托交通及旅游资源聚集的核心旅游通道，建设一条康巴风情走廊；"三区"即三大旅游目的地，措拉山野休闲游憩区、康巴风情村落体验区和格木雪山森林探秘区。规划站在历史的高度，树立巴塘独特的旅游品牌，通过将自然生态资源、历史文化资源重新整合包装，将巴塘县打造成为集高原生态观光、康巴民俗体验、温泉休闲度假为一体的国际级旅游目的地。

2013 年，对口支援工作队采用摸着石头过河，先试点，后推广的方法扶持巴塘旅游业。

地处金沙江畔的竹巴龙乡位于国道 318 线上，距离川藏交界处不远，是游客出川入藏的重要一站。藏家乐有天然的需求。

结合当地实际，计划在夏邛镇和竹巴龙乡分别建设一家"藏家乐"示范户。方法是选择具备一定条件的"藏家乐"，在业主自愿的基础上进行重点扶持。按照《甘孜州旅游民居接待点服务质量等级评定评分标准（试行）》进行建设达到三星级标准，能够提供特色藏餐，有 10 间以上标准客房，能接待旅游团队；有民族歌舞表演或参与性活动等。

为了对"藏家乐"进行统一规范管理，还在当地建设一家合作社。由巴塘县竹巴龙乡各藏家乐业主共同成立合作社，藏家乐业主则以房屋和现金的方式入股，合作社采用公司化运作，对各藏家乐进行统一的经营管理，统一拓宽营销渠道。

格桑尼玛（竹巴龙乡）和扎西（夏邛镇）两家藏家乐，通过评审作为试点，工作队共投入 18 万元，进行了改造。

格桑尼玛新建的两层高的藏式新居紧傍着公路，十几张干净整洁的铺位为过往的旅客提供歇脚的便利，藏式的客厅与餐食透着浓郁的民族风情。在他的努力经营下，藏家乐改造后第一季度实现收入 1.6 万元。

榜样的作用是巨大的，如今在巴塘县，像格桑尼玛家这样的藏家乐正逐渐多起来。

"巴塘的景色不比稻城亚丁差，如果能拉近我们与亚丁机场的距离，这对我县旅游业发展的意义将无可限量。"巴塘县文化旅游局局长绒布的眼光无疑是独特的。所谓"拉近"，就是需要一条"捷径"，绒布心里早就有底。

指挥部将修一条缩短巴塘与稻城亚丁机场距离的路的计划，汇报给巴塘县委和双流县委，得到支持后，投入资金 885 万元，克服海拔 4000 米以上高原施工难度大等困难，建成了长 31.5 公里，宽 4 米的波密乡格木村至格聂神山旅游快速道路，于 2013 年 7 月形成通车能力。

这条路，一下缩短了巴塘至稻城亚丁机场距离近200公里，不但把巴塘格聂神山东面主峰的美丽展现在了游人面前，接通了大香格里拉旅游环线；同时还缩短了格木村到巴塘县城190公里的通行距离，彻底解决了格木村180户1022名村民出行难和绕圈的问题，明显改善了该村人们的就学、就医、生活现状。

随着这条道路的进一步完善，格聂神山乃至巴塘全域融入大香格里拉旅游大环线指日可待。

据统计，2014年，巴塘旅客流量达到22万人次，大多是来自成都、重庆、广州，甚至北京和东北的自驾游游客。怎样将沉睡的美景唤醒，把巴塘打造成川藏线上的旅游明珠？怎样让远道而来的游客吃好、住好、玩好，以此带动巴塘经济的发展？重塑巴塘在川藏线上黄金驿站的地位和角色，巴塘县委县政府一直在思考。

2016年，为推动县内旅游产业发展，巴塘携手甘孜州旅投公司合作开发措普沟、格聂两大景区，并与中国合伙人上海公司、驷骋公司达成融资意向。目前建设了10处旅游标识标牌、4个旅游综合服务点，规范洗车加水点11处。同时，巴塘瞄准自驾、骑行等过境游客人群，全力建成竹巴龙自驾游营地、新扶持发展的10户民居果庄成为休闲度假新热点。

如今，每天竹巴龙自驾游营地里，都有十余辆外地牌照的越野车打围堆。来自各地的自驾游爱好者尤其喜欢在这个营地搞篝火晚会。"我们也是在网上看到巴塘有这么一个自驾游营地，所以就慕名来了，感觉还不错，在这里休息一下，明天再向西藏进发。"

巴塘的文旅事业方兴未艾。

2019年初，甲英乡三个村搬迁入住后，县城附近有了架炮顶村、桃源地坞、桃蹊甲英三个满足旅游民宿的藏族村寨。加大推广力度，将藏在高原深处的美丽推出去，把旅游的人引进来、留下来，是黄冕这段时间考虑最多的事情。

黄冕认为，专业的事还是要专业的人来做。不能等，要快！

对口支援指挥部联系上了四川思途智旅软件有限公司和四川宠屋旅居信息技术有限公司，希望借助互联网，推动架炮顶旅游和民宿建设，让巴塘的旅游插上飞翔的翅膀。

两个公司对巴塘情况有一定了解，也很有兴趣，随即派人到巴塘协商，希望加快项目推进。

那天，参加协商会议的有巴塘文化旅游局、政府办等部门的相关负责人及双流对口支援指挥部招商引资组、项目督导组、宣传报道组、综合保障组的负责人。

协商会对项目地点选择、投资比例、合作方式等实施评估定位。

发展旅游的事还在深入。

2019年，亚日贡乡邦嘎顶农业休闲康养（乡村旅游）建设项目开始推进。项目位于亚日贡乡邦嘎顶，总投资350万，当年就完成立项批复、设计方案及施工图设计、地形测绘、地质勘查、土地报件、财政评审、建设审计和资金拨付等工作。

2020年11月14日，对口支援指挥部邀请近百名双流企业家齐聚双流星辰航都国际酒店，推介发布巴塘的五大优势项目，寻找双巴合作新契机。这次推介会以"五彩藏乡·智汇巴塘"为主题，带来了巴塘县产业融合发展项目、措拉柯景区基础设施建设项目、党吉曾然景区基础设施建设项目、夏邛古镇环线旅游开发打造项目以及情缘桃木景区打造项目。这些项目不仅能够充分促进巴塘县旅游、文化、生态等优势资源的推广，还能为全县脱贫攻坚和乡村振兴打下坚实的基础，促进巴塘的经济社会建设。

走出会议室，黄冕感到一阵轻松，不由哼起了一首巴塘弦子：

> 措普湖等了我多少年，
> 我便等了你多少年，
> 见你独坐古桑抱石下，
> 手握弦胡，
> 轻吟慢唱我便在你身边翩然而舞，
> 红袖添香
> 前世，今生，来世
> 一曲弦子，一世情缘，
> 我们相约巴塘，
> 一切便有了开始……

他乐了，这不就是一首现成的巴塘旅游歌曲？

（曾　鸣　李文旭／文）

抢险救灾三十天

我心中的庙宇，
建在高高山顶。
不用朝拜转经，
只要心儿虔诚。

——巴塘弦子《俄日乐》

情暖巴塘

"与巴塘群众同心、共情、共渡难关。"这是一名工作队员写在日记中的一句话。来之前,巴塘只是一个神秘的存在。当意外的灾害来临,才能检验出豪言壮语的分量。

发生在巴塘的金沙江洪灾,造成山体滑坡,形成堰塞湖,给巴塘群众的生产、生活秩序造成了巨大威胁和破坏,也给双流援建工作带来了巨大阻挠。灾害来临,人民群众的生命财产安全第一,一切工作让位于救灾救援。工作队员们也经历了终生难忘的一次历险。险情就是命令,双流对口支援工作队积极行动,全员参与到巴塘县应急避险和统灾救灾工作中,根据岗位和特长,积极投身全县指挥协调、秩序维护、物资发放、卫生防疫中,展现了勇于担当、甘于奉献的精神风貌。在上级党委政府和巴塘县委县政府的正确领导下,巴塘县妥善应对洪灾,成功实现了人员"零伤亡"目标。

那段艰难的日子里,他们没有辜负双流人民的重托,始终坚持战斗在救灾第一线。听从安排,任劳任怨;坚守岗位,恪尽职守;救援慰问,将心比心。和群众在一起,为群众排忧解难,就是最大的使命和责任!

没有人胆怯,没有人抱怨。他们面对灾难的表现,赢得巴塘干部群众一致好评;双流干部素质高,能力强,是为巴塘真正付出了真心真情的亲人。

险情就是命令

2018年10月11日晚，紧急通知："所有人员，9点便民中心开会。黄冕。"黄冕微信发出不久，几乎所有人都回复了"收到"。他下楼往便民中心走去。

工作队的条件是简陋的。会议根据人员多少选择在不同地方开。小会就在金弦子大道304号2楼；人多一点便借用便民中心或党校；对外正式会议在巴塘政府迎宾楼。

晚上大家基本上都在宿舍，黄冕下楼时大家也都在下楼。

"金沙江塌方了，还形成了堰塞湖。初步判断这次的堰塞湖，可能非常严重，可能引发洪水。县上接到州委、州政府紧急通知后，刚开了紧急会议。安排部署应急防范工作，启动应急响应，24小时应急值班。目前为止，已经组织了8个前线工作组下沉一线，指挥沿江乡镇开展应急工作，确保沿江群众知晓险情、提前避险，并通过投亲靠友方式进行有序转移，确保群众生命安全。"

黄冕接着说："根据巴塘县应急指挥部安排，从现在开始，大家随时保持通讯畅通，不得请假，已经休假的，立刻返回到岗。具体情况，明天大家到单位后，听从安排。"

散会后，黄冕依次打电话通知医疗组的李小聪、刘洪英、余海涛、周维品、赖祯宏第二天到金沙江堰塞湖巴塘群众应急疏散安置点。除教师等固定岗位外，所有人员全部编入应急救援队。

由于自然条件，巴塘在汛期常要经受大自然的考验。黄冕知道，他们遭遇的不

情暖巴塘

是第一次，也不是最后一次。2012年汛期，巴塘县因多次强降雨导致多处泥石流和山体滑坡，饮用水管网和灌溉渠道损毁严重。第一批工作队核查灾情后，从援建专项资金中支持解决了50万元，在年内恢复了亚日贡乡根朱村、中心绒乡尼木龙村等水毁工程。

10月12日早8点，黄冕驱车前往苏哇龙乡岗达村，慰问那里的受灾群众。一车人，除了他，都是穿白大褂的。

金沙江堰塞湖发生于10月10日晚22时6分，原因是西藏昌都市江达县波罗乡境内白格村发生山体滑坡，倾泻而下的岩石，拦腰砸在激流奔涌的金沙江上，导致江水受阻。11日07时10分，山体再次垮塌。金沙江被生生阻断，江水上升，形成堰塞湖。

现在的情况是：堰塞体高约70余米，水体接近1亿立方米。落差这么大，这简直就是悬在沿江群众头上一个巨大的定时炸弹。刚上高原，就遇到这事，黄冕心里不免有些紧张。

越野车沿着金沙江飞驰。

一边是高山，一边是悬崖，再下面是被掐断了的金沙江，少了水的金沙江更是露出了河床嶙峋的底色。

从夏邛镇到竹巴龙乡，走的是318，路还算好，车也少。前一天，从巴塘方向进藏的车辆已经限行，从西藏方向出来的车，恐怕也限行了。

川藏路在竹巴龙拐了个弯。金沙江大桥对面就是西藏芒康。

没有过桥。车沿着金沙江继续往南。

车子冲在滚滚的灰尘里，视线完全不好。只有本地司机才敢这么开，刚从尘雾中钻出，很快又钻入一团新的尘雾。

急拐，刹车，加速。

从不晕车的黄冕，也开始晕车了。

三十来岁的李小聪来自双流妇幼保健院，挂职巴塘县卫计委。在一副黑框眼镜的衬托下，他的脸色已经跟身上的白大褂一样煞白，看得出，他也很难受。

足足走了两小时车程，才到达岗达村安置点的帐篷前。

两个工人正在撑一顶蓝色帐篷，他们身后已经搭好了一排，帐篷上"巴塘民政局"白色字样格外醒目。搭好的帐篷前，一位橘色工装的人在布临时电线。远处小山坡上，几个橘色人影在安装一台小型变压器。

下午，转战竹巴龙乡安置点。

晚上指挥部例会，黄冕通报灾情。

金沙江堰塞湖直接威胁到巴塘县七个乡镇安全。包括竹巴龙乡、苏哇龙乡、夏邛镇、地巫乡、拉哇乡、昌波乡、中心绒乡等七个乡镇15个村。

金沙江边，是巴塘除了县城外经济和人口密集带，大多数群众都生活在沿江的低洼地带。

"全力守住零伤亡，确保群众生命财产安全。"黄冕说，"这是县上的要求。"

战战兢兢的一天过去了。

10月14日，金沙江堰塞湖警报完全解除。

（曾　鸣　李文旭/文）

全员投入抗洪

11月4日。时隔不到一个月,白格山体再次滑坡,金沙江上游形成的泄流渠道被阻断,堰塞湖成为高悬的"炸弹"。这次的堰塞体,比10月那次高出60—100米。

巴塘宣布进入应急状态!

危坝随时威胁着沿江群众的生命和财产安全。

巴塘县应急防范指挥体系已全面运行,全县2300名干部职工,130名民兵和420名专业救援力量集结待命。援建队员们也不例外,全力参与抗洪救灾。

G318线巴塘县境内县城以下8公里处,实行交通管制,禁止社会车辆通行。而九公里处就是金沙江与巴楚河交汇处。原经竹巴龙进出西藏车辆需绕道经G317线德格岗托大桥通过。

截至4日10时,据初步统计,巴塘沿江受威胁群众涉及8个乡镇15个村约244户3441人(包括施工企业人员、干部学生)。已转移109户1039人,其他人员和重要机具正在有序撤离中。

援建队员参与单位每个科室开始执行24小时值班。

11月5日。截至上午10时,堰塞湖坝前水位2917.29米,水位高度每小时平均上涨0.4米,累计上涨24.38米,蓄水量约1.22亿立方米。

人工干预势在必行。县上决定用机器挖掘出一条泄洪槽!

但是,不通路!那就开路!大型机具到达坝体的唯一方法,是从白玉县境内往金沙江开出一条路来。

下午3点左右，水电五局的2台挖掘机抵达白玉县城，向金沙江边的则巴村方向前进。但挖掘机的履带决定了它的最高时速只有3公里，而且长时间高速行驶，驱动轴承发烫极易损坏，还得专门安排一辆车送水，每隔45分钟到1小时给挖掘机淋水降温。

挖掘机在推进！水位在升高！人和水在抢时间。巴塘沿江人民的转移也在和洪水抢时间。

上午，甘孜州委书记来到巴塘督导堰塞湖应急处置工作。他深入竹巴龙乡、拉哇电站、苏哇龙乡岗达安置点等地看望转移安置群众。

下午，巴塘县委主要领导主持召开应急指挥部会议，贯彻落实上级领导指示精神，进一步安排部署应急避险安置工作。

巴塘应急体系全面启动运行。

设立集中安置点3个。发放帐篷20顶、棉被100床、大米500斤、面粉500斤、清油10桶、方便面20件、火腿肠50件。储备救灾帐篷1400顶、棉被6000床、毛毯200床、睡袋150件、防寒衣700件、棉衣裤900件、雨鞋150双、手电筒80个、发电机10台、医疗卫生器具等应急物资。预计转移4600人。

转移4600多人，是个什么概念。有人可能会说，就那么一点人嘛？可是，要知道，巴塘全县一共才五万多人。近十分之一的人生命财产受到威胁，而且沿江是巴塘除县城外，经济最有活力的地方。

情况严重，可想而知。

11月6日上午，黄冕去救灾现场查看。出县城向南8公里，一辆警车横在318国道上，荧光绿的警戒线分外刺眼。警官任剑霖（双流区公安局警官，挂职巴塘县公安局副局长）正在向一辆停在路边的大货车司机解释着什么，右手放在嘴边，左手指着放在路中间的告示牌。

货车调了个头，开走了。

险情发生后，任剑霖一直坚守在抢险救灾第一线，十多天日夜连续作战，指挥并带领辖区民警组织群众疏散，设置治安卡点管制涉险区域，组织警力保卫巴塘电站和撤离群众财产，保障群众生命财产安全，维护良好社会秩序。

黄冕走过去，想和任剑霖说几句。任剑霖也看到了他，向他摆了摆手，指了指喉咙："冒烟了。"说完，又拦下了一辆白色的轿车。

黄冕向任剑霖挥挥手继续前行。

情暖巴塘

11月7日。堰塞湖水位仍按每小时0.4米的速度上升。

冒着突降的暴雪，经过13个小时的艰难行驶后，2台挖掘机终于抵达则巴村，开始开掘到江边的通道。

巴塘沿金沙江低洼处的村民在转移，企业在转移，水电站的工人在转移……

接县委会议通知精神，危急时刻，每个干部都要深入下去，到全县八个一线工作组。

上午，黄冕跑了一趟苏哇龙乡岗达村集中安置点。

苏哇龙乡和竹巴龙乡，是受堰塞湖威胁最大的两个乡。还没有到达安置点，就看到一面红旗飘扬在山坡上，在蓝天下格外醒目。山坡的空地上，搭建了一座座迷彩帐篷。每一座帐篷上都插了一面鲜红的红旗。

新的帐篷还在搭建中。电力公司的工人，正在加紧给帐篷拉电线。"保证晚上每一个帐篷都亮起来。"工人告诉黄冕。

一个帐篷里，一位"小红帽"，正在辅导一位穿斑马纹毛衣的小姑娘做功课，小姑娘趴在桌子上，左手胳膊肘压着课本，右手食指点着课本，一字一句认真地读着一篇课文。小红帽偏着头坐在小姑娘左边，不时提醒一下。

另一个帐篷里，一位白衣大夫坐在矿泉水纸箱上，正在给一位中年男子量血压。"血压有点高。"大夫摇着头，拿出一盒药，"这个降压片，要按时吃。"

空地上，临时支起了几口大铁锅，热气腾腾。不一会儿，有人吹起了哨子，然后用汉语和藏语轮流大声喊："开饭了！开饭了！"

人们从帐篷里钻了出来。

一人一大碗米饭，一碗肉汤。虽然简单，喝起来却也是热乎乎的。黄冕也不客气，坐到旁边一块石头上，安抚自己饿得咕咕叫的肚子。

吃完饭，放映队的人来了，是一位退休的老支书，他在空地的东头，立起两根树干拉开了银幕。这位老支书已经义务下乡放了20年的电影。

11月8日。水位还在上升。

挖掘机必须尽快开上堤坝，尽快开掘出人工的泄流道，才能尽可能降低最后的水位。也就是说，从现在的情况看，最后的洪灾是必然的，需要做的，就是怎样把损失降到最低。

一位副州长来巴塘督导抗灾工作。

县抗灾指挥部发出指令："在全面保证转移群众生命安全的前提下，有序转移重要财产和机械设备。"

金沙江畔的川藏路上，充斥着紧张繁忙。

汽修厂的工人正在转移他们的轮胎。

大吊车正将一个个机器设备吊装到转移车上。

一对藏族夫妇，吆喝着几只牦牛，沿着公路往高处走。还有赶羊的，背铺盖卷的……

一座座天蓝色的帐篷撑起在山腰上。黄冕离开318国道沿着一道溪流往上500米，来到半山一处平台。这里是竹巴龙乡临时安置点。

几名"白大褂"，戴着口罩背着喷雾器在消毒。"巴塘卫计局"在这里设置了一个卫生医疗点。黄冕撩开帐篷的门，钻了进去。

医生正在给一位阿爸的腿上换药，他身上的白大褂蒙满尘灰，看得出已经好几天没换了。见有人进来，医生转过头问："哪里不舒服？"

黄冕一下子认出了李小聪。

"小聪，辛苦了。"

"黄队辛苦！"李小聪告诉黄冕，3号堰塞湖形成后，县计卫局就成立了"巴塘计卫局抢险救灾小组"，他们4号来这里后，就没有离开过。这里一共安置了竹巴龙乡村民31户182人。

哨子吹响，午饭时间到了。几个小朋友挥舞着沾满泥土的手，跑了过来，伸手就要拿煮好的牛肉。李小聪拦住了他们，说："要讲卫生。"他让小朋友站成两排，教他们"八步洗手法"。许多大人看了，也一起学习。

李小聪趁机给大家讲日常卫生知识。

黄冕和李小聪凑到一块吃饭。

正吃着，李小聪电话响了。是微信视频。李小聪把手机伸到黄冕面前，笑问："还没满月，你看乖不乖？"视频里，一个女人抱着一个裹在襁褓中的婴儿，叮嘱李小聪要注意身体。

挂了电话，李小聪告诉黄冕，上个月，金沙江塌方的危险刚刚解除，因孩子早产病危，他匆忙赶回双流。3号又接到所有人员立刻归队的通知。没能陪在妻子身边，真有一点过意不去，总觉得对不起孩子，也对不起妻子。

11月9日，白玉传来消息，到江边的通道打通了！

下午2点30分，来自水电五局的挖机手赵长喜将第一台挖掘机成功开上堰塞

情暖巴塘

湖坝顶开挖泄洪槽。

挖掘方案几经研讨，最后决定先从 2966 米高程挖掘到 2955 米。总共有 12 台挖掘机（甘孜 11 台，西藏 1 台）、4 台装载机在坝上作业，几十名机械手人休机不休，24 小时连轴转。

抗灾救急指挥部下令：再次全面排查群众转移安置情况，相对高度 50 米以下范围内停止一切生产活动，坚决做到不漏一村一点一户一人。

老乡们世世代代居住在金沙江河谷，并不明白面临的危险。劝他们离开家，离开生活了几十年的老房子，许多人无法理解。

"一辈子都住在这儿，哪有大洪水？"这是黄冕在排查中听到最多的话。有时，劝一个人离开，要花去几个小时。老乡们舍不得自己的家啊。

更多的援建队员进入排查劝离的队伍。

应急抗灾指挥部抽调了 100 名干部民兵。大型机具 15 台，麻袋 3000 条，编织袋 30000 条，开始金沙江大桥加固工作。

金沙江大桥全长 282 米，10 孔，净跨 25 米，桥宽 7 米，是钢筋骨架装配式混凝土简支 T 型梁，桥在 2007 年建成通车，是 318 进藏的重要节点。（老桥 1964 年 7 月 1 日建成通车。）

这桥，可是四川进入西藏最重要的通道，号称川藏线上的咽喉。一旦被洪水冲毁，无论是经济，还是战备，都会受到极大的影响。而据专家预测，白玉堰塞湖漫堤后引发的洪水，一定会对金沙江大桥造成威胁！加固，是唯一的办法。

桥头一片繁忙。一群戴红色安全帽穿橘色工装的人，正忙碌着将沙石装入一个个塑料编织袋。大吊车再把装好的编织袋，吊到干涸的河床，码到一个个桥墩四周，准备迎接即将到来的洪水冲击。

桥中央，一辆工作车高高竖起工作臂，将五位工人悬空送到桥墩与桥梁的衔接点。他们在一一测量，一一记录。

路边一个临时工棚里，几位胸前印着"巴塘民兵"字样的男子，和衣仰躺在一堆麻袋上，鼾声如雷。同行的人告诉黄冕，他们已经连续在桥头执勤好多天，实在太累了，瞅空眯一眯眼。

桥头执勤点，黄冕又碰到了来检查的任剑霖。他一身荧光绿的警装，满脸倦意。他用手向黄冕挥了挥，又指了指自己的嗓子，他已经说不出话了。

11 月 10 日。应急抗灾第 8 天。

现场传来的消息，累计开挖 2.4 万立方米土石后，2955 米高程导流槽基本贯通。此时水面距离泄洪槽还有几米的距离。

等待，还是继续挖？经专家再次研判后，决定继续挖掘到 2992 米。

由于现场随时可能遇到塌方，堰塞体溃坝就像炸弹随时可能引爆；另一侧山体也有再次垮塌的风险。指挥部为此动用无人机、北斗卫星、边坡雷达以及流动哨等作全方位的监控。

在巴塘，通过 48 小时日夜奋战，人们完成了金沙江大桥的加固工作。晚上，全体抢险人员、机械全部撤离。

截至 10 日 12 时，全县转移安置 6173 人（群众 547 户 3041 人，企业 3132 人）。

离指挥部预测泄洪的时间 12 日凌晨，只有一天了。所有人都忐忑不安，谁也不知道到时洪峰有多大！有多厉害！

11 月 11 日。最后的时刻到了。

中午，在堰塞湖大坝上工作的人员已经全部撤离。

人工泄流槽顶宽 42 米，底宽 3 米。最大开挖深度 15 米，总长度 220 米，累计修筑施工便道 2.5 公里，开挖和翻渣土石方累计 13.5 万立方米。

这是暴风雨来临前的最后一天。

黄冕已经连续几天没有睡好觉了。

11 月 12 日。所有的人，都屏着呼吸等待那一刻的到来。就像一群人围在产房外，心急如焚，期待、焦虑、紧张，盼着那一刻的到来，却又因害怕什么而不敢声张。

结果，洪水没来。早上九点，单位通知，昨晚的应急命令，继续有效，直到洪峰通过。

白玉堰塞湖现场不断传来消息。

12 日凌晨 4 点 45 分，堰塞湖水位在预计时间到达泄流槽底坎。

第二天上午 10 时，堰塞湖水位高于泄流槽底坎 0.67 米，开始过水。此刻，堰塞湖蓄水量已经高达 5.24 亿立方米。

下午 18 时，导流槽实测流量 2.5 立方米 / 秒。水流依然缓慢。

悬吊吊的一天终于过去了，夜色中弥漫着紧张的气息。

没法劝阻的大自然依然按照自己的意志在行动。

11 月 13 日 7 时 50 分，过水断面实测流量 63.1 立方米 / 秒。水流加大。

14 时，过水流量 800 立方米 / 秒，堰塞湖水面开始下降。水流越来越急，导流

情暖巴塘

▲ 2018年11月12日,双流援建干部前往巴塘县竹巴龙乡进行救灾工作、医疗保障

槽开始快速下切。

18时,流量已达到3.1万立方米/秒。堤坝崩溃,水流完全超出了预计,下游的洪灾不可避免了。

紧急通知来了:预计特大洪峰晚上到达巴塘。

沿江工作人员全部撤到绝对安全地带。全县5400多名人员,包括专业、半专业,武警、消防、森警,还有所有干部全部集结待命。

公路、电信、电力、移动各部门做好灾后抢险工作,所有检测人员全部到岗到位。

战斗一触即发。寒风中,人们举着党旗、国旗,走进夜色,走向指定的集结地点准备抢险。

规建口。

金融口。

政法口。

文卫口。

……

鲜艳的红旗，在高原的寒冷的夜风中飘扬。

21点25分。洪峰到达巴塘境内。被困了十天的江水，像一群出笼的狮子，咆哮着，奔涌着，夹带着乱木、滚石，冲下来，扑向巴塘，扑向金沙江大桥。

千年未遇的大洪水，来了。

人们最担心的事，还是发生了。14日上午，坚固的金沙江大桥，在凶猛的洪水面前不堪一击，桥梁像豆腐块一样断裂，被洪水吞噬。

光秃秃的桥墩矗立在洪水中，只露出了一个个可怜的光头。两岸各剩一孔桥洞，孤单单地对着茫茫江心……

大桥被冲毁，所有人都感到痛心，堰塞湖形成以来，大家最担心的也就是这桥。

它可是川藏线的命门啊！

这是巴塘有记载以来的最大洪水。

下午4点，水位开始下降，标志着"11·3"白玉堰塞湖洪峰全面通过巴塘。

由于准备充分，应对得当，整个巴塘境内没有发生一起人员伤亡事故。但沿江低洼地段已成一片泽国。沿江的318国道也多处被冲毁，没有被冲毁的地方，也被淤泥和沙石覆盖。洪水席卷了沿江的田地、房屋、道路。

（曾　鸣　李文旭/文）

清淤是重头戏

看来余下的几天,清淤是重头戏。

不管怎样,黄冕还是吐了一口气。绷了十多天的弦,也可以松一下了。

次日,黄冕带队到江边清淤,参与的有交通部门和警察队伍。

前十天是心累,整天担心洪水来后会怎样怎样。现在是身累。铲了一天的淤泥,晚上人都不想动了,还不见效果,看来还是得由机器来。巴塘南区的路要恢复通畅,没有三五个月,恐怕不行。

说是清淤,其实是在淤泥、泥沙、乱石下面找路。大部分路段的公路完全被埋了,一点踪影都没。远远望过去,就是一片沙石的荒滩。如果不是两岸的高山和江中滔滔的流水,还真以为走在戈壁和荒漠中。

推土机也在淤泥中寻找道路,咄咄咄吼叫着,鼓足劲推开淤泥和乱石。人走在推出的沟槽里,仿佛走在深深的战壕里。

道路没了,田地没了,房屋没了,家园没了。黄冕从淤泥中铲出了一个穿裙子的洋娃娃,他想到了自己未满10个月的儿子,他这个不称职的父亲,居然还没有给孩子买过一个玩具!男孩子喜欢枪,就小手枪吧!

这些天,工作队员谁也不轻松,任剑霖十多天连续作战,带领辖区民警组织群众疏散,设置治安卡点管制涉险区域,组织警力保卫巴塘电站和撤离群众财产,日夜巡查维护群众生命财产安全,维护社会秩序。

援建医生周唯品(双流区中医院医生,挂职巴塘县医院副院长)、刘洪英、赖祯宏（双流区中医院医生，挂职巴塘县中藏医院副院长）、张锦华等24小时在医院坚守，随时待命，为一梯队救援小组提供支援。

　　援建驻村工作队员王鸣义（双流区社保局干部，夏邛镇生崩扎村工作队队员）、王庭立（双流区金桥镇干部，巴塘县夏邛镇下桑卡村工作队队员）、王坛（双流区东升镇干部，巴塘县夏邛镇生崩扎村工作队队员）、雷荣华（双流区黄甲街道干部，巴塘县夏邛镇罗布通顶村工作队队员）、邓继明（双流区黄龙溪镇干部，巴塘县夏邛镇茶雪村工作队队员）、曾琼（双流区农发局干部，巴塘县夏邛镇罗布通顶村工作队队员）等，在夏邛镇集中安置点连续驻扎，和群众同吃同住，帮助运送发放物资、搭帐篷、做饭、陪群众聊天，了解群众思想动态，就地及时解决困难，帮助做好群众安抚工作。

　　李小聪受命担任"巴塘卫计局抢险救灾小组"副组长，带领18名医护人员入驻巴塘县竹巴龙乡纳扎西村安置点开展应急救灾和防疫工作，一住就是十多天。

　　晚上回到宿舍，黄冕索性翻开《阿坝震后贫困问题研究》一书。汹涌的洪灾，将多少家庭积累一辈子的财富洗劫一空？造成了多少家庭陷入贫困？让多少已脱贫奔小康的家庭重新返贫？

　　他山之石，可以攻玉。

（曾　鸣　李文旭/文）

再出发

守望梦想

2020年2月14日，双巴两地盼望已久的日子终于到来，经四川省人民政府批准，巴塘县正式脱贫摘帽。这无疑是一个划时代的日子，一个载入史册的日子。

双流区统战部的援建办公室中，王毅和邹德强第一时间把消息分享到了四个援建群里。

顷刻，群里一片欢腾！掌声、鲜花、礼炮……肯定还有看不见的激动的泪水。是啊，谁能不激动呢！

▲ 措普湖秋景　　王益/摄

最该激动的就是王毅和邹德强。援建办公室从2012年成立后，他们每年多次往返高原，见证了每一个计划的形成，每一个项目的落实；见证了每一个援建干部的去和归，见证了他们的欢笑和汗水甚至泪水。

一个个熟悉的名字开始在群里出现，一句句感人的话语在群里响起。那些熟悉的身影开始在王毅和邹德强的脑海里奔走——

杨川良来了，他骑着马，走在崎岖的山路上，为孩子们寻找可口的山泉。

骆程来了，他弯下腰，捧起了帕莫西森林一抔山溪水，琢磨着怎样制成一瓶扶贫水。

周云峰来了，夜灯下，为开学第一课忙着剪辑视频，改写教案。

帅进从九龙走到巴塘，手里捏着那张学生送给他的一元纸币。

李修忠迎着阳光举起一朵金色的高原雪菊。

情暖巴塘

▲ 2021年6月，陈勇同志在巴塘县中山广场主持双巴就业帮扶专场招聘会　　白雪飞/摄

　　王家全踏上一辆公交车，赶在去家访的路上。

　　赵浦在晨光中凝视着格木小学冉冉升起的红旗。

　　王宏把蒙泉爱心基金，交到孩子们手上。

　　王良红捻动手指，把长长的银针稳稳扎进了乡亲的膝盖。

　　还有乌江、程鹏、韩国梁、杨克美、黄建平、李小聪……

　　一个个人物像电影胶片，在王毅的脑海中闪过……

　　电话不断响起，罗勇、杨金富、谭永生、黄冕……他们用激动的声音送来深情的祝福。

　　两人百感交集，就那么愣愣地互相对视，不知道该说些什么。说什么呢？说什么呢？总该说点啥吧！

　　想了半天，王毅干脆在群里给大家放了一个视频。那是2018年17日晚上7点，在康定举行的"脱贫奔康·共富家园"扶贫公益晚会。晚会有一个男女声二重唱，是双流第三批援建指挥队的一首歌《守望梦想》。

　　办公室里，音乐响起。两人打着拍子，跟着唱了起来。

那年秋天，
风起的时候，
我们背起行囊，
告别双流故乡，
妻儿的眼泪夺眶，
定格成模糊的夕阳，

挥着手，摇着头，开始小声低吟，后来忘情高唱，两位军人出身的铮铮汉子眼角湿润了。

那年秋天，
花开的季节，
我们来到巴塘，
阳光热情绽放，
洁白的哈达飞扬，
点燃我们圣洁的梦想

双流，双流
……
巴塘，巴塘
……
那天我们
牵起彼此的手
……

王毅和邹德强知道，巴塘县脱贫摘帽，并不意味援建工作已经结束，这只是取得了一个阶段性的胜利。他们还有很多事情要做。脱贫攻坚，不进则退，双流对巴塘的援建不能松懈。

2021年2月25日，全国脱贫攻坚总结表彰大会在北京召开。

情暖巴塘

习近平总书记在会上庄严宣告：经过全党全国各族人民共同努力，在迎来中国共产党成立一百周年的重要时刻，我国脱贫攻坚战取得了全面胜利，现行标准下9899万农村贫困人口全部脱贫，832个贫困县全部摘帽，12.8万个贫困村全部出列，区域性整体贫困得到解决，完成了消除绝对贫困的艰巨任务，创造了又一个彪炳史册的人间奇迹！这是中国人民的伟大光荣，是中国共产党的伟大光荣，是中华民族的伟大光荣！

脱贫不是终点，而是开创新生活的起点。

▲ 2021年11月，陈勇同志到列衣乡调研　　白雪飞/摄

新的号角已经吹响——在巩固拓展脱贫攻坚成果的基础上，做好乡村振兴这篇大文章，继续推进脱贫地区发展和群众生活改善。

2021年2月24日，双流区召开了第四批对口支援干部人才座谈会。会议认为，当前处在巩固脱贫攻坚成果、推动乡村振兴发展的关键节点。要求身处巴塘的援建队员们要"坚守初心使命。始终坚定理想信念、牢记初心使命、植根人民群众，始终保持蓬勃朝气、昂扬斗志，与巴塘的干部群众共同完成脱贫攻坚成果巩固和乡村振兴的有效衔接。"这时距他们原定离开巴塘的时间，已过去了半年。

2021年5月18日,双流区第五批42名(含纪检、医疗和教育系统传帮带人员)对口支援巴塘干部在陈勇指挥长(双流区彭镇干部,挂职巴塘县委常委、副县长)、刘中伟副指挥长(双流区委办干部,挂职巴塘县委办公室副主任)的带领下,从双流出发奔赴高原,他们将接过神圣的接力棒,继续奔跑在支持巴塘乡村振兴的征途上。

至此,双巴结对对口支援工作已进入新时期,援建工作和资金投向又有了新的变化。援建资金项目更加聚焦乡村振兴。

按照省委省政府有关省内对口帮扶工作的最新要求,双巴两地共同编制了《成都市双流区对口帮扶甘孜州巴塘县规划(2021—2025年)》:提出了金鹏向阳行动、金鹏扶智行动、金鹏兴业行动、金鹏护绿行动、金鹏文成行动5大行动;规划了23大类、67个具体项目。把未来5年2.2亿余元的援建资金全部投入组织振兴、人才振兴、产业振兴、生态振兴、文化振兴,乡村振兴这5大振兴领域;全面实施中华民族共同体意识宣传教育、乡村治理、调动社会力量、卫教人才支援、党政干部培训、特色农业产业发展、补齐公共服务短板、美丽生态品牌建设、双巴民族文化交流、传统文化传承发展等10个目标项目。

更美的蓝图已经绘就。

等待他们的,必将又是一场持久的攻坚战。从踏上征程的那天起,他们就融进了双巴两地共同书写的这个高原故事,成为不可分割的一部分。

在这个故事里,每个人都是主角。

(曾　鸣　李文旭/文)

附录

■ 附录一

双流援建巴塘脱贫攻坚大事记
（2012—2021）

2012年4月11日，四川省对口支援藏区工作会议在成都召开。会议确定了双流县对口支援巴塘县工作。

2012年5月29日，"双流·巴塘文化周"在黄龙溪举行。

是日，65名巴塘中小学生，开启了第一批格桑梅朵绽放工程。

2012年6月5日至9日，双流、巴塘两县正式签订《对口支援框架协议》及10个子协议。明确了规划、项目、人才、产业、金融、教育、卫生七个方向的支援重点，形成"2+6行动计划"实施方案。

2012年6月15日，双流·巴塘对口支援工作干部人才专题培训班正式开班，人才活动百千工程启动。

2012年6月27日，第一批24名援建干部人才进入巴塘到岗就位。

2012年7月18日，双流县第一人民医院援建的巴塘县人民医院中医骨伤科正式开诊。

2012年8月14日，双流县第一轮教育讲师团到巴塘送教。

2012年，双流确定投入3049万，对巴塘教育园区配套设施进行援助。

2012年11月1日，双流县对口支援巴塘县人民医院配套工程奠基仪式在巴塘县人民医院新建的住院大楼前举行。

2013年5月20日，双流县投入102.3万元援建，在巴塘县德达乡、波戈溪乡、莫多乡三所中心校实施的格桑梅朵校园饮水安全工程全部竣工。工程有效解决了三所学校800余名师生及乡政府、乡卫生院的用水难题。

2013年8月，由双流县投资885万元援建的波密乡格木村至格聂神山旅游通道正式通车。

2013年9月19日，巴塘县人民医院新门诊大楼正式启用，11月8日住院大楼启用。双流投入1300万元，按二级乙等医院的标准，帮助巴塘县医院实施专业改造工程、配套设施建设和医疗设备采购完成。

2013年，启动巴塘县甲英乡波戈溪村小学建设项目，双流县投入30万元援建。启动波密乡格木村小学学生宿舍援建项目，双流县投入150万元。

2014年春，双流县投入援建资金78.6万元，编制完成《巴塘县文化旅游产业发展规划》和巴塘历史上第一个新农村建设规划《王大龙村村庄建设规划》。

2014年6月10日、6月13日，在县委组织部指导下，双流县第二批援建巴塘对口支援工作指挥部召开了两次前期筹备会，对援建干部进行了思想动员。

2015年1月6日，巴塘旅游推介会暨巴塘文化风情展在成都锦里举行。

2015年春，甲坡地音乐鲜花旅游小镇启动建设。

2015年3月29日，双流县投入326万元，在巴塘县昌波乡鱼底村、得木村，党巴乡麻顶村和夏邛镇实施农村人口安全饮水和农田灌溉工程，共修建水渠20000余米。

2015年5月11日，"双流巴塘对口援助涉藏地区第六期干部人才专题培训班"在双流县委党校正式开班，来自巴塘县各单位的文秘、财会人员共99人参加开班仪式。

2015年6月，王大龙村100户农户完成改造"四改三化"。双流县投入200万元。

2015年7月20至21日，由双流县组织实施的双流2015年第一批"送训进巴"培训活动在巴塘县举行。

2015年夏，双流县投入780万元援建的巴塘县便民服务中心项目主体建设竣工。

2015年11月，双流县援建干部分两次到波戈溪村进行扶贫摸底调研。

2015年12月，成都双流第十七届"黄甲麻羊节双流第三届乡村美食节暨双巴文化交流周"在黄甲举行。来自巴塘县的文艺队伍表演了精彩且富有藏文化特色的文艺节目。

2016年3月，将种植业、养殖业以及特色农产品推广平台等项目进行了合并调整，并决定重点扶持建设巴塘特色农产品信息化体系暨营销推广平台。

2016年8月，波戈溪村通村公路竣工，结束了不通车的历史。

2016年8月，甲英乡波戈溪村、甲英村、普达村三个村整村易地搬迁项目启动，119户595名村民将集体搬迁至紧邻巴塘县城的一块230余亩的土地上。

2016年9月，设施一流的巴塘教育园区建成投用。

2016年10月21日，双流区委区政府联合东方航空四川分公司在巴塘招聘空姐。共有105名来自甘孜州各地的藏族女青年参加初试，25人进入复试。

2017年9月26日，双流对口支援巴塘工作指挥部组织的招聘会在巴塘县体育中心举行。是日，双流区还与巴塘县签订了《双巴人力资源区域合作协议》《双巴人力资源外包服务帮扶协议》和《双巴同心见习直通车合作协议》三个协议。

2017年9月，双流区投资1500余万元独立援建的巴塘县同心幼儿园建成。

2017年9月，地巫乡甲雪、中珍、坝伙三个村119户595名村民搬迁项目第一批搬进新居——桃源地坞。双流区投入2380万元，为安置点修建市政基础设施、公共服务设施和产业发展配套设施。

2017年10月，成都牧山泉水业有限公司与巴塘县共同投资开发"3180山泉水"。

2017年11月，双流"千企帮千户"精准扶贫行动启动。

2017年，双流投入200万元援建的5个标准化卫生院陆续建成投用。

2017年，双流投入160万元援建的48个公交站台陆续建成投用，成为巴塘一道靓丽的风景。

2018年1月13日，巴塘蛟龙港游乐园正式开园迎客。

2018年初，甲英乡波戈溪、普达、甲英三个村88户农牧民整村搬迁项目列入规划。5月启动建设甲英乡整村搬迁工程项目。

2018年3月23日，山东寿光高科温室工程有限公司与巴塘县正式签约，与巴塘县共同打造高原生态农业项目。

2018年5月6日，"2018年巴塘县学生到双流区开展格桑梅朵绽放工程'三进'"系列活动之"进家庭"在海滨城大酒店举行。20名巴塘学生将走进双流的"家"，与双流结对的"兄弟姐妹""爸爸妈妈"一起生活3天。

2018年7月16日，巴塘县2018校（园）长领导力提升高级研修班在四川师范大学开班。作为首届校（园）长领导力提升研修班，巴塘20多位校（园）长进行了为期12天的学习提升，前后聆听专家讲座24场次。

2018年10月10日，成都市双流区对口支援巴塘县第五批援建干部人才见面会在巴塘县召开。

2018年10月9—14日，双流区讲师团29人赴巴塘县开展送教系列活动，助推巴塘民族地区教育发展。

2018年10月23日，由双流区人社局、巴塘县人社局主办，双流区人才公司承办的"双巴同心"就业扶贫招聘会在巴塘县体育馆举办。

2018年11月22—23日，巴塘县委常委、副县长、双流对口支援指挥部指挥长黄冕带领挂职干部入住海拔3800米的甲英乡波戈溪村并进行调研指导。

2018年11月23—24日，双流区疾控中心对口帮扶人员余海涛在巴塘县召开的卫生防病工作会上，对来自巴塘县各乡镇卫生院的24名专业技术人员进行了突发公共卫生事件应急处置培训。

2018年11月26日，双流区对口支援巴塘县干部人才能力素质提升培训班在西华大学学术报告厅举行开班仪式。

2018年11月29日，巴塘县第一人民小学成功举办建校以来首次冬季田径运动会。

2018年12月1日，由双流区对口帮扶的巴塘县"桃蹊甲英"易地扶贫搬迁项目举行入住仪式。巴塘县最偏远最贫困的波戈溪村、甲英村、普达村87户392人走出深山、喜迁新居。

2018年12月21日，四川思途智旅软件有限公司和四川宠屋旅居信息技术有限公司参加巴塘投资建设乡村民宿接待项目，协商会议召开。

2019年3月，双流区投入100万元实施"果、草、畜、蜂"四结合种养循环农业综合配套技术示范项目。

2019年春，双流区投入援建资金800万元，在地巫乡、甲英乡整村搬迁安置点建成分布式光伏扶贫电站，年发电40万千瓦时，每户年均增收1000元以上。

2019年4月11日，由北京凤凰航空实业有限公司和巴塘县、炉霍县、乡城县、通江县人民政府联合主办的主题为"用心前行·筑梦远航"的空港员工专供基地建设暨政府战略合作签约仪式在双流区举行。

2019年5月12日下午，双流区与巴塘县2019年格桑梅朵绽放工程——"三进"活动结对仪式在棠湖小学举行。

2019年春，引进巴塘县首个农业重大产业化项目，巴塘蜀丰农业生物科技公司在亚日贡乡开辟1430亩土豆基地。

2019年秋，双流区联合省级定点帮扶部门拟定巴塘县"五彩藏乡"消费扶贫产业振兴帮扶行动计划（2019—2021年），打通了消费扶贫"最后一公里"。

2019年冬，巴塘县顺利完成省、州的绩效考核，代表四川省顺利通过省际交叉考核。

2020年2月14日，经四川省人民政府批准巴塘县正式脱贫摘帽。

2021年5月18日，第五批"乡村振兴"队伍开赴巴塘。编制完成《成都市双流区对口帮扶甘孜州巴塘县规划（2021—2025年）》。

附录二

援建队员名单

一、双流区（县）委组织部选派援建巴塘干部人才名单

第一批（2012年—2014年）

姓　　名	在双工作单位	赴巴挂任单位及职务	备　　注
罗　勇	双流县九江街道	巴塘县委常委、县政府常务副县长，援建工作队领队	省对口援藏工作先进个人
徐尚成	双流县农发局	巴塘县委常委、县政府副县长，副领队	
罗　超	双流县委组织部	巴塘县委组织部副部长	省对口援藏工作先进个人
乌　江	双流县电视台	巴塘县委宣传部副部长	省对口援藏工作先进个人
易　辉	双流县发改局	巴塘县发展和改革局副局长	省对口援藏工作先进个人
杨　恒	双流县就业服务管理局	巴塘县人社局副局长	
翟云飞	双流县教育局	巴塘县教育局副局长	
杨川良	双流县水务局	巴塘县水务局副局长	

情暖巴塘

姓名	在双工作单位	赴巴挂任单位及职务	备注
翁贵武	双流县疾控中心	巴塘县疾控中心副主任	省对口援藏工作先进个人
林向利	双流县国土局	巴塘县国土资源局副局长	省对口援藏工作先进个人
任德平	双流县司法局	巴塘县司法局副局长	省对口援藏工作先进个人
郑万良	双流县地税局	巴塘县地税局副局长	省对口援藏工作先进个人
贾勇	双流县白沙镇	巴塘县夏邛镇党委副书记	
朱文友	双流县永兴镇	巴塘县夏邛镇党委副书记、夏邛镇虾桑卡村党支部第一书记	
王小辉	双流县万安镇	巴塘县夏邛镇党委副书记、夏邛镇曲戈西村党支部第一书记	
黄河	双流县农发局	巴塘县农牧科技局副局长	
邱斌	双流县园林局	巴塘县住房和城乡规划建设局副局长	
谢华洪	双流县文化市场综合执法大队	巴塘县文化旅游和广播影视体育局副局长	省对口援藏工作先进个人
李小波	双流县第一人民医院	巴塘县人民医院	
叶刚	双流县中医医院	巴塘县人民医院	省对口援藏工作先进个人
朱福成	双流县第二人民医院	巴塘县人民医院	
郑南	双流县第二人民医院	巴塘县中藏医院	
高鑫	双流县妇幼保健院	巴塘县妇幼保健院	
李明亮	双流县永安中心卫生院	巴塘县人民医院	
帅进	双流县黄水镇初级中学	巴塘县中学教师	
刘祥林	双流县煎茶镇初级中学	巴塘县中学教师	

姓名	在双工作单位	赴巴挂任单位及职务	备注
王兴平	双流县西航港街道第二初级中学	巴塘县中学教师	
吴　松	双流县黄甲街道初级中学	巴塘县中学教师	

第二批（2014年—2016年）

姓名	在双工作单位	赴巴挂任单位及职务	备注
杨金富	双流县黄甲街道	巴塘县委常委、常务副县长 领队	2016年维护民族团结先进个人
赖琳琳	双流县互联网信息办公室	巴塘县委宣传部副部长	
姜　凯	双流县城乡建设局	巴塘县住建局副局长	省对口援藏工作先进个人
唐　燕	双流县文化旅游局	巴塘县文旅局副局长	省对口援藏工作先进个人
付家毅	双流县安监局	巴塘县安监局副局长	
李彦自	双流县发改局	巴塘县发改局副局长	省对口援藏工作先进个人
李修忠	双流县农发局	巴塘县农牧科技局工作	
王文武	双流县交通运输局	巴塘县交通局工作	
钟玖金	双流县公兴街道	巴塘县夏邛镇工作	
罗　敏	双流县中医医院	巴塘县医院副院长	省对口援藏工作先进个人
鄢家良	双流县疾控中心	巴塘县疾控中心医生	
吴　林	双流县妇幼保健院	巴塘县妇幼保健院医生	省对口援藏工作先进个人
肖洪见	双流县第一人民医院	巴塘县医院医生	

姓名	在双工作单位	赴巴挂任单位及职务	备注
王良红	双流县第一人民医院	巴塘县医院医生	2016年维护民族团结先进个人
周云峰	双流县金桥初级中学	巴塘县中学语文教师、政教处副主任	
吴 松	双流县黄甲初级中学	巴塘县中学英语教师	
范德文	双流县九江初级中学	巴塘县中学政治教师	
陈永才	双流县双华小学	巴塘县小学体育教师	
杜明勤	双流县公兴初级中学	巴塘县中学英语教师	

第三批（2016年—2018年）

姓名	在双工作单位	赴巴挂任单位及职务	备注
谭永生	双流区委办副主任	巴塘县委常委、副县长，援建工作队领队、指挥长	省对口援藏工作先进个人
骆 程	双流区司法局	巴塘县副县长，副领队	
梁东岳	双流区接待办	巴塘县委办副主任	
韩国梁	双流区委宣传部	巴塘县委宣传部副部长	省对口援藏工作先进个人
李尚武	双流区科经局	巴塘县发改局副局长	省对口援藏工作先进个人
游 邓	双流区城管局	巴塘县财政局副局长	
彭 睿	双流区安监局	巴塘县交通运输局副局长	
赵 浦	双流区委统筹委	巴塘县扶贫和移民局副局长兼扶贫攻坚办副主任	2018年省脱贫攻坚创新奖
胡 翔	双流金桥镇	巴塘县住房和城乡建设局副局长	

姓名	在双工作单位	赴巴挂任单位及职务	备注
黄 超	双流区景区管理中心	巴塘县政府办副主任	
田 爽	双流区农发局	巴塘县农牧科技局副局长	
邱 锋	双流区园林局	巴塘县环保林业局副局长	
汪 涛	双流区纪委	巴塘县审计局副局长	
李 智	双流永安镇	巴塘县委政法委副书记	
李 渊	双流区人社局	巴塘县委组织部科员	
胡 伟	双流区文旅局	巴塘县文化旅游和广播影视体育局科员	
舒世金	双流区市场监管局	巴塘县国土局科员	
罗 杰	双流东升街道	巴塘县水利局科员	
王永东	双流区中医医院	巴塘县卫计局副局长兼巴塘县人民医院副院长	
吴 强	双流区中医医院	巴塘县人民医院医师	
程 鹏	双流区妇幼保健院	巴塘县人民医院妇产科医师	
王 洋	双流区妇幼保健院	巴塘县人民医院医师	
查 娟	双流区疾控中心	巴塘县疾控中心医师	省对口援藏工作先进个人
王 宏	棠湖中学实验学校	巴塘县教育局副局长	省对口援藏工作先进个人
袁 野	双流区东升小学	巴塘县城关第三完小教师	
陈相宏	棠湖中学实验学校	巴塘县城关第一完小教师	
蒋鸿林	双流区东升小学	巴塘县城关第一完小副校长	

情暖巴塘

姓名	在双工作单位	赴巴挂任单位及职务	备注
杨西华	双流区双华小学	巴塘县城关第三完小教师	

第四批（2018年—2021年）

姓名	在双工作单位	赴巴挂任单位及职务	备注
黄冕	双流区政府法制办	巴塘县委常委、县政府副县长	领队
周海霞	双流区金桥镇	巴塘县政府办公室副主任	
杨永建	双流区投促局	巴塘县委办公室副主任	
徐德伦	双流区委巡察办	巴塘县纪委监委常委	
张海龙	双流区九江街道	巴塘县委组织部副部长	
黄建平	双流区委宣传部	巴塘县委宣传部副部长	
朱伟	双流区黄水镇	巴塘县农牧局副局长	
罗骁	双流区人才交流中心	巴塘县人力资源和社会保障局副局长	
李正平	双流区金桥镇	巴塘县财政局会计师	
吴海龙	双流区发改局	巴塘县发展改革和商务投资促进局经济信息中心主任	
高红	双流区文化馆	巴塘县文化旅游和广播影视局文化馆馆长	
张翔	双流区交通局	巴塘县交通和运输局工程师	
吴杰	成都市双流区西南航空港供水工程有限公司	巴塘县水务局工程师	
曹石	双流区城管局	巴塘县环境保护和林业局工程师	

姓名	在双工作单位	赴巴挂任单位及职务	备注
杨克美	双流区农发局	巴塘县农牧科技和供销合作局畜牧师	
雷光伟	双流区防汛办	巴塘县国土资源局规划师	
刁鹏熹	双流区规建局	巴塘县住房和城乡规划建设局工程师	
邓　涛	双流区财政局	巴塘县审计局审计师	
李小聪	双流区妇幼保健院	巴塘县妇计中心副主任	
刘洪英	双流区妇幼保健院	巴塘县妇计中心副主任	
余海涛	双流区疾病预防控制中心	巴塘县疾控中心副主任	
周维品	双流区中医医院	巴塘县医院副院长	
赖祯宏	双流区中医医院	巴塘县中藏医院副院长	
周永一	双流艺体中学	康南民族高级中学副校长	
廖冬梅	双流区金桥初级中学	巴塘县中学副校长	
袁　野	双流区东升小学	巴塘县人民小学副校长	
杨西华	双流区双华小学	巴塘县金弦子小学副校长	
王　刚	双流区永安中学	巴塘县中学副校长	

第五批（2021年至今）

姓名	在双工作单位	赴巴挂任单位及职务	备注
陈　勇	双流区民政局	巴塘县委常委、副县长	领队、指挥长
刘中伟	双流区委办	巴塘县委办副主任	副领队

情暖巴塘

姓名	在双工作单位	赴巴挂任单位及职务	备注
汤韶华	双流区人社局	巴塘县委组织部副部长	
白雪飞	双流区市场监管局	巴塘县政府办副主任	
钟　凯	双流区东升街道	巴塘县夏邛镇党委副书记	
黄剑维	双流区委宣传部	巴塘县委宣传部副部长	
王　伟	双流区发改局	巴塘县发改局副局长	
刘　佳	双华小学	巴塘县教体局副局长、县中学副校长	
李　俊	双流区综合行政执法局	巴塘县经济信息和商务合作局副局长	
张　政	双流区住建交通局	巴塘县住建局副局长	
张龙中	双流区市场监管局	巴塘县松多乡党委副书记	
杨　彬	双流区综合行政执法局	巴塘县莫多乡党委副书记	
商明敏	双流区道路运输管理所	巴塘县交通运输局工程师	
晏世文	岷江自来水厂	巴塘县水利局工程师	
刘潇颖	双流区规划和自然资源局	巴塘县乡村振兴局规划师	
杨飞龙	双流区农业农村局	巴塘县农牧农村和科技局畜牧师	
蒋文刚	双流区农业农村局	巴塘县农牧农村和科技局农艺师	
赵艳红	双流区中医医院	巴塘县卫健局副局长、县医院副院长	
陈　飞	双流区中医医院	巴塘县中藏医院副院长	
李啸霖	双流区第一人民医院	巴塘县医院副院长	

姓名	在双工作单位	赴巴挂任单位及职务	备注
姜 伟	双流区疾控中心	巴塘县疾控中心副主任	
李小玲	双流区妇幼保健院	巴塘县妇计中心副主任	
叶财江	双流区西航港小学	巴塘县金弦子小学副校长	
张 黎	双流区九江幼儿园	巴塘县同心幼儿园副园长	

二、双流区（县）卫健系统传帮带医疗人员名单

序号	姓名	支医起止时间	在双原单位	赴巴挂职单位	备注
1	李小波	2012.06—2013.09 2021.01—2021.12	成都市双流区第一人民医院	巴塘县人民医院	
2	王良红	2013.10—2016.07	成都市双流区第一人民医院	巴塘县人民医院	
3	凌 强	2013.06—2013.09	成都市双流区第一人民医院	巴塘县人民医院	
4	王亚蓉	2013.06—2013.09	成都市双流区第一人民医院	巴塘县人民医院	
5	易秋阳	2013.06—2013.09	成都市双流区第一人民医院	巴塘县人民医院	
6	赵 伟	2013.06—2014.07	成都市双流区第一人民医院	巴塘县人民医院	
7	许春蓉	2013.06—2013.09	成都市双流区第一人民医院	巴塘县人民医院	
8	吴 畏	2013.06—2013.09	成都市双流区第一人民医院	巴塘县人民医院	
9	敖永丽	2014.07—2014.10	成都市双流区第一人民医院	巴塘县人民医院	

序号	姓名	支医起止时间	在双原单位	赴巴挂职单位	备注
10	彭欢欢	2014.03—2014.07	成都市双流区第一人民医院	巴塘县人民医院	
11	张立	2014.03—2014.07	成都市双流区第一人民医院	巴塘县人民医院	
12	余奎	2014.07—2014.10	成都市双流区第一人民医院	巴塘县人民医院	
13	肖洪见	2014.07—2015.09	成都市双流区第一人民医院	巴塘县人民医院	
14	姚超	2014.07—2014.10	成都市双流区第一人民医院	巴塘县人民医院	
15	涂钰琳	2014.10—2014.12	成都市双流区第一人民医院	巴塘县人民医院	
16	周强	2014.10—2014.12	成都市双流区第一人民医院	巴塘县人民医院	
17	邓爽	2015.03—2015.06	成都市双流区第一人民医院	巴塘县人民医院	
18	刘翼翔	2015.03—2015.06	成都市双流区第一人民医院	巴塘县人民医院	
19	吴丽君	2015.03—2015.06	成都市双流区第一人民医院	巴塘县人民医院	
20	张莉萍	2015.03—2015.09	成都市双流区第一人民医院	巴塘县人民医院	
21	杨翱	2015.07—2015.09	成都市双流区第一人民医院	巴塘县人民医院	
22	邹路	2015.07—2015.09	成都市双流区第一人民医院	巴塘县人民医院	
23	刘萍	2015.07—2015.09	成都市双流区第一人民医院	巴塘县人民医院	
24	胡文	2015.07—2015.12	成都市双流区第一人民医院	巴塘县人民医院	
25	胡宏伟	2015.07—2015.12	成都市双流区第一人民医院	巴塘县人民医院	

序号	姓名	支医起止时间	在双原单位	赴巴挂职单位	备注
26	李立兰	2015.10—2015.12	成都市双流区第一人民医院	巴塘县人民医院	
27	廖勇	2015.10—2015.12	成都市双流区第一人民医院	巴塘县人民医院	
28	陈茜	2015.10—2015.12	成都市双流区第一人民医院	巴塘县人民医院	
29	范剑	2018.04—2019.03	成都市双流区第一人民医院	巴塘县中咱中心卫生院	
30	吴萍	2018.04—2019.03	成都市双流区第一人民医院	巴塘县夏邛区中心卫生院	
31	陈蓉	2018.04—2019.03	成都市双流区第一人民医院	巴塘县夏邛区中心卫生院	
32	周天恒	2019.04—2020.03	成都市双流区第一人民医院	巴塘县雅哇中心卫生院	
33	赵富锋	2019.04—2020.03	成都市双流区第一人民医院	巴塘县中心绒中心卫生院	
34	蔡显波	2019.04—2020.03	成都市双流区第一人民医院	巴塘县措拉中心卫生院	
35	黄代川	2020.01—2020.12	成都市双流区第一人民医院	巴塘县人民医院	
36	周君武	2020.01—2020.12	成都市双流区第一人民医院	巴塘县中咱中心卫生院	
37	李林	2020.01—2020.12	成都市双流区第一人民医院	巴塘县苏洼龙卫生院	
38	成少华	2020.01—2020.12	成都市双流区第一人民医院	巴塘县中咱中心卫生院	
39	胡静	2020.01—2020.12	成都市双流区第一人民医院	巴塘县措拉卫生院	
40	徐敬根	2021.01—2021.12	成都市双流区第一人民医院	巴塘县人民医院	
41	毛敏	2021.10—2021.12	成都市双流区第一人民医院	巴塘县人民医院	

序号	姓名	支医起止时间	在双原单位	赴巴挂职单位	备注
42	李啸霖	2021.05 至今	成都市双流区第一人民医院	巴塘县人民医院	
43	刘林	2022.07 至今	成都市双流区第一人民医院	巴塘县人民医院	
44	马国威	2014.07—2014.10 2022.07 至今	成都市双流区第一人民医院	巴塘县人民医院	
45	梁继鸣	2022.07 至今	成都市双流区第一人民医院	巴塘县人民医院	
46	雷军	2022.07 至今	成都市双流区第一人民医院	巴塘县人民医院	
47	刘星娅	2022.07 至今	成都市双流区第一人民医院	巴塘县人民医院	
48	吴国稳	2022.07 至今	成都市双流区第一人民医院	巴塘县人民医院	
49	周智	2022.07 至今	成都市双流区第一人民医院	巴塘县人民医院	
50	叶刚	2012.06—2013.06	成都市双流区中医医院	巴塘县人民医院	
51	冯涛	2013.05—2013.06	成都市双流区中医医院	巴塘县中藏医院	因病中途退出
52	冯艳铃	2013.05—2013.08	成都市双流区中医医院	巴塘县中藏医院	
53	陈佩斯	2013.06—2013.08	成都市双流区中医医院	巴塘县中藏医院	接续冯涛
54	刘启江	2013.06—2014.07	成都市双流区中医医院	巴塘县人民医院	
55	刘丽	2013.08—2013.12	成都市双流区中医医院	巴塘县中藏医院	
56	淮雅清	2013.08—2013.12	成都市双流区中医医院	巴塘县中藏医院	
57	李玉莹	2014.02—2014.05	成都市双流区中医医院	巴塘县中藏医院	

序号	姓名	支医起止时间	在双原单位	赴巴挂职单位	备注
58	宋雪梅	2014.02—2014.05	成都市双流区中医医院	巴塘县中藏医院	
59	杜续	2014.05—2014.08	成都市双流区中医医院	巴塘县中藏医院	
60	张瀚丹	2014.05—2014.12	成都市双流区中医医院	巴塘县中藏医院	
61	罗敏	2014.08—2016.07	成都市双流区中医医院	巴塘县人民医院	
62	王世建	2014.09—2014.12	成都市双流区中医医院	巴塘县中藏医院	
63	李海磊	2015.03—2015.08	成都市双流区中医医院	巴塘县中藏医院	
64	吴福梅	2015.03—2015.08	成都市双流区中医医院	巴塘县中藏医院	
65	陈琳	2015.08—2016.01	成都市双流区中医医院	巴塘县中藏医院	
66	肖应权	2015.08—2016.01	成都市双流区中医医院	巴塘县中藏医院	
67	张益皲	2016.03—2016.09	成都市双流区中医医院	巴塘县中藏医院	
68	漆丹平	2016.03—2016.09	成都市双流区中医医院	巴塘县中藏医院	
69	吴强	2016.08—2017.08	成都市双流区中医医院	巴塘县中藏医院	
70	王永东	2016.09—2017.09	成都市双流区中医医院	巴塘县人民医院、巴塘县中藏医院	
71	张利	2017.08—2018.01	成都市双流区中医医院	巴塘县人民医院、巴塘县中藏医院	
72	张锦华	2017.08—2019.01	成都市双流区中医医院	巴塘县中藏医院	

序号	姓名	支医起止时间	在双原单位	赴巴挂职单位	备注
73	周维品	2018.10—2021.04	成都市双流区中医医院	巴塘县人民医院	
74	赖祯宏	2018.10—2021.04	成都市双流区中医医院	巴塘县中藏医院	
75	罗兴民	2018.01—2019.01	成都市双流区中医医院	巴塘县中藏医院	
76	任秀君	2018.04—2019.05	成都市双流区中医医院	巴塘县中藏医院	
77	杨贵生	2018.01—2019.01	成都市双流区中医医院	巴塘县中心绒中心卫生院	
78	罗涛	2018.01—2019.01	成都市双流区中医医院	巴塘县中心绒中心卫生院	
79	李英	2018.01—2019.01	成都市双流区中医医院	巴塘县雅哇中心卫生院	
80	郭保根	2019.01—2020.01	成都市双流区中医医院	巴塘县中心绒中心卫生院	
81	侯丽	2019.01—2020.01	成都市双流区中医医院	巴塘县中咱中心卫生院	
82	李志勇	2019.01—2020.01	成都市双流区中医医院	巴塘县措拉中心卫生院	
83	张雯	2019.05—2019.11	成都市双流区中医医院	巴塘县中藏医院	
84	白小侠	2020.01—2020.12	成都市双流区中医医院	巴塘县措拉中心卫生院	
85	杨真林	2020.01—2020.12	成都市双流区中医医院	巴塘县妇幼保健计划生育服务中心	
86	魏强	2020.01—2020.12	成都市双流区中医医院	巴塘县夏邛区中心卫生院	
87	肖应权	2020.01—2020.12	成都市双流区中医医院	巴塘县中藏医院	
88	黄辉	2020.01—2020.12	成都市双流区中医医院	巴塘县夏邛区中心卫生院	

序号	姓名	支医起止时间	在双原单位	赴巴挂职单位	备注
89	陈 飞	2021.01 至今	成都市双流区中医医院	巴塘县中藏医院	
90	付利美	2021.03—2021.12	成都市双流区中医医院	巴塘县中藏医院	
91	赵艳红	2021.01 至今	成都市双流区中医医院	巴塘县中藏医院	
92	杨桂才	2021.03—2021.12	成都市双流区中医医院	巴塘县中藏医院	
93	周林霞	2021.04—2021.12	成都市双流区中医医院	巴塘县夏邛区中心卫生院	
94	夏立新	2021.04—2021.12	成都市双流区中医医院	巴塘县夏邛区中心卫生院	
95	宋艳丽	2022.04 至今	成都市双流区中医医院	巴塘县中藏医院	
96	李 琦	2022.04 至今	成都市双流区中医医院	巴塘县中藏医院	
97	高 丹	2022.04 至今	成都市双流区中医医院	巴塘县中藏医院	
98	刘莉娟	2022.04 至今	成都市双流区中医医院	巴塘县措拉中心卫生院	
99	向 勇	2022.04 至今	成都市双流区中医医院	巴塘县中咱中心卫生院	
100	高 鑫	2012.07—2013.06	成都市双流区妇幼保健院	巴塘县妇幼保健计划生育服务中心	
101	何新蓉	2013.07—2013.07	成都市双流区妇幼保健院	巴塘县妇幼保健计划生育服务中心	
102	吴 林	2014.08—2016.08	成都市双流区妇幼保健院	巴塘县妇幼保健计划生育服务中心	
103	王 洋	2016.08—2017.08	成都市双流区妇幼保健院	巴塘县妇幼保健计划生育服务中心	

序号	姓名	支医起止时间	在双原单位	赴巴挂职单位	备注
104	程 鹏	2016.08—2018.10	成都市双流区妇幼保健院	巴塘县卫生局、巴塘县人民医院、巴塘县妇幼保健计划生育服务中心	
105	谢成艾	2017.08—2018.10	成都市双流区妇幼保健院	巴塘县妇幼保健计划生育服务中心	
106	李 萍（大）	2018.01—2018.12	成都市双流区妇幼保健院	甘孜州巴塘县中咱镇卫生院	
107	李 娟	2018.01—2018.12	成都市双流区妇幼保健院	巴塘县妇幼保健计划生育服务中心	
108	马双成	2018.01—2018.12	成都市双流区妇幼保健院	巴塘县妇幼保健计划生育服务中心	
109	李艳琴	2018.01—2018.12	成都市双流区妇幼保健院	甘孜州巴塘县措拉卫生院	
110	刘洪英	2018.10—2021.05	成都市双流区妇幼保健院	巴塘县妇幼保健计划生育服务中心	
111	李小聪	2018.10—2021.5	成都市双流区妇幼保健院	巴塘县妇幼保健计划生育服务中心	
112	王 娟	2019.01—2020.01	成都市双流区妇幼保健院	巴塘县妇幼保健计划生育服务中心	
113	杜 衡	2019.01—2020.01	成都市双流区妇幼保健院	巴塘县妇幼保健计划生育服务中心	
114	胡 桃	2019.01—2020.01	成都市双流区妇幼保健院	甘孜州巴塘县中咱镇卫生院	
115	刘玉林	2019.01—2019.11	成都市双流区妇幼保健院	巴塘县夏邛区中心卫生院	

序号	姓名	支医起止时间	在双原单位	赴巴挂职单位	备注
116	翟红	2020.04—2021.03	成都市双流区妇幼保健院	巴塘县妇幼保健计划生育服务中心	
117	邓永聪	2020.04—2021.03	成都市双流区妇幼保健院	巴塘县妇幼保健计划生育服务中心	
118	王明台	2020.04—2021.03	成都市双流区妇幼保健院	巴塘县妇幼保健计划生育服务中心	
119	吴相娟	2021.03—2022.03	成都市双流区妇幼保健院	巴塘县妇幼保健计划生育服务中心	
120	李小玲	2021.05至今	成都市双流区妇幼保健院	巴塘县妇幼保健计划生育服务中心	
121	王灿	2022.01至今	成都市双流区妇幼保健院	巴塘县妇幼保健计划生育服务中心	
122	史传	2022.01至今	成都市双流区妇幼保健院	巴塘县妇幼保健计划生育服务中心	
123	颜凯	2022.01至今	成都市双流区妇幼保健院	巴塘县妇幼保健计划生育服务中心	
124	李明亮	2012.06—2013.06	成都市双流县永安中心卫生院	巴塘县人民医院	
125	蔡瑞林	2018.01—2019.01	成都市双流区第二人民医院	巴塘县雅哇区中心卫生院	
126	陈建君	2018.01—2019.01	成都市双流区第二人民医院	巴塘县措拉区中心卫生院	
127	吴学红	2017.08—2017.12	成都市双流区东升社区卫生服务中心	巴塘县卫健局	

序号	姓名	支医起止时间	在双原单位	赴巴挂职单位	备注
128	刘 锐	2020.04—2020.12	成都市双流区东升社区卫生服务中心	巴塘县中心绒中心卫生院	
129	宋 月	2017.08—2017.12	成都市双流区西航港社区卫生服务中心	巴塘县夏邛区中心卫生院	
130	詹文彬	2020.01—2020.12	成都市双流区西航港社区卫生服务中心	巴塘县中心绒中心卫生院	
131	林 勇	2020.01—2020.12	成都市双流区九江社区卫生服务中心	巴塘县松多乡卫生院	
132	翁贵武	2012.06—2014.07	成都市双流区疾病预防控制中心	巴塘县疾控中心	
133	鄢家良	2014.08—2016.07	成都市双流区疾病预防控制中心	巴塘县疾控中心	
134	查 娟	2016.09—2018.08	成都市双流区疾病预防控制中心	巴塘县疾控中心	
135	余海涛	2018.08—2018.12	成都市双流区疾病预防控制中心	巴塘县疾控中心	
136	王 平	2019.01—2021.05	成都市双流区疾病预防控制中心	巴塘县疾控中心	
137	姜 伟	2021.05 至今	成都市双流区疾病预防控制中心	巴塘县疾控中心	
138	梁 阳	2018.03—2018.09	成都市双流区疾病预防控制中心	巴塘县疾控中心	
139	吕天萍	2020.05—2020.12	成都市双流区疾病预防控制中心	巴塘县疾控中心	
140	昝 宇	2020.05—2020.12	成都市双流区疾病预防控制中心	巴塘县疾控中心	
141	裴昌辉	2020.05—2020.12	成都市双流区疾病预防控制中心	巴塘县疾控中心	

序号	姓名	支医起止时间	在双原单位	赴巴挂职单位	备注
142	杨红兵	2019.03—2019.04 2019.06 2019.08—2019.09 2019.10—2019.11	成都市双流区疾病预防控制中心	巴塘县疾控中心	
143	唐成瑜	2021.03—2021.04 2021.08—2021.10	成都市双流区疾病预防控制中心	巴塘县疾控中心	
144	朱玉秀	2022.01 2022.06—2022.08	成都市双流区疾病预防控制中心	巴塘县疾控中心	
145	刘玲	2022.01 2022.06—2022.08	成都市双流区疾病预防控制中心	巴塘县疾控中心	

三、双流区（县）教育系统对口支援巴塘县队员名单

序号	姓名	援巴起止时间（学年度）	在双原单位	赴巴支援单位	备注
1	翟云飞	2012—2014	成都市双流区学生资助管理中心主任	2012年9月挂任巴塘县教育局副局长	
2	王宏	2016—2018	成都市双流区棠湖中学实验学校（2012年德育安全处主任、2016年副校长）	巴塘县中学体育教师、2012年9月挂任巴塘县中学副校长；2016年9月挂任巴塘县教育局副局长 2017年6月任职巴塘金弦子小学	
3	王兴平	2012—2014	四川省成都市双流区西航港第二初级中学	巴塘县中学数学教师	

情暖巴塘

序号	姓名	援巴起止时间（学年度）	在双原单位	赴巴支援单位	备注
4	刘祥林	2012—2014	煎茶初中	巴塘县中学数学教师	
5	帅　进	2012—2014	四川省成都市双流区黄水初级中学	巴塘县中学英语教师	
6	吴　松	2012—2016	四川省成都市双流区黄甲初级中学	巴塘县中学英语教师；2014年9月挂职任巴塘县中学校长助理	
7	曾文龙	2013—2014	华阳小学	巴塘县人民小学音乐教师	
8	陈永才	2013—2016	成都市双流区双华小学	巴塘县人民小学体育教师	
9	何玉勇	2013—2014	万安初中	巴塘县中学地理教师	
10	成大顺	2013—2014	正兴初中	巴塘县中学政治教师	
11	范德文	2013—2015	四川省成都市双流区九江初级中学	巴塘县中学地理教师	
12	李　杨	2013—2014	华阳一中	巴塘县中学语文教师	
13	薛　庆	2013—2014下学期	合江初中	巴塘县中学数学教师；2013年3月挂任巴塘中学副校长	
14	周云峰	2013—2016	四川省成都市双流区金桥初级中学	巴塘县中学语文教师；2014年9月挂职任巴塘县中学政教处副主任	

序号	姓名	援巴起止时间（学年度）	在双原单位	赴巴支援单位	备注
15	朴明勒	2014—2016	四川省成都市双流区公兴初级小学	巴塘县中学英语教师	
16	袁野	2015—2021	2015-2020学年度成都市双流区东升小学、2021.03成都市双流区红石小学	2016年9月挂任巴塘县城关第一完全小学副校长；2018年9月挂任巴塘县人民小学副校长；2020年12月挂任巴塘县教育和体育局副局长	巴塘县城关第一完全小学后改名为巴塘县人民小学
17	王家全	2015—2017	四川省成都市双流区公兴初级中学	2015年9月挂任巴塘县中学副校长	
18	张可明	2015—2020	四川省双流中学	巴塘县中学数学教师	
19	钟远德	2015—2016	成都市双流区协和初级中学	巴塘县中学数学教师	
20	陈相宏	2016—2018	成都市双流区棠湖中学实验学校	巴塘县金弦子小学美术教师；2016年9月挂任巴塘县城关第一完全小学校长助理	巴塘县城关第一完全小学后改名为巴塘县人民小学
21	蒋鸿林	2016—2018	成都市双流区东升小学	巴塘县人民小学音乐教师；2016年9月挂任巴塘县城关第三完全小学副校长	巴塘县城关第三完全小学后改名为巴塘县金弦子小学

序号	姓名	援巴起止时间（学年度）	在双原单位	赴巴支援单位	备注
22	杨西华	2016—2021	成都市双流区双华小学	2016年9月挂任巴塘县城关第三完全小学校长助理；2018年9月挂任巴塘金弦子小学副校长	巴塘县城关第三完全小学后改名为巴塘县金弦子小学
23	张柱康	2016—2022	成都市双流区棠湖中学实验学校	巴塘县中学物理（数学）教师	
24	刘 玲	2017—2018	成都市双流区棠湖小学（南）区	2017年10月挂任巴塘金弦子小学副校长	
25	周永一	2018—2021	四川省双流艺体中学	2018年9月挂任巴塘县教育局副局长；2018年10月挂任康南民族高级中学副校长	
26	廖冬梅	2018—2022	2018-2021学年度四川省成都市双流区金桥初级中学；2021.04成都市双流区棠湖小学（南）区	巴塘中学语文教师；2018年9月挂任巴塘县中学副校长	
27	王 刚	2018—2020	四川省双流永安中学	巴塘县中学语文教师；2018年9月挂任巴塘中学副校长	
28	徐 亮	2018—2020	四川省成都市双流区黄水初级中学	巴塘县中学历史教师	
29	游 建	2018—2020	四川省成都市双流区黄水初级中学	巴塘县金弦子小学数学教师	

序号	姓名	援巴起止时间（学年度）	在双原单位	赴巴支援单位	备注
30	杨霞	2020—2021	四川省成都市双流区黄水初级中学	巴塘县人民小学英语教师	
31	杨嘉宏	2020—2022	四川省双流棠湖中学	巴塘县中学语文教师	
32	张吕	2020—2021	成都市双流区棠湖中学实验学校	巴塘县中学语文教师	
33	吕容	2020—2021	四川大学西航港实验小学	巴塘县金弦子小学语文教师	
34	刘佳	2020—2022	成都市双流区双华小学	巴塘县中学数学教师；2021年6挂职巴塘县教育和体育局副局长；2021年6月挂职巴塘县中学副校长	
35	冯嵩	2020—2021	成都市双流区东升迎春小学	巴塘县红旗小学体育教师	
36	黄艳琼	2020—2021	成都市双流区棠湖小学	巴塘县人民小学语文教师	
37	叶会普	2020—2022	四川省成都市双流区金桥初级中学	巴塘县人民小学美术教师	
38	王靖	2021.03—2021.07　2021.08.17—08.25	四川省双流中学	巴塘县中学化学教师	
39	张航	2020—2021下学期	成都市双流区棠湖小学	巴塘县人民小学体育教师；2021年6月挂职巴塘县人民小学副校长	

情暖巴塘

序号	姓名	援巴起止时间（学年度）	在双原单位	赴巴支援单位	备注
40	叶财江	2020—2021下学期 2021—2022	成都市双流区西航港小学	巴塘县金弦子小学体育教师；2021年6月挂职巴塘县金弦子小学副校长	
41	张 黎	2020—2021下学期 2021—2022	成都市双流区九江幼儿园	巴塘县同心幼儿园语言教师；2021年6月挂职巴塘县同心幼儿园副园长	
42	王洪东	2021—2022	四川省成都市双流区西航港第一初级中学	巴塘县中学语文教师	
43	刘长才	2021—2022	成都市双流区黄水小学（党政办主任）	巴塘县金弦子小学数学教师	
44	颜 瑾	2021—2022	四川省成都市双流区黄水初级中学	巴塘县中学道德与法治教师	
45	黄桂兰	2021—2022	成都市双流区棠湖中学实验学校	巴塘县中学地理教师	

说明：

1. 学年度指头年8月开学至第二年7月放暑假，上学期指头年8月底秋季开学到第二年2月放寒假，下学期指第二年2月春季开学到7月放暑假。

2. 2021-2022学年度因疫情防控要求，支教教师提前于2021年8月16日参加区教育局召开的培训欢送会，2021年8月17日开始支教。

四、双流区选派到巴塘县驻村工作队队员名单

第一批（2016年—2018年）

姓　名	在双工作单位	赴巴工作单位	备　注
罗　敏	双流区区安监局	巴塘县地巫甲雪村	
王庭立	双流区金桥镇	巴塘县夏邛镇下桑卡村	
胡开明	双流区胜利镇	巴塘县竹巴龙乡三各贡村	
王鸣义	双流区区人社局	巴塘县夏邛镇生崩扎村	
黄章敏	双流区区政府办	巴塘县拉哇乡毕英村	
张子木	双流区区市场监管局	巴塘县地巫乡中珍村	
郭世丽	双流区区环保局	巴塘县拉哇乡洛毕村	
高仕威	区规建局双流区	巴塘县地巫乡甲雪村	
曾　琼	双流区区农发局	巴塘县夏邛镇罗布通顶村	
周　江	双流区区卫计局	巴塘县夏邛镇下桑卡村	
王　坛	双流区东升街道	巴塘县夏邛镇生崩扎村	
张伟隆	双流区公兴街道	巴塘县莫多乡色曲岗村	
杨杉振	双流区西航港街道	巴塘县拉哇乡毕英村工作队队员	
雷荣华	双流区黄甲街道	巴塘县夏邛镇罗布通顶村	
吴祥金	双流区协和街道	巴塘县拉哇乡洛毕村	
牛子涛	双流区九江街道	巴塘县莫多乡岗佐村	
杨延清	双流区彭镇	巴塘县莫多乡岗佐村	
李　霞	双流区黄水镇	巴塘县竹巴龙乡三各贡村	
邓继明	双流区黄龙溪镇	巴塘县夏邛镇茶雪村	

第二批（2018年—2021年）

姓　名	在双工作单位	赴巴工作单位	备　注
王鸣义	双流区社保局	巴塘县夏邛镇生奔扎村	
王庭立	双流区金桥镇	巴塘县夏邛镇下桑卡村	
邓继明	双流区黄龙溪镇	巴塘县夏邛镇茶雪村	
曾　琼	双流区农业农村局	巴塘县夏邛镇洛布通顶村	
雷荣华	双流区黄甲街道	巴塘县夏邛镇洛布通顶村	
王　坛	双流区东升综合执法队	巴塘县夏邛镇生奔扎村	
周　江	双流区东升社区卫生服务中心	巴塘县夏邛镇下桑卡村	
黄章敏	双流区行政审批局	巴塘县拉哇乡毕英村	
杨杉振	双流区西航港街道	巴塘县拉哇乡毕英村	
郭世丽	双流区生态环境局	巴塘县拉哇乡洛毕贡村	
吴祥金	双流区协和街道	巴塘县拉哇乡洛毕贡村	
李　霞	双流区黄水镇	巴塘县竹巴龙乡三各贡村	
胡开明	双流区胜利镇	巴塘县竹巴龙乡三各贡村	
张子木	双流区市场监督管理局	巴塘县地巫乡中珍村	
罗　敏	双流区应急管理局	巴塘县地巫乡甲雪村	
高仕威	双流区住房建设和交通局	巴塘县地巫乡甲雪村	
牛子涛	双流区九江街道	巴塘县莫多乡岗佐村	
杨延清	双流区彭镇	巴塘县莫多乡岗佐村	
张伟隆	双流区公兴街道	巴塘县莫多乡色曲岗村	

五、2018年—2021年选派援建干部名单

姓　　名	在双工作单位	赴巴挂任单位及职务	备注
吴明刚	双流区环卫所	挂职巴塘县甲英乡党委副书记	

六、2018年—2021年公安纪检系统选派援建干部名单

姓　　名	在双工作单位	赴巴挂任单位及职务	备注
任剑霖	双流区公安局协和派出所	巴塘公安局副局长	
邱　枫	双流区公安局	巴塘公安局副局长	
李　松	双流区公安局	巴塘公安局法制科副科长	
夏　恒	双流区纪委监委	巴塘县纪委常委	

附录三
部分援建队员合影

▲ 2012年11月,双流县第一批援建队员与双巴领导合影

▲ 2015年10月,双流县第二批援建队员合影

| 附录 |

▲ 2016年9月，双流区第三批援建队员合影

▲ 2018年9月，双流区第四批援建队员合影

情暖巴塘

▲ 第四批双流援藏教师集体合影

▲ 2021年10月，双流区第五批援建队员与双巴领导合影

▲ 2018年10月10日，双流区第五批援藏干部人才在巴塘见面会与巴塘县委政府领导合影

▲ 双流区第五批援藏干部合影

附录四

援建之歌

守望梦想

1=F 4/4

词：谭永生
曲：蒋鸿林

后　记

《情暖巴塘》是双流区委史志办在成都市双流区对口支援甘孜州巴塘县10周年之际，组织编撰的一本采用"纪实"与"文学"相结合，记述成都市双流区对口援建甘孜州巴塘县脱贫攻坚的新型志书。在该书即将付梓之际，我们在感到欣慰的同时，还想对这本书的产生过程多说几句。

成都市双流区对口支援甘孜州巴塘县是一个时间跨度长，资金投入大，人员投入多的浩大的工程，在当今无论如何都算一件大事，如何留住这一段历史也一直是双流各界的思考所在。两位作者是有心人，他们从2018年开始广泛接触援建队的领导和队员，多次往返双巴两地收集援建故事及有关文件资料。在创作中，双流区委史志办及时给予了帮助和支持。初稿成形后，多次组织研讨会征求意见，对内容取舍、全书结构等，都给出了具体修改意见，使之达到了文学和志书的双重跨界，是一次有益的尝试，其感染力与传世性是传统志书不能比的。

该书的顺利出版，可以说是集体智慧的结晶。在此，我们要感谢各批双流对口支援巴塘工作队的领导和队员们，尤其要感谢第五批工作队，为我们提供了巴塘脱贫之后的乡村振兴新内容，并在编辑组赴巴塘补充采访期间，给予了大力支持。感谢双流区委统战部、宣传部和融媒体中心的大力支持。感谢巴塘县教体局、卫生局、人社局、文旅局、团县委、农牧局、经信局、水利局、自然资源局、乡村振兴局、发改局、中咱镇、松多乡、地巫镇、甲英镇、组织部、统战部、宣传部等单位的大力支持！

双巴结对，共促双赢，情深谊重。祝愿双巴两地结下的深厚情谊万古长青！